Mrs. Degas

Arthur Japin

Mrs. Degas

ROMAN

Uitgeverij De Arbeiderspers

Amsterdam · Antwerpen

MIX
Papier van verantwoorde herkomst
FSC® C004472

Eerste, tweede, derde en vierde druk september 2020
Vijfde druk oktober 2020
Zesde druk november 2020
Zevende druk december 2020

Omslagontwerp: Mijke Wondergem
Omslagillustratie: Edgar Degas, *Danseuse assise tournée vers la droite*, 1873. Musée d'Orsay
Portret auteur: Corbino
Typografie: Nico Richter

ISBN 978 90 295 4232 6 / NUR 301

www.arthurjapin.nl
www.arbeiderspers.nl

Inhoud

Voor L. J. en B. M.

'Wij werken in het donker – wij doen wat we kunnen – wij geven wat we hebben.

Onze twijfel is onze passie, onze passie is onze taak. De rest is de gekte van kunst.'

– HENRY JAMES, *The Middle Years*

Er is een leeg wit vel en het moet vol.

Die eerste lijn... De drang om haar te zoeken. De moed om haar te zetten. Je hand fladdert boven het papier, nerveus. Vingers als libellen, bang om neer te strijken. Zoeken. Tasten. Toch teruggeschrokken weer omhoog. Dat moment van aarzelen waarin alles nog idee is. Tot aan de eerste uithaal liggen alle paden open. Gezegende wanhoop. Almachtige onwetendheid.

Uiteindelijk landt de houtskool en trekt een zwarte vore door het ongerepte.

Inbeelding is afbeelding geworden, onherstelbaar. Een eerste lijn, waartegen je je afzet met een tweede. Is het doek eenmaal bevlekt, is de aanval op het lege vel begonnen, dan moet je door op wat je hebt.

Spijt krijgen, doezelen. Krassen in de schoonheid, kruisen door het ideaal. Creëren is beperken. Iets komt tot leven omdat jij het zijn oneindigheid ontneemt. Zoals wijzelf ontstaan. Dankzij begrenzing. Scheppen is mogelijkheden wegstrepen. Snoeien in potentie. Vrijheden opgeven en dromen inperken. Gedachten vastleggen. Vluchtwegen barricaderen. Je dacht alles te kunnen, maar volbrengt alleen dit ene. Het vullen van een vel.

Vier uur lang heb ik een van mijn modellen ooit de haren geborsteld, alleen om de structuur te kennen, ín haar te geraken, vrouw te worden, de beweging van het kammen te doorgronden, voordat ik durfde een eerste lok te schetsen.

'Nooit naar het leven tekenen,' waarschuwde Ingres, 'alleen uit het geheugen.'

Een kunstenaar heeft de onbegrensde mogelijkheid gezien. En uit dat alles, wist hij niet meer voort te brengen dan dit ene. Daarom kan hij zelf nooit tevreden zijn.

Toch wordt hij, als de voorstelling eenmaal staat, door iedereen geroemd omdat hij iets uit niets wist voort te brengen. Maar iets wat je schept komt niet uit niets, het komt uit alles.

37, rue Victor-Massé

Parijs, 1912

Eerste verslag

Die man zo oud, de plek, die grimmigheid, ik stond te trillen op mijn benen. En precies zoals jij zei, mijn god, die kop, hij oogt volstrekt verwilderd! Zeker twee, drie jaar zijn die haren en die baard niet meer geknipt en op een wasbeurt kunnen we alleen maar hopen. Dat iemand zo leven wil. Of nee, zijn wil heeft daar natuurlijk weinig mee te maken, het is meer dat een man alleen de moed niet altijd op kan brengen.

Even dacht ik dat mijn stem zou breken, maar hij had niets door. Hij ging er helemaal van uit dat ik door de oude Zoë was gestuurd ter vervanging van het arme kind dat nu tijdelijk zijn eten kookt en schoon moet maken in die gribus, en aan wie hij een bloedhekel heeft.

Het schoot door mij heen hem in die waan te laten. Dat was ook een goede dekmantel geweest. Misschien zelfs beter. Als hulp in de huishouding zou ik vrij in en uit kunnen lopen en de hele zaak bestieren. Ik zou zonder dat het vragen oproept alle kamers kunnen binnengaan, en betrapt hij mij vandaag of morgen met mijn handen in een lade waar ik niets te zoeken heb, dan is de grote schoonmaak een aannemelijk excuus.

Was ik koudbloediger geweest, dan had ik misschien van onze opzet durven afwijken, een schortje voorgebonden en beaamd dat ik zijn nieuwe dienstmeid ben. Voor ons dubbelspel had het niet uitgemaakt. Wat mij weerhield, was dat ik bij de eerste de beste maaltijd door de mand zou vallen, want zoals Estelle – God hebbe haar ziel – mij iets te vaak verweten heeft: als ik ergens niet voor in de wieg ben gelegd, is het wel koken.

Ik bleef dus bij het plan zoals wij het hebben doorgesproken en zei hem dat ik was aangenomen om de vacature te vervullen.

'Wat voor vacature?' bromde hij. 'Maak meteen maar rechtsomkeert, juffrouw, en probeer het ergens als modinette want ik weet van geen vacature.'

Ik hield stand en zei, zoals jij had aangeraden, dat ik door Paul Durand-Ruel was ingehuurd en ook al ben betaald om te helpen met de inventarisatie van zijn archief en de verhuizing. (Je weet toch zeker dat Paul en zijn zoons ons zullen dekken, hè, mocht mijn verhaal ooit worden nagetrokken?)

'Verdomde bemoeizucht!' riep hij. 'Van alle ongemakken van de oude dag is naastenliefde het minst draaglijk. Ik raad iedereen aan voortijdig te sterven, want als oud mens raak je verstikt door ongevraagde hulp.'

Ik was gekomen onder zakelijk voorwendsel. Zo stelde ik me dus op, professioneel. Ik trok een notitieboekje tevoorschijn en werkte op ambtenaarstoon een aantal vragen af.

'Op welke datum moet deze woning worden opgeleverd?'

'Als het aan de aannemers ligt? Eind van de maand.' Zijn vingers streelden de lambrisering, argeloos, zoals je een hond aait die om aandacht bedelt. 'Misschien valt het een week of wat te rekken. Hoe dan ook willen ze voor de zomer alles platleggen en dit jaar nog beginnen met de nieuwbouw. Zakenlui. Geen hart. Het gaat iedereen te goed. De grond is te veel waard, ze kunnen amper wachten om hun winst te innen.'

'Hoeveel etages zijn het?'

'Drie.'

'En staat het overal zo vol als hier?'

'Voller. Ik dacht, in deze kamer laat ik wat ruimte voor ontvangst van ongenode gasten.'

Tevreden over zijn verwijt keek hij mij voor het eerst recht aan.

Het is alsof je in een doodshoofd kijkt! Je had me gewaarschuwd, maar mijn hart kromp ineen. Kan het bestaan, dacht ik, is dit alles wat er over is van een blik die de wereld zoveel kleur heeft gegeven?

Ik weet niet hoever hij heen was toen jij hem voor het laatst gezien hebt, maar nu is ook het spierweefsel geatrofieerd. Het vet achter de oogbollen is opgelost, zodat ze verzinken in de kassen. Die dieptewerking wordt versterkt door de huid rondom, die ongezond donker is, blauwig als een lijkvlek. De oogleden hangen als half opgetrokken gordijnen voor een leeg toneel. Daarachter, ver weg tussen de wimpers, turen pupillen als twee speldenprikjes in de leegte.

Zijn dit de ogen die ooit mij hebben bestudeerd? Indertijd moet hij mij er geduldig mee hebben afgetast. Of óngeduldig juist, want terwijl hij met zijn schetsboek in de weer was zal ik heus niet stil hebben gelegen. (Ik weet van jouw kinderen dat hij gek van ze werd omdat zij, terwijl hij ze probeerde vast te leggen, maar bleven spelen en rondkruipen. Erg genoeg is dat zowat alles wat zij zich van de arme kerel herinneren: zijn voortdurende wanhoop omdat zij het verdomden stil te zitten zoals zijn Parijse modellen.)

Weet je zeker dat hij nog steeds contouren ziet en schaduwen kan onderscheiden? Dat hij in mijn richting keek, leek meer een toevalstreffer, want toen ik, van ongemak en schrik, wat ging verzitten volgde zijn blik mij niet, maar bleef straal over mijn schouder staren, rustend op een oneindig niets.

'Hieronder op de eerste bevindt zich mijn kunstverzameling,' begon hij op te sommen. 'Er is deze verdieping waar ik leef met alle troep van dien en dan heb ik boven mijn studio en daar... nou ja, wat dáár allemaal staat... In de loop der jaren is er natuurlijk ook steeds meer bij gekomen, de opbrengst van een heel werkzaam leven.'

'En dat staat allemaal hierboven opgeslagen?'

'Opgeslagen?' Hij sloeg met een vuist op tafel. 'Zie ik eruit alsof ik al ben overleden? Mijn werken staan niet "opgeslagen", juffrouw, die staan alleen te wachten totdat ik ze weer eens onder handen neem.'

'Werkt u dan nog?'

'Ik adem.'

'Maar ik dacht...'

'Ik weet niet wat u is verteld, maar al het onvoltooide werk gaat met mij mee, de beelden, ieder doek dat ik nog als onaf beschouw, alles. Hoe graag Paul ook aan mij wil verdienen, niets daarvan gaat naar zijn galerie.'

'Genoteerd. Al het onvoltooide werk gaat mee. En waarom ook niet? Als daarvoor in uw nieuwe onderkomen voldoende ruimte is...'

'Dat weten we zodra er een gepast adres is gevonden.'

'Bedoelt u dat u nog geen nieuwe woning is aangeboden?'

'Zat. Elke dag zeuren ze me erover aan mijn kop, maar ik laat me door niemand iets opdringen. Ik verdom het om het 9e te verlaten. Dit is mijn arrondissement. Hier ben ik geboren en hier zal ik sterven. Geen voet zet ik voorbij Pigalle. Anders trotseer ik net zo lief de slopershamer.'

'Ik had juist altijd begrepen dat u zo ondernemend was. Bent. Nieuwsgierig. Zo avontuurlijk dat u de halve wereld hebt bereisd...'

'Had u dat "begrepen" en van wie dan wel, of stond dat ook allemaal in die vermaledijde advertentie?' Hij veerde op als een hinde die de jager ruikt. 'Hoor eens, juffrouw, ik weet niet wat u komt doen. Joseph en Georges Durand-Ruel maken de inventaris op van mijn verzameling, de jongens van Paul. Of hebt u van kunst al net zoveel verstand als van mijn levenswandel?'

'Helemaal niet, ik...'

'En dan nog eens iets: als hiervan ook maar één letter naar buiten komt, dan procedeer ik tot de deurwaarder uw laatste sou geïnd heeft.'

'Wat zou er naar buiten kunnen komen? Van mij krijgt geen mens een woord te horen.'

'Ik hoor u wel kriebelkrabbelen. U bent aantekeningen aan het maken! Krantenadvertentie, mijn reet! U komt niet via maar ván de krant, op mij afgestuurd door uw redactie. Leuk, een of ander artikel over de oude Degas. Eens zien hoe die erbij zit in zijn ellende. Laten we hem in zijn verlopen glorie nog een keer naaien! Even kijken of we die gek nog een van zijn schokkende uitspraken kunnen ontlokken, of wij De Beer nog één keer naar de mensheid kunnen laten klauwen, de boel opstoken, hem weer eens voor antisemiet uitmaken. Altijd goed voor een dubbele oplage, nietwaar?'

Een tijdlang dacht ik dat hij zo zou blijven razen en ik zag onze hele missie al als verloren, maar uiteindelijk – vraag niet hoe – heb ik hem weten te kalmeren en met veel moeite van mijn onschuld en beste bedoelingen overtuigd.

'Er is zoveel waarbij ik u van dienst kan zijn,' stelde ik voor. 'Administratie, brieven, boeken, oud papier. Iemand moet daar toch doorheen voordat het in dozen gaat en wordt gekist. Schiften welke correspondentie van belang is en wat weg kan. Waar u aan hecht of wat u liever wilt verbranden. Een mens verzamelt in zijn leven zoveel woorden, iemand zal uw ogen moeten zijn.'

Hij dacht na en knikte.

'En dat is geen prettig idee,' ging ik verder, 'dat begrijp ik maar al te goed. Wat kent u mij nou helemaal? Waarom zou u mij iets zo persoonlijks zomaar toevertrouwen? Het zijn niet alleen de spullen, een huis waarin je zo lang woont vult zich met zoveel méér.'

Ik stond op en maakte aanstalten om te vertrekken.

'Denk er rustig over na. Ik bied u mijn hulp aan, meer niet. We staan voor een fikse klus, dus we moeten er niet al te lang mee wachten. Met uw goedvinden kom ik morgen nog eens langs. Als u wilt, kunnen wij dan direct een begin maken. Ik stel voor het nuchter en systematisch aan te pakken. Kamer voor kamer, kast na kast. Enkel in overleg en met uw instemming. Ik zal alles wat ik tegenkom benoemen en daarna beslist u of ik het zal openen en of ik het mag lezen. Niets verdwijnt zonder uw goedkeuring. Maar als het u te zeer aangrijpt, begrijp ik dat ook. Sans rancune. Dan stuurt u mij morgen weg en laten we de boel de boel.'

Dat ik niet aandrong, wekte vertrouwen.

'Die spullen zullen toch een keer uit huis moeten,' overwoog hij.

'Uit huis is het probleem niet. Ik kan alles ongezien in dozen laden en beneden zetten. Dat is zo gebeurd.'

'En dan?'

'Naar de vuilstort ermee.'

'Ongezien?'

'Of u kunt het met u meezeulen natuurlijk, maar waarom zou u? Het is niet alsof er nog eens een moment komt waarop u het in alle rust zult kunnen doorlezen.'

Daar zag hij de redelijkheid van in.

'Zo waardeloos als een mens wordt,' verzuchtte hij hoofdschuddend. 'Zo overbodig. Net als de zooi die je in je leven hebt vergaard. Toen het in huis kwam, leek het nog heel wat, maar het eindigt allemaal bij het vuilnis. Precies zo vergaat het je als mens, ongemerkt heb je ieder belang verloren.'

'Misschien vinden we van dat belang nog iets terug,' zei ik zacht. 'Ergens in de chaos.'

Ieder huis dat op de slopershamer wacht, legt zich neer bij zijn lot. Maar hier lijkt de moed al jaren eerder te zijn opgegeven. De versleten perzen, het verschoten notenhout, bladderende verf, zittingen vol vlekken, gleeën in de wandbespanning, overal kringen van het vocht, hier en daar komen de tengels erdoorheen. Als iemand zijn omgeving niet meer ziet, verliest die prioriteit, dat begrijp ik. Een ander heeft nog vrienden die kunnen ingrijpen, maar de oude gek heeft met zijn grillen iedereen verjaagd.

Geen wonder dat zijn oude huishoudster er vandoor is: waar je ook kijkt, dat opgetaste verleden! In alle hoeken aangespoelde levensresten, opgehoopt als modder na een overstroming. Overal zit vroeger aangekoekt, alsof het hier op slapeloze nachten met het kwelwater omhoogkomt.

Het ergste is de kamer waar hij hele dagen bivakkeert, wie verzint zoiets, je wc en je bad zowat open en bloot in de kamer? Eromheen ziet het wijnrode tapijt zwart van de vlekken. Van het bidet naar zijn ijzeren bed is in de loop der jaren een paadje kaal geschrobd, maar enige indruk van hygiëne is daarmee niet gewekt. Vette vingers op het schellekoord, stof op de aspidistra's.

Tegen een armoedig interieur zou het minder afsteken, maar te midden van al die rijkdom schrijnt het des te meer. De glans van hoog antiek, zilveren kandelabers en lampkristal tussen de omgevallen stapels, losgeraakte draperieën, open lades van zijn uitpuilend bestaan...

In zekere zin past de omgeving bij de man. Tussen de wildgroei van zijn witte haar en onder de ravage van zijn blik flakkert nog wat élégance, een sprankel van de zwier waarmee hij heeft staan schetsen in de coulissen van de Opéra, iets van de aandacht waarmee hij de ballerina's tijdens hun ochtendlessen bestudeerde, een restant van zijn gevoeligheid voor hun blessures, oog voor hun knellende kostuums en stekende baleinen, voor hoe de roze bandjes van hun *pointes* in hun enkels sneden.

Als een *pentimento* schemert die man van toen door zijn grimmigheid heen. De rug, gebogen onder de schaamte voor zijn verval, recht zich soms nog even met de trots waarmee hij ooit de paddocks van Longchamps zal hebben doorkruist of de zalen van het familiepalazzo in Napels.

Restjes die mij hoop geven dat wij nog iets van ons gezamenlijk verleden in hem zullen kunnen wekken.

'Iets terug te vinden van belang...' herhaalde hij en mijmerde. 'Het is waar, wat zich in die kasten en commodes allemaal moet hebben opgehoopt! Ieder stapeltje verraadt gewoontes, eigenaardigheden, verlopen sentimenten, onverwachte souvenirs, vergeten vrienden.'

'Om over liefdes maar te zwijgen...'

'Dat zal ik ook zeker doen!' zei hij kortaf.

Die vervloekte loslippigheid van me! Bijna had ik hem en nu was hij weer op zijn qui-vive.

'Komt u morgen terug.' Hij stond op ten teken dat ons onderhoud was afgelopen. 'Dan laat ik weten wat ik heb besloten.'

Toen wij dit plan doornamen met Paul Valéry, gaf hij ons weinig kans, maar in elk geval hoop. Had mij liever concrete instructies gegeven, denk ik nu ik eenmaal binnen ben in het hol van De Beer, een plattegrond van het huis, een aanvalsplan. Ik word er maar op uit gestuurd, neem alle risico's en straks, als alles uitkomt, ben ik het die de volle laag krijgt. Ik weet toch ook niet hoe je iemand benadert die sinds jaar en dag aan allerhande aasgieren gewend is, studenten hopend op een les, journalisten gravend naar een roddel, bewonderaars die azen op een handtekening, profiteurs in de hoop iets mee te pikken van zijn roem of van zijn boedel. Geen wonder dat hij weinig gul met zijn vertrouwen is.

Wat nu? Liefst zou ik alle kaarten op tafel leggen. Op een bepaald moment zal ik toch moeten onthullen wie ik ben, waarvoor ik kom, en bekennen welke loer hem is gedraaid. Stel je voor dat hij de waarheid achterhaalt voordat wij ook maar iets hebben bereikt... dat zou hem enkel verder verbitteren. Zijn wantrouwen voeden. En ik moet zeggen, ik geef hem geen ongelijk.

Terwijl hij mij naar de vestibule begeleidde, wist ik amper hoe ik een uur tevoren de moed had opgebracht om aan te bellen. Om zeker te zijn dat ik het pand ook echt zou verlaten, bleef de bejaarde staan wachten totdat ik mijn jas had dichtgeknoopt.

'U hebt een accent,' zei hij ineens. 'Wat is het, Maghreb?'

Ik zweeg. Liefst had ik 'ja' gezegd, want iedere leugen wordt graag door een volgende gedekt.

'Het klinkt bekend,' drong hij aan.

'Ik ben alweer een paar jaar hier,' ontweek ik. 'Ik wist niet dat het nog zo te horen was.'

'Komt u uit een van onze koloniën?'

'Nee,' lachte ik. 'Nee, geen kolonie. Een kolonie is het al heel erg lang niet meer.'

Waarheid is evengoed een aas.

'Louisiana?' raadde hij.

'Louisiana!' beaamde ik. Snel trok ik de deur achter me dicht en riep: 'Tot morgen!'

Tweede verslag

Of ik er dan iemand van zijn familie heb gekend.

Het was het eerste wat hij vanochtend vroeg. Amper was ik boven, ik had mijn jas nog aan. Zozeer leeft het kennelijk nog. Toen ik naar de keuken liep om thee te zetten, kwam hij mij achterna. Of ik met daarginds contacten onderhield, wilde hij weten. Of wij onder de Louisianais misschien gezamenlijke kennissen hadden.

'De Gas-Musson,' verduidelijkte de oude man met een ongeduld alsof hij de hele nacht had liggen wachten op het antwoord. 'Handelaren in katoen te New Orleans.'

Het is dus niet, zoals jij schreef, dat hij van die hele episode niets meer wil weten. Integendeel. Ik kan gerust, en met beleid, op zoek naar een tastbare herinnering uit die tijd, als daar tenminste na een halve eeuw nog wat van over is, en dan eens zien wat dat losmaakt. Houd ondertussen moed, ik doe mijn best en blijf mij goed bewust dat van deze onderneming niet alleen jouw zielsrust afhangt maar waarschijnlijk ook de zijne.

Misschien is zijn vraag een test, schoot het door me heen. Als ik nu zonder meer bevestig dat ik de De Gas-Mussons wel ken, trekt hij die muur, waar jij steeds tegenaan liep, ook voor mij op. Maar me van de domme houden en iedereen glashard verloochenen durfde ik evenmin.

'Degas-Musson...' herhaalde ik om tijd te rekken.

'De Gas,' zei hij geërgerd, als was de oorspronkelijke schrijfwijze een gril. 'Twee woorden, op de poehamanier gespeld. Handelskantoor in Carondelet Street, nummer 63, niet ver van de katoenbeurs. Om de hoek bij Canal Street, net buiten de Franse wijk. Kom op, denk na, het was een van de drukste kantoren. Althans tot begin jaren zeventig.'

'Begin zéventig!' verzuchtte ik. 'Toen was ik amper geboren.'

'De familie woonde op Esplanade. Voor zover ik weet wonen zij daar vandaag de dag nog steeds.'

'Voor zover u weet?' vroeg ik onschuldig. 'Hebt u geen contact met ze?'

'Zoek ik ook niet.'

'U heeft het adres. Ik kan een brief voor u schrijven.'

'Wat moet ik met contact?'

'Ik weet het niet. Familie. Soms is dat fijn in het leven.'

'Groot wit huis aan Esplanade. Op de hoek met, ach, hoe heette dat...? Noordelijkste puntje van de Vieux Carré.'

'Wij brachten meer tijd door op de plantage,' loog ik. 'Stroomopwaarts, richting Baton Rouge. Maar als wij dan de rivier afvoeren en je zag de kerk in de verte... Ik herinner me de geur van de boomgaarden wanneer je de stad naderde.'

'Citrus!' Hij knikte. 'En magnolia!'

'En eindeloze velden suikerriet. Och, zoals zij dan, als je aan komt varen, in de verte opdoemt, het witte pleister van de gevels trillend in de hete, natte lucht.'

Deze aanpak leek te werken. Ik sprak zacht, een

beetje dromerig, om de oude man mee te lokken in mijn mijmering. Af en toe zweeg ik even en gaf zijn gedachten ruimte om terug te keren naar die tijd.

'Als je komt aanvaren...' Hij herhaalde het alsof hij het voor zich zag. 'Het land ligt zoveel lager dan de dijk dat je vanaf het water op de huizen neerkijkt.'

'En wanneer de boot die laatste brede bocht rondt...'

'Bij Bouligny.'

'...de witgetopte tweelingtorens van de Saint-Louis boven de rook van de schepen aan de kade.'

'Ah, die rivier,' verzuchtte hij, 'die enorme, almachtige rivier!' Hij gebaarde me bij hem te komen zitten.

'Naast de kathedraal had je de brede, lage hal van de Cabildo,' spiegelde ik hem voor. 'De forten, de legerbakkerij, de Almonaster-winkels, winkelende mensen in de rue Toulouse. En over de hele breedte op het water zo'n bedrijvigheid... De schippers langs de *levee* en de kleurlingen die sjouwden, het rode baksteen van de pakhuizen, de sloepen en de touwen, enorme drukte rond de suikerafslag.'

'Verkopers van ham en stroop,' vulde hij aan alsof zij hem nog voor de voeten liepen. 'Je komt daar nauwelijks langs door alle okshoofden die op het trottoir staan opgestapeld.'

'Houten steigers vol balen katoen,' zei ik, 'de droogzoete geur die ze verspreidden, nergens anders kun je zoiets ruiken. New Orleans... Dat zwaar gesnerp van de stoomfluit van de radarboten, heus, ik kan het zo weer horen.'

'En daardoorheen het roepen van de krantenjongens, onophoudelijk: '*Picayune,* come and get your *Daily Picayune*!''

'De vette walm van beignets!'

'Zoet en vet.' Hij schudde zijn hoofd vertederd. 'Beignets en warme melk.'

'U bent er dus geweest,' speelde ik verbaasd. 'Lang geleden?'

Hij zweeg, niet om de jaren te tellen, maar uit achterdocht.

Ik moet leren hém te laten praten, ook wanneer hij afdwaalt van waar ik hem hebben wil, en hem niet steeds onderbreken met mijn ongeduld. Echt, je had beter iemand op hem kunnen afsturen die hierin is getraind. Ik weet niet hoe geheim agenten dag in, dag uit hun werk doen zonder door de mand te vallen.

'Maar ik verdoe uw tijd,' stelde ik zakelijk. Ik sloeg mijn thee achterover en stond op. 'Ze betalen mij niet om te kwebbelen, maar om werk voor u te verzetten. Beginnen we beneden?'

Zo vaardig als de man zijn weg vindt! Nergens houdt hij zijn pas in, geen stap zet hij voorzichtig. Integendeel, hij houdt op de trap niet eens de leuning vast maar stort zich naar voren, rap en ongeduldig, en neemt de treden onbesuisd als een jongeman. Het is niet dat zijn blindheid hem niet hindert, meer alsof hij het verdomt zich er door te laten weerhouden. Er zit drift in zijn gebaren, een gedrevenheid.

Heeft hij dat ongeduld altijd gehad, ook toen hij ons schetste? Een woeste kracht, intuïtief, waarmee hij het papier aanviel, gedreven en omzichtig tegelijk. Waarschijnlijk wel: hard voor de werkelijkheid, zacht voor het grafiet tussen zijn vingers. Hoekig uithalen met die stift, stel ik me voor, kort en bozig, en dan, als in een dans, ineens bedachtzaam, zwevend op zoek boven zijn tekening. De trefzekerheid waarmee hij ons in dat werk plaatste. Het is datzelfde nerveuze elan dat hem nu door zijn onzichtbare wereld leidt, priemende blik van achter samengeknepen oogleden.

Hij ging mij voor, trap af, hal door, pakte zonder aarzeling de juiste sleutel van het bord en opende zijn schatkamer.

Dat 'museum' van hem!

Het is meer een depot dan een uitstalling, alles aanvankelijk aardedonker en zo overvol dat ik nauwelijks bij de ramen kon komen. Zelf heeft hij geen licht nodig, dus wie weet wanneer de zon hier voor het laatst naar binnen scheen? Toen ik een gordijn opzijtrok en de luiken openzette, lichtte de kamer op in een gloed van dwarrelend stof.

Je had me gezegd hoe verbijsterend het is dat iemand zo'n verzameling gewoon in huis heeft, maar niets had mij kunnen voorbereiden op een schatkamer als deze.

Van vloer tot plafond zijn de muren met kunst behangen, lijst aan lijst, niet zelden over elkaar heen. Tegen de wanden staan nog eens doeken rij na rij, rechtop, soms metersdik. Door de hele ruimte prentenkasten, prentenmappen, uitpuilende prentenstandaards.

'Ik heb geluk gehad,' deed hij bescheiden. 'Veel is door kennissen vervaardigd. Het meeste heb ik voor een vriendenprijsje kunnen kopen. Soms ruilden wij of gaven elkaar iets als betaling voor een maaltijd of een fles wijn.'

Dat geldt in elk geval niet voor de El Greco's en de Tiepolo of voor de prenten van Hokusai en Hiroshige, waarvan ik er in de gauwigheid zo'n honderd telde. En dan nog de vele Ingres en alles van zijn eigen makkers... op die ene verdieping in de rue Victor-Massé zijn ze beter vertegenwoordigd dan in alle musea van Frankrijk bij elkaar: Gauguin, acht stuks, Manet, Corot en Cézanne ieder zeven doeken, Renoir, Pissarro, Sisley en Rousseau, zonnebloemen van Van Gogh en een stilleven, zo'n tweehonderd tekeningen door Delacroix en dertien van diens schilderijen, bronzen beelden van

Barye en Bartholomé; en wat te denken van de lithografieën van Daumier? Die liggen opgetast in vier enorme stapels, bij elkaar zeker zo'n tweeduizend!

'Heregod,' liet ik me ontvallen, 'wat moet hier nu mee?'

'Nu ik overleden ben, bedoelt u?'

'Ik bedoel nu u verhuizen moet. Of gaat dit ook allemaal mee?'

'Soms heb ik gedacht: ik schenk alles aan mijn land. Klinkt dat niet prachtig? De hele troep in één keer. Ze zullen op zijn minst een van de grote museumzalen naar mij vernoemen, met wat geluk een hele vleugel. Dan ga ik daar zitten genieten van mijn eigen gulheid. Op een bankje. Kunnen bezoekers me feliciteren met mijn nobele gebaar.'

'Meer mensen zouden er plezier van hebben dan nu.'

'Mijn laatste schenking aan de natie hangt als dank in het volle zonlicht te verpieteren. Ga maar kijken, Musée des Arts Décoratifs, één doek rimpelt omdat ze het belabberd hebben opgespannen, bij een werk op papier is tijdens het verstevigen verkeerde lijm gebruikt zodat er lucht onder de verflaag bubbelt.'

'Houd alles dan bijeen, de collectie als geheel, en bepaal zelf de condities, is dat niet aardig, een huismuseum, waar alles blijft zoals het was?'

'Zoals dat van Moreau zeker? Da's geen woonhuis maar een graftombe. Zielloos en luguber. Achter elke deur verwacht je zijn gelooide lijk aan te treffen. En bovendien, god weet waar ik zo meteen terechtkom. Na de verhuizing. Als ik niet oppas stoppen ze me vijfhoog achter in een buitenwijk.'

Die gedachte verontrustte hem zozeer dat hij zijn kalmte verloor.

'Wat komt u nu eigenlijk doen, juffrouw,' vroeg hij kribbig, 'mijn nalatenschap alvast verdelen of mij met mijn papieren helpen? Nooit laat ik hier iemand binnen, nooit, en nu weet ik weer waarom.'

Ik liet hem zo'n beetje razen, want mijn oog viel ondertussen op een nis in de muur. De paardendeken die er bij wijze van gordijntje voor hing, schoof ik opzij en daarachter zag ik notitie- en schetsboeken in allerlei maten, een stuk of veertig, nogal beduimeld.

'Die zijn voor Durand-Ruel,' zei de oude man, die feilloos oppikte waar mijn aandacht naar uitging. 'Als die tenminste ooit nog komt opdagen. Elke dag wordt me beloofd dat zijn jongens mijn werk komen catalogiseren, maar in plaats daarvan sturen zij mij u op mijn dak.'

De cahiers stonden niet chronologisch bijeen maar op grootte. De meeste waren op zakformaat, andere meer als een schoolschrift. Er stonden schetsblokken bij *à l'italienne*, breder dan hoog, en deeltjes die zo dik waren als een roman. Iedere kaft was verschillend. Er waren er bedekt met gemarmerd papier, maar ook met canvas, ecru zowel als gebloemd. Eentje was volledig in leer gebonden, een ander met alleen de rug en hoeken in segrijn. De rest was van karton, veelal donkerbruin. Op een daarvan, beige eerder, zat een etiket geplakt met blauwe randjes, maar dat was onbeschreven.

Ik trok er twee, drie deeltjes tussenuit.

'Die zijn voor u volstrekt oninteressant,' verklaarde hij. 'Hopelijk komen ze straks van pas voor nadere datering van mijn schilderijen.'

De cahiers vormen een boekhouding van zijn werk, bestaand zowel als nooit voltooid, veelal schetsmatig of in een paar kreten weergegeven. Het meeste zijn indrukken en invallen; visuele notities vooral, optische geheugensteuntjes, haastig neergekrabbeld; een enkel detail, een compositie of een situatie, meer niet, kort en bondig genoteerd. Tekeningen kun je het niet noemen, want ze bestaan zelden uit meer dan een paar lijnen, vaak slechts een kadrering en de plaatsing van een landschap of figuur daarbinnen. Hier en daar staan wat kleuren aangegeven en vaak de aard of richting van de lichtval. Een enkele keer is vlug een schaduw vloeiend ingevuld, niet per se met krijt of waterverf maar met het eerste het beste dat hij voorhanden had, zijn vinger even ingedoopt in een glas wijn of een kom bietensoep, stel ik me voor, sommige pagina's bollen van het ingetrokken vocht.

Het zijn de logboeken van wat hem in zijn leven opgevallen is. Op elke reis, vertelde hij, op iedere wandeling droeg hij ze bij zich. Heeft hij een idee later thuis benut en uitgewerkt, dan staat er een rood kruis doorheen, maar het merendeel heeft hem nergens toe kunnen inspireren en blijft voor altijd op de bladzijde, niet meer dan een ooit ergens gevangen ogenblik.

'Maar deze cahiers zijn niet genummerd,' merkte ik op. 'Bij de meeste notities staat zelfs geen datum of een plaats. Hoe kan iemand dit dan later ooit dateren?'

'Zit allemaal hier.' Hij wees trots op zijn hoofd. 'Daarom raad ik Georges en Joseph telkens aan een beetje haast te maken.'

'Zit er van uw verblijf in Amerika ook zo'n schriftje tussen?'

Hij griste mij de deeltjes uit handen en stak ze terug in de nis.

'U verdoet mijn tijd!' riep hij. 'Dit is Durand-Ruel zijn pakkie aan. Die beoordeelt de waarde daar wel van of bent u van plan zijn werk ook te doen?'

Ik zette alles terug op grootte en hield me voorlopig bij de zaken waarvoor ik had gezegd te zijn gekomen. Daarvan trof ik op die verdieping niet meer aan dan een paar dozen met oude rekeningen en een correspondentiemap. We gingen er samen doorheen, hij zittend in de enige fauteuil, ik op een Turkse poef.

Wij werkten als volgt: ik vertelde hem wat ik in handen had, van wie het kwam en grofweg waar het over leek te gaan. Vervolgens wilde hij het vasthouden. Opnieuw die schijnbare ontkenning van zijn gebrek: hij wil per se alles door zijn vingers laten gaan.

Hij keurde de kwaliteit van het papier, tastte aandachtig langs de randen. Was het briefhoofd in reliëf dan streelde hij het en dacht even na alsof hij zich de afzender voor de geest probeerde te halen. Dan, ineens, nam hij een besluit, scheurde het aan stukken of verfrommelde het in zijn vuist en mikte de prop naar het andere eind van de kamer, soms ook gaf hij zo'n schrijven aan mij terug en knikte ten teken dat het weg kon.

Zo worstelde ik me door de brieven, snippers van lang vervlogen vriendschappen, feitjes over vetes waaronder het vuur lang geleden is gedoofd. Hapsnap viel mijn blik op zinnen, waarvan ik er zelden een kon plaatsen; namen die mij niets zeiden, gebeurtenissen zonder context. Soms bleef mijn aandacht bij een omschrijving hangen, bij iemand die ik me middels zijn woorden probeerde voor te stellen, maar de onbenulligheid van alles voedde mijn ergernis.

Ik heb weinig geduld met andermans leven, merk ik. Het ontmoedigt mij te zien hoe een mens zich jaar in, jaar uit voortsleept van bijzaak naar bijzaak zonder dat daar enige lijn in te ontdekken valt, niet in de laatste plaats door diegene zelf. En dan te bedenken dat dit voor ons allen geldt en hoeveel papierwerk wij nalaten, wereldwijd, dat op een dag door een arme sukkel zoals ik zal moeten worden doorgespit.

Vrijwel alles belandde in de prullenbak, een paar documenten wilde hij met enveloppe en al verbranden, maar niets wat onze interesse heeft, anders had ik dat uiteraard voorkomen. Sowieso zat hier niets tussen uit de tijd waar wij naar op zoek zijn. Terwijl ik zo hunker naar een aanleiding om te beginnen over toen!

Weet je wat het eigenlijk is? Ik zoek hém niet, ik zoek háár en wat op hun tijd samen betrekking heeft, de rest kan mij gestolen worden.

'We zijn klaar,' stelde hij toen ik terugkwam van beneden, waar ik de bak had leeggekieperd bij het vuil.

Hij stond met zijn rug naar mij toe voor zijn verzameling, armen uitgestrekt naar de muur, tastend langs de lijsten.

'Misschien een korte pauze?' stelde ik voor. 'We hebben nog de hele middag.'

'U bent jong, u kunt zich niet voorstellen wat zoiets van iemand vergt.'

'Zo jong als u denkt, ben ik nu ook weer niet en heus niet ongevoelig. Ik voel het ook, het is inspannend werk.'

'We zijn kláár, heb ik gezegd.' Als een suppoost die na een lange dag naar huis wil, gebaarde hij met uitgestrekte armen naar de uitgang. Hij weet niet beter of ik werk in loondienst en zo commandeert hij ook: 'Genoeg voor vandaag! U kunt gaan.'

Tegenstribbelen leek onverstandig, dus ik zocht mijn spullen bij elkaar.

Hij tastte ondertussen verder langs de wand totdat hij het doek vond dat hij kennelijk zocht; een van de Ingres, die hij mij al aangeprezen had als Frankrijks belangrijkste schilder. Minstens twintig werken heeft hij van hem hangen. Verkoop er een, zou ik zeggen. Met de opbrengst kan hij zijn woning van de slopershamer redden en hier blijven wonen tot aan zijn dood. Verkoop er twee en hij kan het hele huizenblok opkopen. Maar alleen al de manier waarop hij dan zo'n kleinood beetpakt...

Ik zeg het eerlijk, ik weet niet of ik kan volbrengen wat je van mij vraagt. De aanblik van die oude man met zijn verleden. Je weet niet wat er bovenkomt. Je weet niet wat wij misschien aanrichten. Op die leeftijd... alles is voorbij, de jaren zijn uiteengevallen, alle pijn is ingedaald en heeft een plaats.

Hij ging weer zitten en nam het schilderij op schoot, trok een zakdoek tevoorschijn en wreef daarmee lichtjes over het vernis. Hierna blies hij twee keer zacht voor het geval er stof op achter was gebleven. Zo bleef hij zitten, twee handen op de bovenrand van de lijst, de onderkant steunend op zijn knieën. Hij hield zijn hoofd rechtop, zijn dode blik strak voor zich uit, en leek mij al te zijn vergeten.

Derde verslag

Beet!

Halverwege de middag ben ik op iets gestuit, per ongeluk, tijdens het doorspitten van een map vergeelde krantenknipsels. Zodra ik de knoop uit het lint trok, viel de zijde van ouderdom uiteen. De inhoud rook zuur en beschimmeld. Dit gaf mij al een voorgevoel: die specifieke geur van papier uit de tropen, verzuurd karton dat in het vochtige klimaat is kromgetrokken.

Zodra het ding ter tafel kwam, mokte de oude man dat deze meuk ongezien weg kon; dat het rook naar kunstkritiek.

Die stukjes had hij vroeger, toen hij nog niet beter wist, in dergelijke mappen soms verzameld, zei hij, maar uiteindelijk waren de lui die ze schreven allemaal droogzwemmers gebleken, waarvan geen mens de naam nog wist; kunstenmakers die zelf waren mislukt en daarom hadden moeten eten van het beoordelen van anderen. Dat hij zelf nog maar zo weinig tijd heeft, fulmineerde hij, en dat hij zijn laatste dagen niet wil verdoen aan hun vuilspuiterij. (Zo gretig koketteert hij voortdurend met zijn naderende dood dat je het idee krijgt dat de gedachte hem opkikkert.)

De afgelopen dagen heb ik jou niet geschreven omdat er niets te melden viel. Wij hebben wel gewerkt, hij en ik, en een werkbare routine gevonden die hem niet te veel vermoeit en mij enige ruimte laat. Van tien tot twaalf en van drie tot vijf; zo'n drie, vier lades per sessie werken wij weg. In dit tempo zijn we over een kleine week klaar op de woonverdieping. Dan verhuizen we naar boven, naar zijn atelier.

Ik wilde je niet onnodig lastigvallen, wij kwamen niets van belang tegen. Geen aanknopingspunt om te beginnen over háár. En nu dat wel zo is, moet ik kort zijn en haast maken, want ik wil dat mijn verslag nog meegaat met de avondpost.

Goed. Die map.

Edgar was nog volop aan het mopperen. 'Kunstcriticus,' schamperde hij, 'is dat zelfs maar een beroep? Te denken dat wij, kunstenaars, wanneer wij net beginnen, zo stom zijn op een compliment van zulke lui te hopen!'

Regelmatig schiet hij in zo'n tirade waarvan je hoort dat hij hem in zijn leven al honderd keer heeft gehouden. De woede lijkt eruit weggelopen, maar de woorden bieden hem houvast.

'Hebben de muzen zelf soms niet het voorbeeld gegeven? Die werkten in absolute stilte. Alleen. Zij waren zichzelf meester. En kwamen ze samen bij Apollo dan was het niet om elkaars werk te bespreken, niet om elkaar de maat te nemen en gedegenereerde argumenten naar het hoofd te gooien. Welnee, als de muzen hun kunsten hadden bedreven kwamen zij bijeen om te dansen. Niks geen kritiek, zij víérden hun kunst. Zij dansten met elkaar en anders niet! Dus die knipsels, doe mij alstublieft een lol en mieter die gorigheid linea recta in de asemmer.'

Ik liet me niet van de wijs brengen en sloeg geen artikel over, want hoewel het meeste inderdaad uit Franse bladen was gescheurd, staken daartussen ook koppen uit *The Picayune* en *Le Louisianais*.

'Al dat gezwets over kunst...'

Ik liet hem nog wat tieren. Dit gaf mij tijd te zien wat ik precies in handen had.

'Als kunstenaar ben je altijd op zoek naar balans, niet anders dan een koorddanser, zoeken, wankelen en durven, altijd en bij elke stap opnieuw. Acrobaten krijgen toch ook niet van alles naar hun hoofd geslingerd terwijl zij daarboven hun leven voor ons wagen? Maar ons, schilders, werpen ze de meest verschrikkelijke dingen voor de voeten, onophoudelijk en met als enig doel om ons ten val te brengen. Hoe moeten wij overeind blijven?'

Hij zweeg even om te horen wat ik deed.

'Bent u die troep nou toch aan het lezen?'

'Vluchtig,' antwoordde ik. 'Met die opdracht ben ik tenslotte hier: alles door mijn vingers laten gaan en zien waar we nog iets mee kunnen.'

'Mijn gat kan ik ermee afvegen! Dat geouwehoer van mensen die zelf nog geen penseel kunnen vasthouden, ik verdraag het niet. Die lui in de krant zien poëzie waar zij niet is, en missen haar waar zij in het oog springt. De sofisterij! En maar pommade in je haar smeren en van die ochtendjassen dragen met lange slippen, altijd een lelie in de hand als ze tegen een vrouw praten. Ha, in mijn tijd had je allebei je handen nodig als je met een vrouw verkeerde!'

'Dit zijn niet allemáál kritieken.'

Ik zei het omzichtig. Dit was nog niet het materiaal waar jij en ik op hopen, maar het is tenminste een begin. Nu stond ik voor de vraag welke volgende stap ons plan het beste dient. Te veel ineens te berde brengen zou averechts kunnen werken.

'Wat dan?' vroeg hij geërgerd. 'Wat is het dan nog meer?'

'Volgens mij zitten hier ook zaken tussen... aandenkens, nou ja, precies weet ik het niet, mij lijken dit resten van de periode waarover wij het eerder hadden.'

'Herinner ik me niet.'

'Uw tijd in de Verenigde Staten.'

'O dat.' Een tel dacht hij na en stak er toen zijn hand naar uit. 'Ik zeg het toch? Dat kan wel weg.'

Ik begreep wat hij van plan was dus ik gaf hem – verschil ziet hij toch niet – iets anders uit de stapel, een katern van geen belang, dat hij zonder aarzeling verscheurde en op de hoop met snippers wierp.

'Hier bijvoorbeeld,' ging ik onverstoorbaar verder, 'heb ik iets wat misschien toch aardig is om te bewaren.'

'Lijkt me sterk. Uit Amerika? Dat moet zijn van minstens... God, wanneer was ik daar, veertig jaar geleden?'

'Negenendertig jaren om precies te zijn. Dit stuk is uit de *Picayune* van 1873.'

'Dat zeg ik. Oud nieuws, onzintroep.'

'De editie van 1 februari. Kijk, hier wordt dat adres genoemd waarover u het had: Carondelet Street, nummer 63.'

'Carondelet? In welk verband?'

'Een kennisgeving. Zakelijk. U hebt hem indertijd omcirkeld met rood pastel.'

De mededeling was kort en bevatte niets wat ik niet wist. Toch deed het mij verdriet dit zwart-op-wit te zien.

'Gaat het over de liquidatie?'

'*Ontbinding* noemen ze het hier. Beëindiging van de katoenhandelsfirma De Gas-Musson. Met vermelding van het openstaande schuldbedrag.'

'Zoals ik zei, voorbij, geweest.'

'Mr. Musson,' las ik, 'neemt de gelegenheid te baat zijn trouwe klanten te bedanken voor zoveel jaar klandizie.'

'Kan allemaal zo weg.' Opnieuw hield hij zijn hand op en weer legde ik er iets anders in dan wat ik aan het lezen was, een pagina van *La Petite Illustration*. Hij scheurde haar aan flarden. 'Weet niet wat me heeft bezield. Geen idee waarom een mens zoiets meent te moeten bewaren.'

'Onze herinnering is vluchtig, we proberen vast te houden wat ons lief was.'

'We hebben toch zeker geen bewijsstukken nodig om te weten dat we hebben geleefd? Archiveren is het tegenovergestelde van herinneren, zoals lijnen trekken het tegenovergestelde is van tekenen. Die twee mag je nooit verwarren. Je vangt een beeld niet door het vast te leggen maar door het los te laten!'

'Indrukken vervagen.'

'Goddank. Dat is het enige nut van het verstrijken van onze jaren. De waarheid brokkelt als droog pastel op grof karton. Het verleden past zich aan ons aan. Zo niet dan gingen we eraan kapot... Zeg eens,' kwam hij ter zake, 'hoeveel van die zooi hebben we nog te gaan? Wat een onzalige bezigheid is dit!'

'Het meeste kan inderdaad wel weg, lijkt me.'

Ik schoof wat mij van belang leek stilletjes in mijn tas, want ik achtte hem in staat alles in één haal van tafel te graaien en in de vlammen te werpen.

'Hier is nog een bundeltje...' Ik sneed het touwtje los. 'O nee, zelfde periode weer.'

'1873?'

''72 en'73, geen zorg, het is al weg.'

'Spullen uit New Orleans?'

'Heeft allemaal betrekking op dat verblijf daarginds dat uw interesse niet meer heeft.'

'Wie zegt dat?'

'Ik denk niet dat u hier iets mee wilt.'

'Wat is het dan?'

'Nee, niks,' verzuchtte ik verveeld en ik bladerde tergend verder.

'U wordt niet betaald om te denken maar om die godverdomde ogen van me te vervangen.' Hij sloeg met zijn vuist op tafel. 'Zeg op, wat hebt u daar?'

'Droge stukken, heus, niet van belang. Documenten van uw reis. Wat heeft een mens eraan? U hebt gelijk, ik doe het weg, het meeste ligt al op de hoop.'

'Maar wát dan?'

'Nou ja, als u het weten moet... een passagebiljet voor uw overtocht van Liverpool naar New York op de Scotia. En, eens kijken, een bewijs van Cunard's Royal Mail Steam Packet Company dat u betaald heeft voor een luxe hut voor tien nachten, hut nummer 231, deze accommodatie te delen met ene Mister R. Degas...'

'René,' onderbrak hij. 'Mijn broer.'

'René, uw broer René, vanzelfsprekend. Gezellig met zijn tweeën in de luxe hut. En hier hebben we zomaar wat scheepsnotities: welke windrichting, hoeveel knopen, hoogte van de luchtdruk onderweg. De opzet voor een brief, een menukaart van het diner aan de kapiteinstafel. O, kijk, dit is aardig: op de achterkant hebt u schetsen gemaakt. Van passagiers, denk ik. En hier achterop nog meer: matrozen, medereizigers en aalscholvers, een pelikaan.'

'De pelikanen, ja. Ja, da's waar... Ze landden op de reling. Ze bleven op een rijtje met hun snavels open zitten wachten totdat iemand ze kwam voeren.'

Hij glimlachte.

Dit was voor het eerst.

'Die tekeningen...' Hij dacht even na. 'Houd ze maar apart, die kunnen naar een veiling.'

'Ook verder alleen dingen van de reis, uw laissez-passer, gestempeld in New York, biljet voor de treinreis naar het zuiden, vier nachten slaapcoupé, bagagenummertje van het stationsdepot. Wegdoen?'

'Wegdoen.'

'Een rekening van Tujague's, een restaurant op Decatur Street, New Orleans.'

'Kan weg.'

'Ach ja, Tujague's,' opperde ik nog, 'daar heb ik wel eens gegeten. Mooie plek.'

'Bonnetjes van restaurants en winkels,' besloot hij, 'dat soort dingen... kan allemaal ongezien weg.'

'Was dat niet in handen van de slager op de Franse Markt?'

'Wat?'

'De eigenaar van Tujague's, zijn vrouw en hij, kwamen die niet uit Bordeaux?'

'Hoe moet ik dat weten? Weg ermee.'

'Lunch voor twee personen,' las ik hardop. 'Runderborst met aromatische groenten en saus van mierikswortel. Vooraf garnalen met remouladesaus...'

Ik stond op het punt het papier weg te gooien toen ik, enkel uit routine, nog een blik wierp op de keerzijde.

Daar was ze. Zij!

Hij heeft haar getekend. In de haast maar raak. Achter op de rekening. Diezelfde middag, na de lunch, heeft hij haar vastgelegd in snelle, vloeiende lijnen zoals hij op zee de ketelbinkie schetste en de albatros. De vorm van het gezicht, de mond: het wás Estelle.

Een glimlach om de lippen, een sprankeling in haar blik. Het levensechte bewijs van zijn bewering dat je de waarheid het scherpst terugvindt in een indruk.

Haar ogen. Zij keken mij recht aan. En ik, ondanks alles... Ik was er niet op voorbereid. De schok, ik hield me amper goed.

Ik zag haar zitten zoals zij die dag tegenover hem moet hebben gezeten. Ellebogen op tafel, kin in haar handen, hoofd een beetje schuin.

Een paar uur hadden zij samen doorgebracht maar nu waren zij uitgegeten. Hun uitje was voorbij. Zij moesten terug naar Esplanade en in een opwelling moet hij hebben gedacht: zó wil ik haar bij mij houden. Hij griste een grafietstift uit zijn binnenzak, zocht om zich heen naar een leeg vel en greep het eerste wat hij zag, de rekening die net gebracht werd.

'Wat is het?' beet de oude Degas me toe omdat ik stil bleef. Zelfs in zijn bezorgdheid blijft hij kribbig. 'Wat mankeert u ineens?'

'Niets. Zomaar weer een schetsje achterop.'

'Leg maar bij de andere. Wat stelt het voor?'

'Een figuur.' Ik aarzelde. 'Een jonge vrouw.'

'Zittend, staand, een naakt?'

'Zij zit. Gekleed.'

Hij haalde zijn schouders op en keerde zich af.

'Geschetst in het restaurant, schat ik, in haast. Zij zit nog aan tafel. Er staat een etensbord, ja, het is een maaltijdscène,' ging ik verder.

En terwijl ik haar beschreef begon het hem te dagen.

'De vrouw heeft iets in haar hand,' ging ik verder, 'ik denk een servet. Moeilijk te zeggen, het is heel summier. Zij draagt een lichte hoed, beetje schuins. Het meest prangend zijn haar ogen.'

'Haar ogen.'

Het bleef een tijdje stil.

'Staat er ook een glas?' vroeg hij uiteindelijk. 'Halfvol?'

'En een karaf.'

Hij knikte.

'Leg het bij de rest,' zei hij. 'De jongens van Durand-Ruel zien van de week wel of het nog iets waard is.'

Voor de vorm grasduinden wij nog door wat mappen, maar ik had mijn hoofd er niet meer bij. Een klein kwartier later opperde hij gelukkig dat wij het voor vandaag voor gezien zouden houden.

Zoals elke dag, ging hij na ons werk vast naar zijn kamer, terwijl ik alles waarvan was besloten dat het mee zou verhuizen, wegborg in de kelder.

Toen ik hiermee klaar was, sloot ik het souterrain af, liep naar boven en hing de sleutel terug op het bord. Ik nam mijn jas en hees me er al in, maar aarzelde. Mijn blik gleed over de andere sleutels...

De vondst van vandaag, haar even in de ogen te hebben kunnen kijken! De herinnering die dat had losgemaakt... In hem, maar niet minder in mij. Ik was ongeduldig alles te begrijpen en wilde door, ik wilde meer.

In een opwelling griste ik de sleutel weg die ik hem laatst had zien terughangen, die van zijn 'museum'. Hiermee glipte ik, voordat mijn verstand de overhand kon krijgen, zijn kunstdepot binnen en liep naar het nisje in de wand. Op goed geluk deed ik een greep uit de cahiers. Als ik er thuis elke dag op mijn gemak één of twee kan doornemen om te zien of er verwijzingen naar jou of haar in staan, en als ik die cahiers de volgende ochtend ongemerkt terugplaats, hoeft er geen haan naar te kraaien. (Zie je wat je aanricht met dit hele plan? Dit gaat van kwaad tot erger: we zijn nog nergens en mijn hart klopt nu al in mijn keel. Ik ben hiervoor bepaald niet in de wieg gelegd.)

Voordat Edgar zich zou kunnen afvragen waar ik bleef, stond ik alweer op de gang met de buit onder mijn jas en hing de sleutel terug op zijn plek. Ik vermande mezelf en maakte me op voor een snelle aftocht met hooguit nog een luchtig 'nou, tot morgen dan!', liefst met de klink van de buitendeur al in mijn hand.

Maar toen ik beneden kwam stond de oude man in de hal, pontificaal in het midden, armen opzij als om mijn aftocht te blokkeren.

'Ik wéét het!' riep hij met overslaande stem.

Ik zag mezelf al op water en brood in de Santé met als laatste afleiding het zoevend mes van de guillotine op de hoek met de boulevard Arago. Maar niets in zijn gedrag wees verder op een heterdaad, integendeel, hij bleek overdreven blij mij nog te treffen en begon, helemaal enthousiast, te vertellen wat hem zojuist in zijn leunstoel te binnen was geschoten:

'Immigranten uit Bordeaux! Ik weet het weer, Guillaume en Marie, u had gelijk. De eigenaren van dat restaurant in New Orleans.'

'Tujague's.'

'Ik zie ze voor me. Het echtpaar Abadie. Hij had op de Franse Markt een slagerij. Zij kocht elke ochtend verse vis in op de kade van de Mississippi en samen runden zij hun eethuis. Ik herinner mij nu alles: die middag, wij aten runderborst en mierikswortel... lunch voor twee, een tafel op de binnenplaats... vooraf garnalen remoulade.'

Hij stak beide handen naar mij uit alsof hij op het punt stond om een rondedans te maken.

'En haar?' vroeg ik, want in mijn opluchting nam ik zijn enthousiasme over. 'De vrouw met wie u daar aan tafel zat, ziet u haar ook?'

Ik wist niet beter of dit was onze doorbraak en ik was klaar om die te vieren.

Maar ik had het nog niet gezegd of de oude man verstarde. Hij staarde voor zich uit alsof hij in een afgrond keek. Op slag zakte ieder plezier uit hem weg, even plots en onnavolgbaar als het was opgeweld.

'Nee,' zei hij alleen maar. 'Nee.'

Hij liet mij los.

Het bloed trok uit zijn wangen.

Hij wilde weg, maar te gehaast. In zijn ergernis raakte hij gedesoriënteerd zodat hij eerst tegen een muur op liep en zich daarna lelijk stootte aan het haltafeltje.

'Ze walsen je huis binnen, goddomme, en ze verslepen je spullen in de hoop dat je een doodssmak maakt!'

Even had hij geen idee waar hij was of waar hij heen moest. Het was voor het eerst dat ik hem zo verloren zag. Hij schopte tegen de koperen paraplubak, eerst per ongeluk, de tweede keer om hem uit de weg te trappen. Het gevaarte kletterde over de gangtegels. Tranen schoten hem in de ogen. Vloekend hield hij zijn kamerjas, die open was gevallen, met één hand bijeen. De andere leidde hem langs de trapleuning. Gewoonlijk kon hij die treden dromen: zeventien tot aan de overloop, maar nu alles opgerakeld was, vergat hij helemaal te tellen, zodat zijn tenen bij de laatste trede moesten rondtasten naar vaste grond.

Ik overwoog hem achterna te gaan, maar zei tegen mezelf dat mijn bezorgdheid hem verder in verlegenheid zou brengen. Om er zeker van te zijn dat hij in zijn paniek niet zou vallen, keek ik de bejaarde na tot hij boven was. Daar stond hij even stil om adem en vertrouwen te hervinden. Ondertussen galmde door het trapgat nog wat gemor tegen niemand in het bijzonder.

'Dit is het nou met verhuizen,' tierde hij. 'Ze halen je kasten leeg, ze kieperen je laden om en alles lag zo keurig opgeborgen!'

Parijs, 1863

1

Het meisje was pas negentien, maar zij had in die korte tijd te veel gezien. Estelles ogen waren óp. Dit was het eerste wat Edgar opviel zodra de vluchtelingen uit Amerika op het Gare Saint-Lazare uit de eersteklascoupé stapten.

Zij arriveerde half juni 1863 samen met haar oudere zus Didi en hun moeder, Edgars tante Odile.

Edgar stak zijn hand op naar de reizigsters, die verloren stonden tussen het gedrang op het perron, en wrong zich door de massa. De wekenlange reis was alle drie de vrouwen aan te zien, maar nog veel zwaarder waren zij getekend door wat hun thuis was overkomen, de gruwelen van Het Beest, die hen met zijn schrikbewind uit Louisiana had verjaagd.

Estelle deinsde achteruit zodra haar neef opdook en hield het bundeltje dat zij in haar armen droeg bij hem vandaan, schichtig, alsof het haar elk moment kon worden afgenomen.

Hij lichtte zijn hoed, stelde zich voor en heette tante met haar dochters vriendelijk welkom, maar de jongste, die van top tot teen in het zwart gekleed ging, bleef ongerust, alsof zij er niet op durfde te vertrouwen dat er, nu zij in Europa waren, aan alle vernederingen en gevaar van de Amerikaanse Burgeroorlog een einde was gekomen.

Edgar wenkte een kruier en voerde zijn gasten weg uit de vette rook. Bij de zijuitgang aan de rue d'Amsterdam vroeg hij hun even te wachten voor een bloemenstal, terwijl hij op zoek ging naar een koets.

De verkoopster had de bossen net besprenkeld. Het was juni, warmzacht weer, de lucht was zwaar van rozengeur en lelies. Toen hij terugkeerde met een landauer stonden Didi en haar moeder klaar om in te stijgen, maar Estelle zat neergeknield tussen de bloemenzee. Haar zwarte jurk bolde rond haar als een wolk van rouw.

Haar hoofd stak boven de kleurige bossen uit. Zij snoof met gesloten ogen de verschillende aroma's op, volmaakt geconcentreerd, alsof zij probeerde zich die in te prenten.

'U moet begrijpen,' sprak tante Odile, terwijl zij haar jongste dochter overeind hielp, 'het is voor het eerst in lange tijd dat wij bloemen zien die niet werden vertrapt.'

Edgar hielp zijn Amerikaanse familieleden met instappen en nam zelf plaats op de bok omdat hun crinolines het hele rijtuig vulden. De jonge schilder, altijd al onwennig in vrouwelijk gezelschap, leek door de trieste schoonheid van zijn jongste nichtje nog onhandiger dan anders.

Nauwelijks had de koetsier zijn Shire-paarden opgezweept of Edgar maande hem alweer tot stoppen. Hij sprong op het trottoir, rende terug naar het stalletje en kwam even later aanlopen met zijn armen vol rozen, voor ieder een bos.

'Dank u, neef Edgar,' lachte Didi. Kort keek zij hem aan, maar werd toen rood en sloeg haar ogen neer.

'Wat lief,' zei Estelle. Dit waren de eerste woorden die hij van haar hoorde. 'Heel erg lief, bedankt...'

Zij boog haar hoofd over het dekentje in haar armen, schoof met duim en wijsvinger een punt daarvan opzij en gunde hem een blik op het leven dat zij met zich mee droeg, een dochtertje van zeven maanden.

'Bedankt,' zei zij opnieuw, 'ook namens Baby Joe.'

Edgar ontving nooit logees, maar nood breekt wet.

Terwijl de jonge moeder direct naar de badkamer verdween om haar kleintje te verschonen, bood de gastheer zijn andere nichtje en haar moeder een verfrissing aan, spuitwater en limonade, die zij gebruikten in de serre terwijl een huismeester hun koffers boven bracht. Zodra de reizigsters wat waren afgekoeld liet hij de salon zien en andere ruimtes die zij voorlopig zouden moeten delen, waarna hij de vrouwen hun 'logeervertrekken' wees.

Dit waren gewoon zijn eigen kamers, die hij de afgelopen week van al te persoonlijke eigendommen had ontdaan, vooral van hetgeen bij een vrijgezel zoal rondslingert, waarna alles gesopt was en gelucht, uitgeklopt en opgepoetst. Toen de dames er binnenkwamen stonden hun rozen al op de dressoirs, door de dienstmeid in vazen geschikt. Hun hele verdieping rook ernaar.

Tante bracht hij onder in zijn *bureau*, de nichtjes gaf hij zijn slaapkamer met de lits-jumeaux. De zuigeling kon naast haar moeder slapen in een bedje dat Edgar voor haar had opgemaakt in een oude hutkoffer.

Voor zichzelf legde hij boven in zijn atelier een strozak neer. Comfort was niet iets wat hem interesseerde. Alhoewel... nu hij zijn woning door de ogen van de vrouwen zag, ontdekte hij voor het eerst sleetse plekken op bepaalde armleuningen en bladderende verf op de raamkozijnen.

Hij had hen naar hun ervaringen in de oorlog willen vragen, hoe die nog volop woedde en hoezeer die hen had aangetast; hoe het degenen verging die hadden moeten achterblijven, hoeveel zorg zij hadden om hun vrienden en geliefden thuis en hoe zij zich toch in hemelsnaam – drie vrouwen en een kind – op hun lange, moeilijke vlucht naar Europa staande hadden weten te houden. Maar zij klonken zo vrolijk, opgelucht in veiligheid en onderdak te zijn, dat hij het front van optimisme en vereende goede moed, dat hen tot hiertoe had geholpen, niet met zijn bezorgdheid durfde te doorbreken.

Zij overlaadden hem met uitgelaten complimentjes, maar gaven met die levenslust ook een grens aan: 'Niets vragen nu,' leken zij te zeggen. 'Alsjeblieft, laat ons nog even luchtig zijn.' Voorlopig begon hij dus enkel over uitstapjes naar parken en musea, als waren zij vakantiegangers die de zomer kwamen vieren in Parijs.

'Uit dit boek heb ik zoveel kracht geput,' sprak tante Odile toen Edgar kwam zien of zij op haar kamer alles had wat zij behoefde. Zij pakte de memoires van Marie-Antoinette uit haar reistas en drukte die aan haar boezem. '*Noblesse* is de ruggengraat van onze ziel!'

Zij herkende zich in het adellijk wezen aan wie alle waardigheid ontnomen was en in haar onfortuinlijk lot. Het boekje zette zij op de schouw.

'Adeldom van de geest, dat is het enige wat ons overeind houdt, zelfs wanneer iedere hoop op waardigheid vervlogen is.'

Vervolgens haalde tante een pot *cold cream* en een flaconnetje Keuls water uit haar bagage en zocht tevergeefs een toilettafel. Omdat zij niet wist waar zij haar spulletjes zo snel kwijt kon, gaf zij ze, zonder hem ook maar even aan te kijken, aan Edgar in het volste vertrouwen dat hij er wel raad mee wist.

Dit was een onnozel, alledaags gebaar, maar hij herkende er onmiddellijk zijn moeder in.

De Amerikaanse en de Franse tak van de familie kenden elkaar voornamelijk van het familiebedrijf. Rond een verjaardag ging er soms een vriendelijk briefje heen en weer met een lok haar, een gedroogd bloemetje of uit papier geknipte silhouetten.

Edgar had geprobeerd zich voor te stellen hoe zijn eerste ontmoeting met zijn Amerikaanse familie vandaag zou verlopen. Vooral naar tante Odile was hij benieuwd omdat zij met zijn moeder was opgegroeid en naar school gegaan. Hij keek ernaar uit herinneringen aan haar op te kunnen halen, maar dat hij zijn moeder al in zo'n simpel gebaar zou herkennen, overviel hem.

Het was een automatisme. De vrouwen hadden zich van kleins af aan omringd geweten door slaven en bedienden, altijd zeker dat alles werd op- en aangepakt zodra zij het loslieten. Dergelijke gebaren zaten er bij zijn moeder ingesleten toen zij naar Frankrijk kwam, maar als kind had Edgar ze opgevat als teken van vertrouwen. Op zulke momenten opereerden zij als één, mama en hij, soepel en trefzeker als de acrobaten in het Cirque d'Hiver. Veilig had dat gevoeld, de vanzelfsprekendheid tussen twee mensen die volledig op elkaar zijn ingespeeld. Zo'n verbond had hij sindsdien met niemand meer gevormd.

Edgar bezat een verschoten aquarel van de twee hartsvriendinnen, Odile en Célestine, ver voordat zij schoonzussen werden. Op die prent, gemaakt door een Creoolse amateurschilder, zijn zij een jaar of veertien en in schooluniform, hun haren zo eender opgestoken en bijeengebonden met eenzelfde strik dat geen mens ze uit elkaar kon houden.

Hij vroeg zich af of die gelijkenis, wanneer zijn moeder nog geleefd had, zou zijn gebleven. Hij herinnerde zich haar als knap en slank, maar wie weet was zij, had zij deze leeftijd mogen bereiken, wel even uitgedijd als Odile nu.

Terwijl hij aan zijn moeder dacht, doemden vooral heel gewone handelingen op: hoe zij voor de spiegel haar haren kamde, hoe zij haar voeten waste in een koperen bassin, een voor een, haar tenen daarna droogde met een handdoek, hoe haar handen rondtastten in haar korset op zoek naar een balein die losgekomen was en prikte.

Zolang wij onze dierbaren om ons heen hebben, houden wij van ze om alles wat ze uitzonderlijk maakt, maar zijn ze weg dan missen wij vooral hun dagelijks doen.

Tante Odile was een van die majestueuze Creoolse matrones, een en al kanten roesjes en albasten huid. In de oorlog was zij licht gehandicapt geraakt, een spieraandoening waardoor zij sleepte met een been. Bovendien moest zij alles met haar linkerhand doen. Hier was zij al best bedreven in, zeker als je bedacht dat de rechterhand pas kort tevoren misvormd was geraakt, schijnbaar tijdens strubbelingen op hun vlucht.

Niemand leek precies te weten hoe dit was gebeurd en oom Michel, haar man, had Edgar middels een brief op het hart gedrukt haar er onder geen beding naar te vragen.

Tante droeg mouwen met lange roesjes en probeerde het kreupele aanhangsel altijd weg te moffelen tussen de plooien van een rok of onder een cape, niet zozeer uit schaamte tegenover anderen maar om zelf niet de hele tijd aan haar gebrek te worden herinnerd. Dit lukte maar ten dele, want om de zoveel uren overviel haar een stekende pijn, die dan moest worden onderdrukt met een paar druppels opium.

Of hij voor die opium misschien een veilig kastje had, kwam Estelle hem later die middag vragen.

'Het is krachtig spul.' Zij omklemde een flesje van koningsblauw glas. 'Niet iets om zomaar rond te laten slingeren.'

De vrouwen brachten sowieso nogal een apotheek in huis, want ook zijn twee nichtjes gebruikten poeders en drankjes, zowel om aan te sterken na een periode van ondervoeding als om te kunnen slapen zonder nachtmerries.

'Ik zocht een veilige lade,' zei Estelle, 'maar op onze kamer kunnen ze geen van alle op slot.'

'Het spijt me.' Edgar stapte de gang op en sloot de deur achter zich. Hij wilde niet dat zijn nichtje de strozak op de grond zou zien en zich bezwaard zou voelen. 'Ik had jullie graag wat meer comfort geboden.'

'Een veilig onderkomen, lieve familie, wij hebben hier alles wat we wensen,' sprak zij terwijl hij de opium in een gangkast borg en haar de sleutel gaf. 'Alles wat wij nodig hebben geeft u ons, en dan ook nog eens een vriendelijk gezicht.'

Zij nam zijn arm en kneep er even in.

Hij sloeg zijn ogen neer en wist niets te zeggen.

Onmiddellijk liet zij los alsof ook zij de rilling had gevoeld die hem doortrilde. Maar zij bleef staan en lachte naar hem.

'Laat u mij dat atelier van u wel een keertje zien, Edgar, misschien over een tijdje?'

Die avond, toen zij aan tafel gingen, zat hun verdriet als een ongenode gast tussen hen in. De vrouwen waren moe en de opwinding van de reis maakte plaats voor de melancholie van elke reiziger die op zijn bestemming aankomt: de herinnering aan thuis en een sluipend besef van afstand en vervreemding.

Het maakte de maaltijd een moeizame aangelegenheid. Edgar beschouwde zichzelf in die jaren nog als een vrolijke prater – alle wantrouwen jegens zijn medemens moest nog komen – maar na te hebben geïnformeerd of hun bagage op orde was en nog wat plichtplegingen, waarop de vrouwen steeds vaker en langer stilvielen, deed hij er ook zelf maar het zwijgen toe.

Waren vrouwen bloot, dan wist hij wat hij doen moest. Tussen zijn modellen en hem waren de rollen helder. Hij wist wat er van hem verwacht werd en wat hij van ze mocht vragen. Hij wist waar hij moest kijken en waar niet. Hun lijven kon hij dromen. Hij had de marmertekening van hun striae bestudeerd en snapte hoe een borst dooraderd was. Hij wist waar hun huid snel droog werd en in welke plooitjes juist zweterig geïrriteerd. Hij kende de plekken waar het vel strak stond en waar het na een aantal jaren neerhing. Hij begreep waar licht viel op hun rondingen en hoe de glooiing wegliep tussen het blauw-somber van hun dijen. Met dit alles was hij volstrekt op zijn gemak. En de blote vrouwen waren dat ook met hem omdat er tussen hen geen raadsel bestond, geen verwachting, geen spel en geen geheim. Bij een enkeling duurde het even voordat zij ontspande, vooral wanneer iemand voor het eerst poseerde, maar in de uren daarna raakten zij volledig met elkaar vertrouwd. Pratend, drinkend, zaten zij elkaar soms in hun onschuld achterna als kinderen.

Edgar bracht meer dagen door met naakte dan met geklede lijven. Zodra die zich bedekten, al was het maar met een kimono voor een korte koffiepauze, ontstond er onmiddellijk ongemak. Gêne sloop in het gesprek alsof met de Japanse zijde een gordijn van schaamte omgeslagen werd. En aan het einde van de dag, wanneer de vrouw haar onderjurk van de stoel viste, zich in een directoire hees en haar fatsoen weer omgordde, namen zij afscheid van hun vertrouwelijkheid. Ieder keerde weer in het keurslijf van hun geslacht. Van model werd zij weer vrouw en hij van schilder man.

Toen de vluchtelingen onderdak vroegen, had Edgar geen moment geaarzeld, maar nu de conversatie zo stroef liep, vroeg hij zich af of hij zijn aanbod zorgvuldiger had moeten afwegen. Wat moest iemand als hij, die het liefste op zichzelf was, die zich hele dagen op kon sluiten in zijn atelier en in zijn hoofd, met vrouwelijk bezoek dat maanden, jaren misschien wel, zou kunnen gaan duren?

'Wij zouden morgen een wandeling kunnen maken naar het kerkhof van Montmartre,' opperde tante Odile toen eindelijk de laatste gang op tafel kwam. 'Het is mooi weer. Ik zou jouw moeder graag wat van die mooie rozen brengen die wij van jou hebben gekregen, Edgar.'

Hoe zonnig dit vooruitzicht ook was, het verbeterde de stemming nauwelijks.

'Vooruit meisjes,' sprak de moeder uiteindelijk. Zij rechtte haar rug en hief haar hoofd met het vuur van haar grote voorbeeld op het schavot. 'Wij moeten ons leven niet laten bepalen door wat ons is afgenomen, maar door wat ons rest!'

De Amerikaanse Burgeroorlog, waaraan dit viertal maar ternauwernood ontsnapt was, woedde nog in alle hevigheid. Elke dag stonden de Parijse kranten er vol van. Edgar probeerde die voor ze weg te houden, maar vaak vroegen de vrouwen zelf naar het laatste nieuws, vrezend voor een slecht bericht over hun geliefden.

Het verlies aan mensenlevens werd op dat moment op tweehonderdduizend geschat, nog geen kwart van de doden die de strijd uiteindelijk zou kosten. Van alle verschrikkingen die dit aan beide zijden teweegbracht, had Edgars familie, de Degas-Mussons, het meest te lijden gehad onder de val van New Orleans, inmiddels een jaar geleden.

Zijn moeder was Creoolse, een term die daarginds niet duidt op gemengd bloed, maar op Franse afkomst. Haar vader, Edgars grootvader, had er fortuin gemaakt met katoen en goud uit Mexico, en hoewel hij zijn kinderen een gedegen Europese opleiding had gegeven, was en bleef die tak van de familie door en door *Louisianais*.

Hun stad was op 1 mei 1862 in handen gevallen van het Noorden nadat admiraal Farragut, commodore van de Unie, zijn vloot van houten scheepjes vanuit de Golf van Mexico langs de forten van de Confederatie had weten te loodsen. Laverend tussen de torpedo's wist hij de monding van de Mississippi op te varen en de grootste en rijkste stad van het Zuiden in handen te krijgen.

Voor de inwoners van New Orleans was die nederlaag nog te dragen geweest als de admiraal het bewind vervolgens zelf zou hebben gevoerd. In plaats daarvan leverde hij de stad met huid en haar uit aan Benjamin Butler, bijgenaamd Het Beest.

Butler stond erom bekend dat hij opzettelijk meer burgers doodde dan soldaten om zo de vijand niet alleen militair maar vooral persoonlijk te breken. De wreedheid waarmee hij New Orleans teisterde, veroorzaakte wereldwijd zo'n afschuw dat Europese landen, ook al steunden zij de afschaffing van de slavernij, zich lange tijd niet zonder meer achter de Noordelijke staten konden scharen.

De man was een wandelende karikatuur. Butlers hangende ogen en peervormig voorkomen waren van veraf herkenbaar op pamfletten die door de hele stad hingen en hem beschimpten omdat hij militair bewind voerde zonder enige militaire kennis of opleiding. Overgevoelig voor volksspot, zoals de meeste despoten, bezwoer Butler de veroverde stad tot woestenij te zullen maken als hij zich er niet op straat kon begeven zonder te worden beledigd.

Met name de vrouwen van New Orleans legden zich hier niet bij neer. Zij lachten hem nog harder uit en riepen hem na. Reed Het Beest langs, dan draaiden zij hem de rug toe. Op een dag opende een van hen haar raam en leegde haar pispot over zijn hoofd, waarna Benjamin Butler Algemene Verordening Nr 28 afkondigde, beter bekend als zijn *Akte van oorlog tegen vrouwen*.

Vanaf dat moment werd 'iedere vrouw die in woord, gebaar, beweging of belediging minachting toont voor welke officier of soldaat van de Verenigde Staten dan ook gezien én behandeld als iemand die zich te koop aanbiedt op straat'.

Er waren op dat moment meer jonge mannen in de stad dan de bordelen konden verwerken, dus voor de garnizoenssoldaten kwam deze proclamatie als een zegen. De meesten hadden in lange tijd geen vrouw gehad en maakten van de nieuwe verordening dankbaar misbruik.

Ieder opstandig meisje werd hierdoor tot prostituee bestempeld met als gevolg dat in feite elke jonge vrouw, maar ook de oudere, was overgeleverd aan vijandelijke willekeur. Ieder uur van de dag of nacht kon een inwoonster van New Orleans als hoer worden aangemerkt en gebruikt. En zo gebeurde dit.

Edgar had moeite zich voor te stellen dat zelfs zijn tante op haar leeftijd en met die aanzienlijke omvang – zij leek wel even breed als lang – tijdens de bezetting te lijden had gehad onder de bandeloze, wetteloze lust van groepen hunkerende mannen en toen hem dat op enig moment wel lukte, kostte het nog veel meer moeite die voorstelling zo snel mogelijk weer van zijn netvlies te krijgen. Toch was dit het geweld waaraan Odile en twee van haar drie dochters hadden getracht te ontkomen. Hij kon alleen maar hopen dat hun dit bijtijds gelukt was.

2

De pasgeborene was in die eerste dagen na aankomst in Parijs hun enige afleiding. Baby Joe bleef zich zalig onbewust van alle gevaren waaraan moeder, tante en oma waren ontsnapt, zoals zij ook niet wist dat zij in feite van iedereen het zwaarst door de oorlog was getroffen.

Josephine Balfour lag in haar koffertje te stralen alsof het een hemelbed was en zij luisterde naar niets dan haar natuur, die te pas en te onpas riep. Zij hoefde maar te kikken of allen vlogen erop af, Edgar net zo gretig als de vrouwen. Zolang iedereen maar met haar redderde en speelde, haar voerde of verschoonde was er toekomst in zijn huis en meer leven dan hij ooit voor mogelijk had gehouden.

Op een middag, waarop de vrouwen haar een uurtje aan zijn zorg hadden toevertrouwd, schrok Baby Joe huilend wakker uit haar middagslaap.

Haastig veegde Edgar de verf van zijn handen aan zijn voorschoot af, zette zijn kwast in de terpentijn, boog zich over de koffer en toen het kleintje van zijn wiegen en sussen niet kalmeerde, streek hij voorzichtigjes over haar wang. Hiervan viel zij stil. Zij bekeek met grote ogen de sussende vinger, onder de nagelrand restjes Windsororanje, en pakte hem in haar knuistje beet.

'Een man die met zoveel zorg een luier verschoont!' Estelle klapte in haar handen toen zij thuiskwam van haar wandeling en haar neef in de weer zag. 'Boezemt het u dan helemaal geen weerzin in?'

'U doet het toch ook met liefde?'

'Ik ben haar moeder.'

Zij trok de hoedenlinten los, deed haar handschoentjes uit en nam het van hem over...

'Het menselijk lichaam is mijn werkgebied,' sprak Edgar. Hij nam de ketel van het vuur en goot warm water in het wasbassin. 'Lijven zijn mijn materiaal. Wil ik de mens weergeven, dan moet ik van hem houden in al zijn facetten. Waar was Meissonnier geweest als hij een afkeer had gehad van paardenpoep?'

'Meissonnier?'

'Onze beroemdste schilder. Ik zal u binnenkort wat van zijn werk laten zien. En van betere collega's ook.'

Hij rolde een manchet op en stak zijn onderarm in het water om te voelen of het niet te heet was.

'U hebt echt ervaring!' lachte Estelle.

'Toen moeder stierf was ik de oudste. René nog geen twee jaar. Vader moest werken en de anderen waren te klein om te zorgen. Ik was net dertien, ik had weinig keus.'

Hij drenkte een lapje in het lauwe water, wrong het uit en gaf het haar.

'Ik heb Renés billen gewassen, ik heb zijn bloed gestelpt en zijn braaksel opgeveegd, geloof me, er is weinig waar ik nog van schrik.'

'Dertien jaar en dan zo'n verantwoordelijkheid.'

'Je denkt er niet bij na, het is eigen vlees en bloed.'

'Zoals u en ik.' Estelle sloeg haar ogen neer. 'Als neef en nicht.'

'Vlees en bloed,' beaamde Edgar zonder op te kijken en hij legde een stuk honingzeep voor haar neer.

'Zo jong een van je ouders moeten missen,' zei Estelle zacht en tutoyeerde: 'Ik ben benieuwd... kun jij je haar herinneren, Edgar?'

'Mijn moeder?'

'Kun jij haar nog voor je zien?'

'Zoals wij geesten zien. Het is zo lang geleden. Als ik aan mijn moeder denk dan zie ik alleen nog een contour; gelaatstrekken zijn opgelost, iedere substantie is weggevallen, van mens is zij idee geworden.'

'Meer levert herinneren niet op, is mijn ervaring. Je hoopt dat iemand nog ergens aanwezig is, maar alles wat je vindt is zijn afwezigheid.'

'Kort na mijn moeders dood heb ik eens geprobeerd om haar te schilderen vanuit mijn herinnering. Mijn verdriet was vers, ik wist niet beter of zij stond nog helder op mijn netvlies. En toch leek het al nergens meer naar. Hooguit een paar weken na haar overlijden, en toch, ik kreeg haar ziel niet meer te pakken. Haar gezicht, het leefde niet. Vijf, zes keer, heb ik het uitgewist en dan begon ik weer opnieuw, maar ik vond geen gelijkenis.'

'Gezichten vervagen het eerst.' Estelle dacht aan de vader van haar kind. 'Hoe wij ook ons best doen om ze vast te houden.'

'Het is niet erg,' suste Edgar. 'Als het van belang was om de lach van onze geliefden ten eeuwigen dage bij ons te houden dan waren onze hersenen daar wel voor toegerust.'

De jonge moeder gaf het lapje terug. Hij spoelde het uit, terwijl zij een vers gestreken linnen luier rond de babybillen vouwde.

'Wat herinner jij je wel?' vroeg zij.

'Van mama?' Edgar reikte de speld aan. 'Elke avond, nadat ik door de kindermeid was ingestopt, kwam zij de lamp uitdoen en iets vertellen. Over dieren en prinsen, allemaal onzin.'

'En weet je die verhalen nog?'

'Niet één. Maar ik weet hoe veilig ik mij voelde zolang zij aan het woord was.'

Zij legden Baby Joe terug in de koffer.

'Zij zal zich straks van haar vader niets kunnen herinneren,' verzuchtte Estelle, terwijl zij toekeken hoe het kleintje ontspande, nog even kraaide en weer wegdoezelde. 'Zelfs geen verhaaltje voor het slapengaan. Ik bezit niet eens een afbeelding van Joseph die ik haar op een dag zou kunnen laten zien. Het zal zijn alsof hij nooit bestaan heeft.'

Kapitein Joseph Lazare Balfour was negentien toen hij met Estelle Musson in het huwelijk trad. Zij droeg die dag de kanten bruidsjurk die haar moeder had gedragen, hij had voor negentig dollar een van de uniformen aangeschaft uit de nieuwe zending van de kwartiermeester in Richmond, Virginia.

Dit voltrok zich allemaal begin vorig jaar.

Josephs oom was Jefferson Davis, de president van de Confederatie, waardoor hij toestemming had weten te krijgen iets langer dan andere officieren van zijn wittebroodsdagen te genieten. Maar toen hij zich dan uiteindelijk van zijn kersverse echtgenote had kunnen losmaken en uit bed was gestapt, was het om zich in zijn lichtgrijze frak te hijsen en zijn degen om te gorden.

Aangekleed en al was hij opnieuw bij zijn lief op bed gekropen maar zij had hem lachend van zich af geduwd en hem herinnerd aan zijn plicht, niet omdat zij wilde dat hij gíng, maar omdat de doem van het onvermijdelijke zo zwaar over hun geluk hing dat zij dit niet langer kon verdragen.

Estelle was uit bed gesprongen, speels. Zij had hem zijn kepie aangegeven en zijn witte handschoenen. Bloot en wel was zij met hem meegelopen naar de deur. Daar had zij hem een lange, laatste kus gegeven. Zij had zich tegen hem aan gedrukt, hij legde nog heel even zijn handen rond haar billen. Daarop was zij weer tussen de lakens gekropen om nog wat van zijn warmte te voelen. En ook nadat die weggetrokken was, bleef zij liggen, omdat zij een tijdlang meende dat zij Joseph nog kon ruiken in de kussens.

Toen New Orleans viel, vier maanden later, was Joseph Balfour aan het front zodat hij haar niet kon beschermen tegen Butler en zijn hordes. Estelle stuurde haar echtgenoot een brief om hem gerust te stellen. Zij waren 'allen ongedeerd', schreef zij, en 'vastberaden de terreur te overleven', maar of die woorden hem bereikten blijft onduidelijk. Er kwam in elk geval geen reactie, zoals hij ook niet gereageerd had op haar vorige brief, waarin zij hem had laten weten onder haar hart de vrucht te dragen van hun korte samenzijn en dat zij dat najaar zijn kind verwachtte.

Eind september kreeg Josephs regiment opdracht zich bij de troepen van generaal-majoor Van Dorn te voegen voor de herovering van Corinth. Met tweeëntwintigduizend man trokken zij op 1 oktober samen op naar Pocahontas, Tennessee. Daar ontving elke soldaat voor drie dagen rantsoen en honderd kogels, waarna de aanval werd ingezet.

Die eerste dag viel uit in het voordeel van het Zuidelijke leger, hoewel de temperatuur ondragelijk hoog was en de wollen uniformen verstikkend, waardoor veel van Josephs kameraden flauwvielen of het leven lieten als gevolg van hitte en uitdroging. De volgende ochtend begon Van Dorn om half vijf te bombarderen, maar de tegenaanval kwam zo heftig, onverwacht sterk en van zoveel zijden tegelijk dat de slag al om één uur 's middags in het nadeel van het Zuiden was beslist.

Joe en zijn kameraden trokken zich terug maar raakten ingesloten, zodat zij die 4e oktober 1862 eindigden met het verlies van bijna vijfhonderd zielen, tweeduizend gewonden en minstens evenzoveel van hun jongens in handen van de vijand. De rest begon de nacht in angstige onzekerheid of zij de ochtend zouden halen.

Iets na middernacht meldde Joseph Balfour zich bij de tent van Van Dorn, waarbinnen nog een lampje flakkerde. De generaal-majoor zat op de grond met een fles whisky. Die had hij gevorderd uit de ziekenboeg hoewel alcohol daar juist hard nodig was ter verdoving en ontsmetting. Om de zoveel tijd hoorde je in het kamp het gekrijs van ongelukkigen bij wie met de zaag onverdoofd een been of arm werd afgezet.

Achter op zijn marsbevel had Joseph Balfour – uit zijn geheugen – een kaart van de omgeving getekend. Met de punt van zijn bajonet wees hij daarop een route aan die de manschappen mogelijk nog een uitweg zou kunnen bieden. Het was een riskante doorsteek over open boerenland naar een oude veebrug over de Hatchie River. Hij vroeg verlof om met twee man op onderzoek uit te gaan en keerde met goed nieuws terug zodat nog vóór zonsopgang met de uittocht werd begonnen.

Bij de houten brug stuitte men echter door stomme pech op een kleine patrouille die weerstand bood en hulp haalde, waarop een korte maar hevige schermutseling volgde die bekend zou worden als de slag bij Davis Bridge. Hierbij viel slechts een handvol slachtoffers, waaronder kapitein Joseph Lazare Balfour.

Joe was voluit in de borst getroffen en te zwak om te worden vervoerd. Aan de oever van de Hatchie werd hij neergelegd onder een boom en hij leefde lang genoeg om te horen hoe zijn kameraden over de brug naar de vrijheid trokken, precies zoals hij had gehoopt. Het geluid van hun laarzen, steeds vager. Daarna kwam de zon op en heeft hij zelfs nog de eerste vogels horen zingen.

Het duurde een volle week voordat dit nieuws Estelle bereikte. De officier die aan de deur kwam, droeg om zijn arm een zwarte band, zodat haar hart de waarheid wist voordat haar oren haar hoorden.

Eind oktober, zij was drieëntwintig dagen weduwe, baarde zij hun dochtertje dat zij naar Joseph vernoemde.

'Ik had hem bij me moeten houden,' verzuchtte Estelle, poserend in het atelier. 'Die ochtend, Joseph in zijn nieuwe uniform, klaar om te vertrekken... Ik had mijn armen om zijn middel moeten slaan en niet meer mogen loslaten.'

Edgar, achter zijn ezel, probeerde de compositie te bepalen. Telkens kneep hij zijn rechteroog toe en mat haar met het linker. Zijn grafietstift hield hij op armlengte, het ene moment verticaal, dan weer horizontaal, en hij gebruikte zijn duim als indicator.

Zijn nichtje zat stil terwijl zij werd opgemeten, op één vinger na waarmee zij de wang bleef strelen van Baby Joe, die in haar armen rustte.

Ondertussen keek Estelle haar ogen uit: de tafel met hars en flesjes lijnzaadolie, zacht goud in het schijnsel dat door de hoge matglazen ramen viel, op de flessen met lichtblauw de geest van terpentine en de potjes met pigmenten in vele kleuren.

'Het is een oeroud ambacht.' Edgar verontschuldigde zich voor de intimiteit van dagelijkse dingen; de gebroken potten, besmeurde glazen, een roestig paletmes, zoveel ten dode opgeschreven voorwerpen. 'Als schilder ben je het overblijfsel van een voorbije soort.'

Bontbevlekte doeken lagen rondom en her en der stonden kwasten als boeketten in vazen bijeen, hun schoongewassen glanzend marterhaar op stijfhouten stengels als donzige bloemen uitgespreid. Aan de muur geprikte prenten, planken vol gipsen afgietsels van Griekse beelden, fragmenten maar, een hoofd, een voet, en rijen dik de opgespannen ramen, lege doeken in afwachting van een idee... Er was iets aan deze wereld wat zich niet mocht mengen met het alledaagse, dat begreep zij wel, en ook dat deze ruimte anders dan de andere in huis niet zomaar bezoek verdroeg.

'Ik zie wat ik wil zien,' verklaarde hij de rommel, 'niet wat er om mij heen is.'

Dat hij haar en haar kind hier toeliet was een teken van vertrouwen en belangstelling dat haar niet ontging. En zij beloonde het door haar gêne opzij te zetten.

'Dat ene beeld...' Estelle vertelde over haar afscheid van Joe Balfour. 'Ik raak het niet meer kwijt, dat idee dat ik hem zelf heb weggestuurd.'

Edgar zette eerste, lichte streken. Hij hoorde haar, maar zweeg met de vanzelfsprekendheid tussen een schilder en zijn onderwerp.

'Dat ik tegen hem gezegd heb: "Ga nou maar!"' vervolgde Estelle. 'Terwijl ik hem met gemak nog een minuut of twintig langer bij mij had kunnen hebben. Wat zijn nou twintig minuten, zou je zeggen? Soms betekenen ze niets, soms alles. De ellende is dat je het op het moment zelf onmogelijk kunt weten. Eerst moet het leven eroverheen.'

Baby Joe was gewekt door haar emotie en leek te willen huilen.

'Is goed, liefje, stil maar. Kijk eens naar oom Edgar. Blijf maar lief stilliggen, nou, kijk maar zo, ja zo, en dan moet jij straks eens zien wat een mooi portret hij van ons maakt!'

Zij onderbraken de sessie zodat Edgar voor de kleine een bedje kon maken van wat kussens. Hij gebruikte een schilderschort als lakentje en hing er een rol linnen overheen als baldakijn, want de noordelijke wand van zijn studio was helemaal van glas zodat het licht te schel werd voor haar oogjes.

Hierna nam Estelle opnieuw plaats, nu voor een portret van haar alleen, op doek dit keer, en zij liet zich gedwee door Edgar in de gewenste houding zetten.

Hij nam haar hand en legde die in haar schoot.

Hij draaide haar schouders zo dat die meer warm dan koel licht vingen.

Toen hij zijn hand naar haar gezicht uitstrekte, week zijn nicht als vanzelf terug, maar zij herstelde zich meteen en liet hem toe. Hij nam haar kin tussen duim en wijsvinger en kantelde haar hoofd zodat de oogkas licht ving.

'Joseph was een mooi model voor jou geweest.' Estelle hield, zoals gevraagd, haar blik strak op de muur. 'Klassieke kop. Ik had een foto waar hij zo knap op stond, trots rechtop met zijn insignes. Maar Butlers mannen... Bij een inval hebben zij zijn foto gevonden en zij hebben hem verbrand, zoals al onze militaire aandenkens. Ach, Edgar, als jij hem toch had kunnen vangen in een tekening!'

'Vind je het erg?' maande hij voorzichtig. 'Ik heb een klein uurtje nodig.'

'Och ja,' lachte zij, 'ik moet mijn mond ook houden.'

Eén keer nog streek zij met haar handpalm langs haar hoofd en duwde een paar losse haren op hun plaats. Zij rolde haar schouders om ze te ontspannen. Geconcentreerd als een trapeziste voor de grote sprong, rechtte zij haar rug, ademde nog eens diep in en uit en verstilde toen.

Zijn blik tastte haar af, zijn hand zocht het papier. Daarop vielen zij samen.

Tussen idee en uitwerking zindert een intimiteit die Edgar nergens anders had gevonden. Tussen de kunstenaar en zijn object ontstaat een veld dat even onontkoombaar krachtig is als vluchtig en fragiel.

Het enige wat hem hieraan enigszins deed denken was een fenomeen dat in het Musée des Arts et Métiers vertoond werd. Daar stonden twee magneten van dezelfde sterkte opgesteld met de gelijke polen tegenover elkaar. Bezoekers mochten proberen ze opeen te drukken. De weerstand die dan ontstond, schonk een fysiek genoegen, een erotisch geladen opwinding welhaast. Zelfs met drie, vier man aan iedere kant, hemdsmouwen opgestroopt, die hun volle lijfsgewicht ertegenaan gooiden, lukte het niet de ijzers tegen elkaar te krijgen. Daar had hij een bevrediging ervaren in het onbereikbare.

De kracht waarmee je werd weggeduwd was evenredig aan de kracht die je zette. Die weerstand wekte je zelf op. Je maakte hem groter of kleiner naargelang je drang. Opperste concentratie was vereist, want bij de minste onoplettendheid raakte je buiten het krachtenveld; een lichte afwijking naar links of rechts reduceert de magneten tot twee brokken ijzer en iedere magie valt weg.

'Iets soortgelijks gebeurt wanneer je schetst of schildert,' legde Edgar eens aan studenten uit. 'Ongeacht of je een model hoopt weer te geven, een voorwerp of een landschap: jouw verlangen iets te vangen, houdt het buiten je bereik. Onmacht voedt de wil. Daarom kan kunst enkel bestaan in het streven, nooit in het resultaat. Een werk voltooien is het opgeven. Je stopt niet omdat je klaar bent, maar omdat je niet verder kunt. Wie zijn penseel neerlegt, geeft toe te zijn verslagen. Het kunstwerk dat het resultaat is van dit krachtenspel, reduceert zowel schepper als model tot hun oorspronkelijke imperfectie. Kijk naar een schilderij. Hoe belangrijk, mooi of indrukwekkend het ook is, wat je ziet is nooit wat het had moeten zijn. Niet per se een mislukking, maar voor de maker altijd een teleurstelling. Zoals het spijtig is dat er een einde is gekomen aan een vrijpartij. Het klaarkomen was er niet minder om, je zou alleen willen dat het nog in het verschiet lag.'

Estelle toonde zich een geduldig model. Slechts eenmaal moest zij de sessie onderbreken.

Zij vulde een oogbadje met boorwater, drukte haar oogkas er tegenaan en wierp haar hoofd achterover terwijl zij het vreemd gevormde borrelglaasje strak op zijn plaats hield. Zij opende haar ooglid. Het vocht en de bolling van het glas vergrootten en vervormden iris en pupil. Het was alsof zij hem met één enorme, waterige oogbol aanstaarde.

'Wat mankeer je?'

'Soms een beetje hoofdpijn van het turen, dat is alles.' Zij knipperde een paar maal en bewoog haar hoofd langzaam van links naar rechts om goed te spoelen. 'Het licht is hier zo fel.'

'Is dit hetzelfde waarvan je last had op Saint-Cloud? Laatst, toen je niet kon zien wie de ballonrace had gewonnen?'

'Tegen de zon in en dan zo'n heel eind in de verte...' Zij had haar hoofd nog in de nek en knipperde een aantal maal nadrukkelijk. 'Daar heb ik last van, ja. En daarbij was er een weerschittering op de rivier... Dan wordt het soms wat wazig. Heus, meer is het niet.'

Toen zij het ene oog had gewassen, baadde zij het andere.

'Didi hoeft hier niet van te weten,' sprak zij toen zij klaar was. 'Afgesproken? Mama is er enigszins van op de hoogte, maar het fijne weet zij niet. Zij hebben al te veel doorstaan. Te veel, te veel. Zij mogen zich om mij geen nieuwe zorgen maken.'

Edgar streek haar wang droog met zijn duim.

Zij liet haar gezicht even tegen de palm van zijn hand rusten.

Hoe koel haar huid aanvoelde, zou hij zich herinneren; het gemak waarmee zijn vingers zich voegden naar de vorm van de schedel. En de vanzelfsprekendheid, alsof dit tussen hen normaal was. Maar toen zijn gezicht naar het hare neigde en hij haar op de lippen wilde kussen, hield zij hem toch tegen.

'Te vroeg,' fluisterde zij spijtig. 'Nu niet. Nog niet...'

Hij knikte opnieuw, alsof zijn begrip hun stille pact versterkte.

'Te vroeg,' herhaalde hij en drukte zijn kus broederlijk op haar voorhoofd.

Na de wassing bleef Estelle nog een tijd met natte, dichte ogen zitten.

3

'Jij bent verliefd!' plaagde René zodra Edgar hem Estelles portret toonde.

'Doe niet zo idioot.'

'En zo te zien heeft zij er oren naar ook!'

'Alsjeblieft, die vrouw is in de rouw!'

'Dat zou mij niet tegenhouden. Wie is er nou meer aan toe eens goed getroost te worden dan een jonge weduwe?'

René was net achttien en dacht nergens anders aan. Soms kon Edgar erom lachen. In dit geval niet.

'Waar is het origineel?'

'Op mijn kamer.'

'Vlot werk!' prees René.

'Zij logéért daar samen met Didi, die ik trouwens ook ga portretteren.' Edgar bleef zakelijk. 'En ik heb het tante eveneens beloofd. Het wordt een serie.'

'En allemaal met diezelfde ondeugd in hun ogen?'

'In godsnaam, word een keer volwassen!'

René was die ochtend net terug in de stad van een bezoek aan hun familie in Napels, waar hij naar eigen zeggen het ene hart na het andere op hol had gebracht. Het was dat hij eerst langs de familiebank in de rue Saint-Georges had moeten gaan met dringende instructies die hun vader hem had meegegeven, anders was hij rechtstreeks van het station naar Edgar gerend om op te scheppen over zijn Napolitaanse amourettes.

Het vertrouwen tussen broers, vroeg Edgar zich af, viel dat met iets te vergelijken? Meer nog dan onder vrienden waren zij altijd schaamteloos geweest over de behoeften en verlangens van hun lijf, terwijl zij met hun ontboezemingen ook tegen elkaar opboden.

Niet dat zijn broer in de liefde ooit concurrentie aan hem had gehad. In Edgars leven waren nauwelijks vrouwen, niet op die manier althans; het enige waarmee hij René kon imponeren waren zijn modellen. Hij verdacht zijn jongste broer ervan dat zij de voornaamste reden waren dat hij interesse toonde in zijn kunst.

'Na een minuut of tien vergeet een schilder dat zijn model geen kleren draagt,' had hij hem van jongs af uitgelegd. 'Behalve wanneer iemand nieuw is en zich schaamt. Dan duurt het iets langer. Schaamte vestigt namelijk de aandacht precies op wat het wil verbergen.'

En het was waar: vanaf het moment dat Edgar zijn penseel oppakte was vlees voor hem alleen nog toon. De meest wulpse en verleidelijke delen daagden hem dan enkel uit te worden gevangen in koud en warm, licht en schaduw. Maar hoe vaak hij René ook had verzekerd dat een schilder zich bij de lichamen in zijn atelier geen lust kan veroorloven, zijn broertje bleef watertanden bij ieder naakt in zijn portfolio. Soms floot hij daarbij als jongens op de kermis naar een meid, of hij keek de maker schuins aan, breed grijnzend als vroeger wanneer die hun jongenskamer binnenliep terwijl hij zich lag af te trekken. Vanaf zijn tiende had Edgar hem moeten verbieden door het bovenlicht van zijn atelier te gluren en hij had wel eens met René op de vuist moeten gaan om hem weg te houden bij een jonge vrouw die op de sofabank lag te poseren. De jongen kon zich nu eenmaal niet voorstellen dat een schilder die vrouwen, wanneer zij zo voor hem liggen, niet gewoonweg néémt.

'Mijn broer,' hield Edgar zich voor, 'is dan ook geen kunstenaar maar zakenman, altijd erop uit zijn kansen te grijpen.'

'Mooie vrouw,' oordeelde René over Estelles portret. 'Goed in het vlak gezet. Knap, dat koele licht van achteren. Zo in het zwart is het net een dikke kever, maar denk die rouwjurk weg...'

'Ik waarschuw jou, jij maakt haar geen avances!'

'Dus toch,' lachte hij, 'jaloers! En hoe oud is ons lieve nichtje?'

'Maar iets ouder dan jij.'

'Of anders gezegd: veel en veel te jong voor jóú, Eddy. Maar goed, als zo iemand op zoek is naar een vader voor haar kind...'

'Zij is nergens naar op zoek. En ik nog minder. Verdomd, geen grapjes nou, Estelle heeft zoveel meegemaakt, jij gaat nu niet met haar gevoelens spelen.'

'Ik speel enkel met de jouwe, oudje.' Lachend nam René de tekening opnieuw ter hand en bestudeerde haar nader. 'Wanneer heb jij ze zelf eigenlijk voor het laatst gevolgd, die gevoelens van je? Laat jij ze überhaupt wel eens de vrije loop? Zo'n simpel portretje... jongen, de liefde die daaruit spreekt! Ik zie het toch. Of is het verlangen? Kom op, Eddy, ik meen het. Wordt het niet gewoon eens tijd iemand te trouwen?'

'En die dan voor altijd en eeuwig om me heen hebben?' De schilder pakte zijn doek terug en zette het weg, gezicht tegen de muur. 'Dat zou mij uit mezelf halen. Een artiest moet geen andere passie kennen dan zijn werk en daaraan moet hij alles opofferen. Het mooiste in de kunst komt voort uit onthouding.'

'Vandaar,' lachte René, 'dat ik nog geen bloemetje kan tekenen!'

'Serieus, een getrouwd man wordt in de kunst reactionair. Je ziet het overal gebeuren, elke keer weer. Nee, Courbet had het bij het rechte eind: als je je kunst oprecht wilt voortbrengen en voor jezelf een hoekje wilt bevechten van oorspronkelijkheid of althans een schuldeloze persoonlijkheid wilt houden, dan móét je jezelf onderdompelen in eenzaamheid.'

'Dat dénk jij.' René klonk fel. 'Dit is wat jij jezelf hebt wijsgemaakt. Jij hebt je die onzin aangepraat, omdat jij niet dúrft voluit lief te hebben. Heb ik geen gelijk? Je bent gewoon te schijterig. Omdat er bepaalde aspecten van het leven zijn waarvoor jij misschien niet zo bent toegerust als ik, niet van nature.'

'Een liefde zou mij naar het leven leiden, ja, de fysieke werkelijkheid in; het gewone pad op. En dat is precies wat ik niet wil! Kunst heeft reinheid nodig, onbedorvenheid van het soort dat enkel kan worden bereikt in afzondering.'

'Vrouwen zijn veel sterker dan jij weet, Eddy. Jij snapt ze niet. Dacht jij dat er geen vrouwen bestaan die dit kunnen begrijpen, vrouwen die weten wat jij als kunstenaar nodig hebt, welke eigenaardigheden zij jou moeten toestaan, welke tekortkomingen en behoeften, vrouwen die bereid zijn deel te nemen aan dit offer?'

'Hoe kunnen ze eraan deelnemen?' viel Edgar uit. 'Vrouwen *zijn* het offer!'

'Onbegrijpelijk dat u mijn broer zou verkiezen boven mij!' plaagde René die avond.

Zij zaten met hun Amerikaanse familie aan tafel. Hij had al wat op. Zette hij de sluizen van zijn charme eenmaal open, dan viel er niet meer tegenop te zwemmen.

'Ik sla Edgar op veel vlakken hoog aan,' ging hij verder, 'maar niet als gastheer. Die jongen werkt dag en nacht en heeft zijn hoofd alleen maar bij zijn schilderijen. Hebben ze u niet voor hem gewaarschuwd?'

'Gewaarschuwd?' riep Edgar met gespeelde verontwaardiging. 'Waartegen?'

'Je chagrijn!' kwam het antwoord lachend. 'Jouw onmogelijke karakter.'

René had zichzelf tussen Didi en Estelle geplaceerd en oogstte vrolijkheid van beide kanten.

'Waarom bij zo'n knorrepot logeren,' liet hij zijn jovialiteit de vrije loop, 'als jullie ook bij mij terecht hadden gekund?'

'Om te beginnen,' zei Edgar, 'zat jij in Italië bij pa!'

'Knorrepot?' Tante Odile legde haar hand op zijn arm. 'Edgar had niet vriendelijker voor ons kunnen zijn.'

'En zo behulpzaam!' vulde Didi goedbedoelend aan. 'U hebt nogal een reputatie, neef lief, da's waar, maar die doet u geen recht.'

'Een reputatie,' vroeg Edgar, 'ik?'

'Ze hébben ons gewaarschuwd voor uw temperament,' vervolgde zij tot ieders hilariteit, 'voor hoe u zich vergeet wanneer u opgaat in uw werk, maar heus, zo afschrikwekkend als ze zeggen, bént u helemaal niet.'

'De Beer noemen ze hem.' Goedmoedig sloeg René hem op zijn schouder. 'En dat zijn dan nog zijn vrienden!'

'Zo word ik genoemd, da's waar. Zelf ga ik ervan uit dat ze bedoelen *knuffel*beer. Vanwege mijn gemoedelijkheid.'

'Onge*likte* beer, bedoelen ze. Ieder zinnig mens gaat jou uit de weg omdat jij zo vervaarlijk grommen kan en grauwen!'

'Buiten de deur,' gaf Edgar toe, 'dan kan ik wel eens uitvallen. Het valt niet mee beleefd te blijven als je omgeven bent door idioten.'

'Zoals jij onverwacht naar iemand uit kan halen met die klauwen, zomaar. Geloof me, tante, pas toch op, de man zijn enige plezier is ruziemaken.'

Het werd allemaal in aardigheid gezegd.

En het was waar, er waren maar weinigen die Edgar in zijn buurt verdroeg. Hij had het anders gewild, maar zo was het gegroeid: te zien hoe anderen met hun leven worstelden, wekte in hem te gevaarlijk het verlangen zelf de handdoek in de ring te gooien. De verantwoordelijkheid voor al die levens lag op geen enkele manier bij hem, en toch voelde hij die. Het drukte hem teneer.

De dag dat hun moeder stierf, pas tweeëndertig jaar, had Edgar als oudste de zorg gekregen voor het kleine grut. Diezelfde avond nog moest er tenslotte eten op tafel. Zijn jongere broertjes Achille en René, acht en twee jaar oud, zijn jonge zusjes Marguerite en Marie-Thérèse, hij hield van ze – en nóg – zij waren wat hij van haar overhad.

Maar hoe moest je, zelf wankel van verdriet, overeind blijven wanneer er dag en nacht van alle kanten aan je werd getrokken? Hoe hij zijn broers en zusjes moest voeden, wassen, kleden en in slaap krijgen, kon hij leren, maar in de nacht... wat kon hij doen wanneer zij huilend om haar wakker werden? Waar moest hij beginnen? Hoe bied je troost als je het zelf zo nodig hebt?

Werd Edgar in die jonge jaren wel eens boos dan was het omdat hun verdriet hem aan het zijne herinnerde en aan zijn onvermogen hun eenzaamheid weg te nemen.

Sindsdien was dit au fond nauwelijks veranderd. Reageerde Edgar knorpelig dan was dat vaak uit zielsbehoud. Werd hij kwaad dan was dit meestal op zichzelf, omdat hij in zoveel opzichten tekortschoot. Omdat zoveel mensen hulp behoefden en hij er niet voor iedereen kon zijn.

Hij registreerde nog altijd feilloos en voortdurend ieders ongemak. Hij zag hun ellende en wist niet hoe hij die moest wegnemen. Hij schaamde zich soms dat hij niet méér, niet wérkelijk iets voor anderen kon betekenen omdat hij niet zou weten hoe. Hun onmacht kon hij niet toelaten zonder het te begeven onder die van hemzelf.

Hij mocht dan ogen als een beer, Edgar had de weerbaarheid van een marmot. Liet hij mensen te dichtbij dan kregen zij de overhand, vrijwel direct. Zij kwamen de ruimte binnen die hij zelf zo nodig had om rust te vinden, inspiratie, schoonheid en eenvoudigweg de moed om door te leven. Daarom hield hij iedereen op afstand. Dit was hij zo gewend. Hij kón een ander er niet bij hebben.

'Degas is nu eenmaal een eenling.'

Waar zijn naam genoemd werd, gingen de verhalen lachend rond, achter zijn rug of recht voor zijn neus. Werd hij met zijn eenkennigheid geplaagd, dan lachte hij ruimhartig mee. Hij cultiveerde de mythe, want die vormde een eerste barrage en schiftte alvast de mannen van de meelopers.

'Ik draag mijn onbehouwenheid als ereteken,' hield hij zichzelf voor. 'Het is een onderscheiding die ik mezelf op de borst heb gepind, de speld dwars door mijn vlees.'

Met zijn oudere broer als pispaal in zijn komische relaas wond René hun nichtjes om zijn vinger, met hetzelfde gemak waarmee hij dat bij alle jonge vrouwen deed. Hij bevrijdde de Louisianaises gedurende het diner even van hun somberte. Zelfs tante Odile moest van pret een slok port terug spugen in haar glaasje.

Zij waren met familie, elkaar goedgezind, wat kon het dan voor kwaad eventjes mikpunt van scherts te zijn? René flikte hem dit zo vaak en Edgar vond het meestal best. Deze avond echter ervoer hij een ongemak, zo onbestemd dat hij zelf niet direct begreep om wie of wat. Zo vaag was het, dacht hij, dat niemand het zou opmerken. Maar toen zij van tafel gingen, nam Estelle hem bij de arm en zij drukte die tegen zich aan.

'Ik weet het heus wel, hoor...' Zij sprak bedeesd, de ogen neergeslagen. 'U bent de zachtste, liefste man die ik ken.'

'Ah,' spotte zijn broer, 'dan moet u toch eens meer onder de mensen komen!'

4

'Heb jij nou je stijl al eens gevonden?' vroeg René de volgende ochtend zorgelijk terwijl hij rondkeek in het atelier.

'Als ik mijn stijl gevonden had,' antwoordde zijn broer, 'zou ik me dood vervelen.'

'Maar die opdracht voor het Luxembourg?' vroeg René. 'Daar ben je toch, mag ik hopen, aan begonnen?'

'Geen denken aan! Die lui willen mij doen geloven dat ik succesvol ben. Wat wil dat zeggen? Je bent altíjd succesvol of je wordt het nooit.'

'De staat zou je een flink bedrag betalen.'

'En dan ergens naast een vrouwtje van Bouguereau hangen? Is dat succes? Ieder heeft zijn eigen club bewonderaars, waarom moet de ambtenarij zich daarin mengen met een opdracht?'

'Omdat ze willen dat je eet?'

'Ik betaal mijn belasting. Wat gaat hun mijn schilderwerk aan? Overal bemoeien zij zich mee. Die museumdirecteuren hebben het schaakbord van de fijne kunsten op hun bureau en wij kunstenaars zijn de stukken. Zij schuiven een pion de ene keer die kant op en de volgende keer een andere.'

'Als zij jou in hun museum hangen, zien mensen tenminste eens je werk.'

'Ik ben geen pion. Ik wil niet worden verschoven. En als ik ze dat zeg, krijg ik te horen dat ik praat als een verbitterde, iemand die denkt dat zijn erkenning te laat komt. Onzin, iedereen weet dat ik vrolijk ben. Het zonnetje in huis, altijd geweest. Feit is dat ik, als ik in het Luxembourg zou hangen, het gevoel zou hebben dat ik gearresteerd ben en opgesloten zit. Succes is het eind van de vooruitgang. Wat betekent het? Hoe verwerf je dat? Ik wil niet in handen komen van de schone-kunsten-maffia. Ik verhonger liever, zoals die wolf van La Fontaine, dan dat ik me aan de ketting laat leggen om gevoerd te worden. Doe mij een lol, zeg, *succes*! In ons vak heeft niemand met talent succes, geen mens. Je weet als kunstenaar niet wat het is. Je hebt geen tijd om erbij na te denken. Je werkt en eet of je crepeert. Zo simpel is het. Een homp brood en een kop bouillon, meer succes bestaat er niet!'

Edgars werk viel in die jaren onder te brengen in drie categorieën: Onverkocht, Onaf en Nooit tentoongesteld. Honderden schilderijen, rijen dik tegen de muur geleund. Als hij achter zijn ezel stond, durfde hij geen twee passen achteruit te doen. Afstand nemen om een nieuw doek in zijn geheel te overzien, kon alleen op het gevaar af een stel oudere te vertrappen. Waar moest hij ze allemaal laten? Geen mens wilde eraan.

Portretten van zichzelf, ja, die kopen mensen wel. Maar alleen wanneer ze lijken. De boer op als broodschilder, moest hij daar zijn leven aan verdoen? Kunst dient zichzelf en niemand anders. Dan maar eten uit de gaarkeukens! Een portret is een oefening, meer niet. Een basis hooguit, maar geen ontwikkeling. Hij maakte ze als iemand erom vroeg en gaf ze weg.

Ondertussen probeerde hij alles af te leren wat hij wist en kon, en zocht hij verder. Vroeg een vriend hem wel eens omzichtig of hij de laatste tijd iets had verkocht, dan was zijn antwoord steevast: 'Werken is de ware rijkdom.'

En daarvan was goedbeschouwd geen woord gelogen. Zoeken naar een toets, een idee najagen, worstelen met je materiaal... zelfs wanhopen heeft meer toekomst in zich dan een werk voltooien. Om te scheppen moet je een verwachting houden, daarvan was Edgar overtuigd, een hoge verwachting, niet van wat je doet, maar van wat je op een dag misschien zult kunnen. Zonder dat alles heeft het geen zin ergens aan te werken, geen zin om kunst te maken, geen zin zelfs om te leven.

Meer dan eens haalde hij een schilderij, dat hij wél had weten te slijten, bij de nieuwe eigenaar terug, soms met geweld, omdat hij overtuigd was dat het beter kon, over moest, anders moest.

'Ik heb nou eenmaal meer dan één penseel,' beet hij eens iemand toe die klaagde dat zijn stijl niet consistent was.

Soms moest Edgar de ene techniek gebruiken om te weten dat het met een andere beter had gekund. Dan trapte hij het linnen stuk, begon opnieuw of schilderde eroverheen. Bij Ludovic Halévy plukte hij ooit een van zijn eigen stillevens van de muur, een doek dat allang verkocht was en betaald, waaraan hij uiteindelijk nog vijftien jaar heeft doorgewerkt, totdat de eigenaar het liet terughalen door de prinsemarij.

'Maar die naakten hier,' drong René aan, terwijl hij er een oppakte. 'Verkopen die dan niet?'

'Mijn vrouwen zijn niet naakt, zij hebben alleen geen kleren aan. Mensen vinden ze schokkend omdat het geen modellen van de academie zijn, bevroren in een pose, gepolijst, roze en geëpileerd, maar levende wezens, moeders, echtgenoten en maîtresses, alledaags en in beweging, in houdingen die iedereen kent. Ik laat ze zien terwijl zij aan de wastafel hun haren kammen en poedelend in bad. Maar de kleinburger bekijkt zijn vrouwen liever geïdealiseerd in de musea of op erotische prenten, beentjes in de lucht, verwrongen in obscene poses, in de weer met handelingen waar mannen over fantaseren, maar die ze zelden ondergaan.'

'Spreek voor jezelf.'

'Een vrouw laten zien zoals zij is, zoals zij zit als ze toilet maakt, hoe zij in een tobbe vooroverbuigt om haar rug te kunnen wassen... Ik ben verliefd op het moderne leven, het gewone leven met zijn wasvrouwen en werkpaarden. Ik haal ze uit hun Bijbelse context en zet ze onbeschermd in hun bestaan. Óns bestaan. En steekt een vrouw haar haren op, dan heft zij daarbij haar armen, ja, en wij kijken recht in haar oksels. Die zijn behaard. Dit noemen de heren een overschrijding van het betamelijke omdat het de grens opheft tussen kunst en leven. Zij brengen hun verontwaardiging als een verdediging van de vrouw. Zij halen hun moreel gelijk door te roepen dat de moedergodin op een voetstuk hoort te staan en dat mijn eerlijkheid haar daar vanaf stoot en in de modder stort.'

'Dan geef je de mensen toch een keertje wat ze willen, Eddy! Schilderen is ook gewoon een vak, waarom zou je er niet aan willen verdienen? Jij houdt van vrouwen, waarom zou je ze niet mooier maken dan ze zijn?'

'Omdat juist dat voetstuk, de klassieke godinnen waarmee zij worden vergeleken, hen onzeker maakt. Dat zogenaamde ontzag van mannen voor de andere sekse is niet bedoeld om vrouwen te verheffen, maar om ze te laten weten waaraan zij dienen te voldoen, om ze te laten voelen hoezeer zij daarin altijd en onvermijdelijk tekortschieten. Het maakt ze onzeker en bewust van ieder puistje. Zij kunnen hun striae niet meer zien als een trotse onderscheiding, het gemarmerde bewijs van moederschap, maar als lelijke littekens van een verloren strijd. Ik zie zoveel vrouwen zonder de bescherming van hun kleding en het verbaast me elke keer weer dat zij niet willen geloven dat hun grootste schoonheid is zichzelf te zijn. Zij verontschuldigden zich voor elke natuurlijke onregelmatigheid. Dit is een van de grote drama's van het bestaan, dat het iemand onmogelijk wordt gemaakt zelf te zien hoe mooi zij is. Ik wijt dit aan die heren die een ideaal naakt aan hun muur willen, de kerels die rondbazuinen dat de vrouw de kroon op de schepping hoort te zijn. Hun ontzag is tuigage, het is een zweep om vrouwen mee te mennen.'

'Maar al dat werk dat hier maar staat te staan,' zei René hoofdschuddend, 'je zult het toch een keer te gelde moeten maken.'

'Jij denkt als een bankdirecteur.'

'Zal papa deugd doen om te horen. Dat is precies hoe die mijn toekomst voor zich ziet, hem opvolgen bij de bank.'

'Aan die droom van hem zijn Achille en ik ontsnapt. Maar jij, als laatste hoop, jij kan er met goed fatsoen niet onderuit, René, op een dag is de bank van jou en veel plezier ermee.'

'Geen denken aan. "Pa," heb ik hem gezegd, "bankieren verdient mij niet genoeg." En bovendien, rentes innen, goud opslaan achter stalen deuren, waar is het avontuur? Laat mij maar liever speculeren.'

'Goed dan, jij als speculant, zie die schilderijen die hier van mij staan als een investering...'

'Investeringen betalen een keer uit. Toe, Eddy, gebruik je verstand!'

'Met mijn verstand kan ik de omnibus aanhouden en de ritprijs uittellen, maar voor mijn kunst, wat moet ik met hersens? Ik heb mijn model, mijn potlood, mijn papier, mijn verf. Ik prent mezelf in dat ik volstrekt niets weet, dat is de enige manier om vooruit te komen. Als je geen idee hebt wat je doet, is schilderen niet moeilijk, maar zodra je het denkt te weten... En al dat werk hier dat niemand wil, zie het maar als voorziening voor mijn ouwe dag,' zei Edgar. 'Desnoods voor de jouwe.'

'Als jij serieus voor je ouwe dag wilt investeren, heb ik iets.'

'Toch niet weer een of ander handeltje uit New Orleans?'

'Via oom Germain. Ik zweer het je: winst dit keer gegarandeerd.'

'In godsnaam niet méér oorlogsobligaties! Ook zo'n prachtidee van jou. Zoals de Confederatie er nu voor staat, kan ik dat geld afschrijven.'

'Dit is veel en veel beter: katoen! Door de burgeroorlog ligt nu die hele handel stil. De slaven zijn naar het Noorden, de velden staan ongeplukt. De oogst rot, alles verwildert. Geen mens gelooft meer in die bedrijven, aandelen gaan op ditzelfde moment, terwijl wij staan te praten, tegen absolute bodemprijzen van de hand. De plukkers zijn weg, de eigenaren failliet, maar die aanplant gaat nergens heen. Die akkers liggen daar gewoon op ons te wachten. Zowat gratis en voor niks. Over een jaar of twee is die ellende voorbij en iedereen wil weer een hemdje. Ik zeg je, binnen drie, vier jaar is die hele handel als vanouds en zijn wij binnen.'

'Als ik toch moet gokken,' sputterde Edgar tegen, 'gok ik liever op mijn eigen kunst en kunde.'

'Ik heb de hand weten te leggen op tienduizend aandelen, maar er is meer. Vader neemt de helft, dat heeft hij toegezegd, voor jou houd ik er tweeduizend apart, de rest neem ik zelf. Zie je, Eddy, zo werk je als man aan je toekomst, maar dit hier... Een schilderijenkerkhof, hoe moet je het anders noemen? Dit is geen collectie, geen depot. Er zitten mooie dingen tussen, vast en zeker, maar het blijft een zooitje ongeregeld. Het is een kluis met rijke inhoud, maar de sleutel is zoek. Er staat hier een klein fortuin ongezien te verpieteren. Kan verkoop jou dan helemaal niets schelen? Naam? Faam? Wat jij nodig hebt, is iemand die zich over de zakelijke kant ontfermt en met je werk de boer op gaat, een agent of iets, hoe doen anderen dat?'

Werk insturen voor de Salon de Paris, zoals alle schilders jaarlijks deden, had Edgar altijd verdomd. Moest hij een jury iets voorleggen waarover hij zelf nog niet tevreden was? Hij had zijn onderwerp nog niet gevonden, geen eigen blik, geen herkenbare toets, geen vaste hand. Zichzelf presenteren aan vreemden, zolang hij niet was waar hij wilde zijn of ook maar een idee had hoe hij daar moest komen?

En bovendien... twee maanden geleden, april dit jaar, waren meer dan vierduizend beelden en schilderijen afgewezen omdat de juryleden vooral elkáár wilden tentoonstellen en niets aan hun muren hingen dat niet leek op alles wat er al jaren hing. Als Edgar Degas met zijn eeuwige zoektocht érgens niet paste was het wel daar.

Onder de afgewezenen zaten lui met wie hij wel verwantschap voelde, absoluut, vrienden zelfs, dwars en opstandig, ontevreden net als hij. Maar toen die een paar weken geleden heel Parijs op zijn kop zetten door uit protest hun eigen salon voor geweigerden te organiseren in het Palais de l'Industrie, hing Edgar er niet tussen, omdat hij voor de officiële salon nooit had meegedongen en daarvoor dus, anders dan de anderen, ook nooit was geweigerd.

Hij was niet geaccepteerd, hij was niet afgewezen, hij was niets.

Zijn beste vriend, Edouard Manet, stond sinds die *Salon des Refusés* op ieders netvlies. Het schandaal rond zijn *Déjeuner* bombardeerde hem – van hun vriendengroep toch al het meest succesvol – tegen wil en dank tot voorman van de nieuwe garde. Met dat ongedurige ego van hem was hij daarvoor ook geknipt, altijd levendig en vrolijk bezig met het rijzen van zijn ster.

'Een dag waarop ik op straat door niemand word herkend,' riep hij eens, 'is een verloren dag.'

'Ach man, stel je niet aan,' had Edgar tegengeworpen. 'Jij bent bekender dan Garibaldi.'

'Garibaldi?' Manet was oprecht geschokt geweest. 'Dan ben ik amper boven zeeniveau!'

Vanzelfsprekend steunde Edgar hem en al zijn vrienden in hun opstand tegen de Academie, maar au fond stond hij erbuiten. Toch waren zij ooit op dezelfde weg begonnen, Manet en hij, Pissarro en Whistler, die om zijn *kleurensymfonie* dat voorjaar wijd en zijd bespot werd; Fantin-Latour, Jongkind en Cézanne, Bracquemond... Met zijn allen hadden zij Holland achter zich gelaten, wég bij de oude meesters, ieder met een ander doel en eigen middelen, struikelend over hun eigen obstakels. En ergens onderweg kwamen zij elkaar tegen, af en toe. Soms waren er doeken van de één, die een van de anderen zó had kunnen ondertekenen.

Het gistte in die kop van hem, maar in de strijd die losbrandde tussen het academisme en de revolutie voelde Edgar zich in de eerste plaats verdwaald. Hij nam geen stelling, hij zou niet hebben geweten voor of tegen wie of wat of hoe. Hij bezat, voor zover hij wist, geen stijl, nog niet, misschien wel nooit, en telde daarom voor geen van de strijdende partijen mee.

'Ik heb tijd nodig,' probeerde hij René duidelijk te maken. 'Lééf-tijd, letterlijk. Ruimte om het leven te ervaren. Wil je goed fruit oogsten, dan moet je de leiboom breed kweken. Zo breng ik deze jaren door: armen uitgestrekt, mond wijd open om op te vangen wat er om ons heen gebeurt, wat er leeft.'

'Hoeveel ouwe vrijsters zouden die woorden hebben gezegd?' spotte René. '*Ik heb tijd nodig...* Hoeveel kansen zijn op die manier verspeeld? Als ik jou was, zou ik oppassen, Eddy, dadelijk ben jij degene die overschiet.'

'Kunst gaat niet in op een aanzoek. Het is niet een of ander keurig huwelijk dat je aangaat. Kunst is ongeregeld. Schande. Kunst is zonde. Je springt erbovenop. Je scheurt het de kleren van het lijf en néémt het!'

'Toe maar!' lachte René. Maar zijn gezicht betrok en hij voegde er bezorgd aan toe: 'Toonde jij in je leven maar evenveel bravoure als in je kunst.'

5

Elke ochtend liet Edgar voor zijn Amerikaanse gasten verse bloemen komen. Of eigenlijk bestelde hij ze voor Estelle, want hij genoot van de overgave waarmee zij, voordat zij begon te schikken, elke bloem keurde op geur en kleur. De stengels rolde zij tussen haar vingertoppen, benieuwd naar substantie en structuur. Eerst stelde zij er bundeltjes van samen, die zij met wat groen blad samenbond en dan ter zijde legde, wachtend op wie weet wat voor ingeving, aarzelend als een kunstenaar boven zijn palet. Ondertussen snoof zij links en rechts nog eens, keek bepaalde bloemen in het hart, plukte oneffenheden weg, een miertje misschien of wat aarde. Zo studeerde zij, streelde hier en daar een kroonblad totdat ineens, zoals hijzelf op leeg papier kon aanvallen, de inspiratie kwam.

Dat moment waarop haar aarzeling wegviel! Het puntje van haar tong tussen de tanden, in haar ogen iets als ondeugd, een plezier, een vastberadenheid... In een paar korte, felle halen griste zij alles bijeen, combineerde, ongeduldig plots, varieerde nog een enkele kleur, gedecideerd, hield alles in twee vuisten bijeen en uiteindelijk... ondersteboven! De hele bloemenbos schudde zij dooreen, zoals vrouwen na het bad hun lange, pasgewassen haren, zodat alles meer volume kreeg en natuurlijker viel.

Nadat Estelle voor haar boeket de juiste plek en lichtval had gevonden in de erker waarvan in deze vroege, zachte zomerweken de vensters altijd openstonden, stelde Edgar een wandeling voor. Zij probeerden elke dag een andere stadswijk te verkennen. Omwille van de etiquette liepen aanvankelijk haar zuster en haar moeder mee, maar op een ochtend liet tante Odile hen vrij.

'Hoe je het ook wendt of keert,' verzuchtte zij, 'Estelle is tenslotte niet een ongetrouwde vrouw die nog een chaperonne nodig heeft.' Zij trok haar neef naar zich toe en fluisterde. 'Alles wat een vrouw kan gebeuren is Estelle, zo jong als zij is, al overkomen. Te lang heeft zij moeten leven met getrokken mes. Maar jij doet haar goed, Edgar. Neem haar mee, verschaf haar wat afleiding, zij is er zo aan toe. Ga! Didi en ik vermaken ons wat uurtjes wel met Baby Joe.'

Lome weken waren dit, waarin hij nauwelijks tot schilderen kwam. Samen met Estelle dwaalde hij steeds verder van huis, arm in arm slenterend naar het square des Batignolles, door het Bois de Boulogne of langs de volkse buurten in het noorden.

Ook naar Parijse musea nam hij zijn nichtje mee. Zij had in Amerika toegepaste kunst gezien en huisvlijt. En vóór de burgeroorlog, toen er nog papier was om te drukken, was zij in de bladen wel reprografieën van kunstwerken tegengekomen, maar grote kunst had Estelle nooit in het echt gezien. Zij viel dan ook stil zodra zij in het Louvre de galerijen met de antieken betrad en stond een tijdje als verlamd tussen de Griekse en Romeinse beelden totdat Edgar haar bij de hand meevoerde naar de Egyptische afdeling, waar zij plaatsnamen op een bank.

Zij hadden tijd nodig; zij om tot zich door te laten dringen hoe onvergankelijk de eenvoud van de eeuwen is, hij om moed te vinden voor het plaatsen van de eerste lijn op een zo onbeschreven blad. Uitleg zou haar nu enkel overdonderen, besloot hij, en studie van detail smoort onbevangenheid. Hij zag haar stralen als een kind, besloot van hun ontdekkingsreis een spelletje te maken en trok haar in hoog tempo mee, zaal na zaal door, alsof een suppoost hen op de hielen zat.

Tot verbazing van andere bezoekers, tolde hij haar in elke ruimte eerst een volle slag in de rondte, waarna hij haar vroeg het allermooiste aan te wijzen wat zij zag, zonder na te denken, enkel op haar eerste indruk. Over dat ene vertelde hij dan kort iets, de naam van de schilder, de titel van een doek, soms een korte anekdote, en daarna, zodra haar interesse was gewekt en zij het nader wilde bestuderen, trok hij haar alweer verder mee.

'Als het je boeit en je het beter wilt bekijken,' zei hij, 'kom jij hier vanzelf wel eens terug.'

Hierna maakten zij vrijwel dagelijks uitjes langs galeries en galerijen, musea, ateliers en uitstallingen aan huis. Zij grasduinden door de veilingzalen van Drouot en zagen bij kunsthandel Paul Durand-Ruel de nieuwste werken binnengedragen worden door de schilders zelf, niet zelden voordat de vernis was aangebracht of hun verf goed en wel gedroogd.

Hapsnap doken Estelle en Edgar door de tijd, van moderne ontwikkeling en technieken naar de oude en weer terug. De onderdompeling verwarde haar wel, maar zij genoot van zijn plezier en de trots waarmee hij haar voorstelde aan zijn vrienden.

Samen dineerden zij een aantal keren bij Edouard Manet en zijn Hollandse pianiste, met wie hij op het punt stond eindelijk een keer te trouwen. Op een avond – Suzanne speelde een nocturne, Estelle stond naast haar aan de vleugel – trok Manet hem aan zijn arm naar zich toe.

'Zij is zo zacht en lief!' Hij fluisterde verrukt terwijl zij het tafereeltje vanuit de voorkamer bekeken. Kaarslicht, diffuus door hun sigarenrook, als een warme halo rond de twee vrouwen. 'Perfect gewoon. Het is alsof het zo heeft moeten zijn.'

'En nog knap ook,' beaamde Edgar. Hij ging er helemaal van uit dat zijn vriend zijn Hollandse verloofde bedoelde. 'Het hééft even geduurd, maar zij lijkt het lange wachten meer dan waard.'

'Dus jij hebt met de leeftijd geen moeite?'

'Moeite met de leeftijd?' Edgar bekeek de aanstaande madame Manet nog eens nadrukkelijk. 'Waarom zou ik?'

Juffrouw Leenhoff oogde twee, misschien drie jaar ouder dan Manet, zo midden dertig. Maar nu hij het zo vroeg... Edgar aarzelde. Voor hetzelfde geld was zij een van die vrouwen die er veel jonger uitzien dan ze zijn en liep zij volgens de burgerlijke stand tegen de veertig.

'Ach man...' hield Edgar zich joviaal op de vlakte. 'Liefde let toch zeker niet op leeftijd! En dan nog, hoeveel zal het helemaal verschillen?'

'Het verschil, weet ik dat?' vroeg Manet. 'Wat zal het zijn, tien, vijftien jaar?'

Verbaasd bestudeerde Edgar de muzikante nog eens goed. Kon het bestaan, had zijn vriend een bruidje aan de haak van bijna vijftig?

'Moeilijk te zeggen in die kleren,' peinsde Manet nog. 'Je moet die jurk erbij wegdenken.'

Dit deed Edgar.

Het hielp niet.

'Haar uitspraak is in elk geval in korte tijd een stuk verbeterd,' opperde Edgar in de hoop de aandacht te verleggen.

'O ja? Vond je haar slecht te verstaan?'

'In het begin, man, nou en of. Begrijpen wat zij zei was me zowat onmogelijk.'

'Hoe komt dát dan?' vroeg Manet verbijsterd. 'Zij sprak toch altijd Frans?'

'Jawel, maar zij had eerst nog dat accent, zo alles achter in de keel en met van die schrapend harde g's!'

Edgar bootste Hollandse poldergeluiden na, het schrapen van een bot mes over macadam. Alleen omdat zijn vriend hem zo verbijsterd aankeek, drong zijn vergissing tot hem door.

'O god, je bedoelt Estelle en mij!' stamelde Edgar en hij kleurde rood. 'Nee, nee, welnee, Estelle en ik? Wij zijn geen paar. Je dacht toch niet dat ik met haar... dat zij en ik. O nee. Nee, nee.'

'O ja. Ja, ja,' lachte Manet stellig. 'Dat dacht ik zeker wel. Nou en of. Sterker nog, ik weet het zeker! Ik zie toch hoe zij naar jou kijkt, jongen? Trouwens, Courbet en Halévy denken het ook, iedereen die jullie deze weken samen ziet, gaat ervan uit dat die Amerikaanse jongedame niet lang meer in de rouw zal lopen. En ik kan je zeggen, wij zijn blij, in de eerste plaats voor jou, echt blij voor je dat het er nu eens eindelijk van komt!'

'Monsieur Degas? Dat is geen man!' bazuinde een van zijn modellen rond. 'Al zit ik voor hem met mijn benen wijd, hij maakt me nooit avances.'

Het was waar. Dit deed Edgar niet.

Suzanne Valadon, die vaker voor hem poseerde dan wie dan ook, heeft eens verklaard dat zij zo graag 'al was het maar uit dankbaarheid' een keer met hem naar bed zou gaan. Maar zelfs nadat hij dit wist, heeft hij niet toegehapt. Niet dat hij preuts was of verlegen, hij zou alleen niet goed hebben geweten hóé. Niet met een vrouw die hij bewonderde.

Dit was het misschien vooral: zodra hij de schoonheid van een meisje had gezien, als hij haar wezenlijke kern eenmaal had ontdekt, dan was zijn verlangen bevredigd. Al het andere, het alledaagse, vleselijke, zou daaraan afbreuk doen. Dat bewaarde hij voor vrouwen die hij voor hun liefde betaalde. Die niet zijn bewondering verdienden maar zijn geld. Bij zulke transacties was de afspraak tenminste duidelijk.

'Bovendien,' voerde hij ooit aan tot zijn verdediging, 'een vrouw tussen de lakens vangen, geeft mij veel minder voldoening dan haar vangen op een doek.'

Maar dat zijn vrienden Estelle en hem voor een stel aanzagen, streelde Edgars ijdelheid wel. Hierdoor gesterkt sloeg hij nu af en toe op straat een arm om haar heen. De eerste keer verstijfde zij kort, maar daarna liet zij hem. Hij wist dat het misplaatste trots was die hij voelde, wanneer zij zo liepen als man en vrouw, maar zijn ziel jubelde daarom niet minder. Dit spel had hij nog bij geen enkele vrouw ervaren. Het maakte hem uitgelaten. Hij betrapte zich er soms op dat hij breeduit liep te grijnzen. Zelfs moest hij een keer giechelen om niets, alsof de man en het kind in elkaar overliepen.

6

Estelle genoot van Parijs zoals zij had genoten van de emmers rozen bij de kiosk van Saint-Lazare; alsof zij het bestaan ervan vergeten was, snoof zij links en rechts het leven op.

Zij was zeventien toen de Amerikaanse Burgeroorlog

schaarste bracht aan alles waaraan een meisje op die leeftijd juist behoefte krijgt. Dat gemis, beloofde haar neef zichzelf, zou hij goedmaken.

Op de lange zomeravonden waren zij vaak te vinden in *café-concerts* als de Mabille en Petit Bacchus of in Opéra Le Peletier, waar de jonge weduwe haar verdriet kon vergeten tussen de werveling van ballerina's in pastelkleurige tutu's; de verhevenheid van Adam's *Giselle* en zijn *Corsaire*, de betovering van *La Sylphide*, de pit van *Paquita* voerden haar bij haar somberste gedachten vandaan; de vele tinten tule, de glittering van gaslicht op pailletten.

En wanneer zij daarna huiswaarts slenterden over de boulevard des Italiens leerde zij hem woordjes Cajun Frans. Soms deed zij danspasjes na en huppelde hij een aantal meters met haar mee totdat zij in de knoop raakten of uit de maat.

Op zondagmiddagen nam hij Estelle mee naar de renbaan van de Société des Steeple-Chases, die kort tevoren was opgericht door prins Joachim Napoleon, minder uit liefde voor de sport dan als nieuwe gelegenheid voor de haute bourgeoisie om elkaar te zien en gezien te worden. Men zat aan tafeltjes, rug naar de baan, en nipte in het volle zicht van *tout Paris* van hun champagne.

Zo niet Estelle. Zij was met paarden opgegroeid en wilde naar de stallen. Haar vader bezat in Louisiana een stoeterij; trekpaarden voornamelijk, bestemd voor het zware werk op de plantages, maar uit liefhebberij ook een enkele arabier. Alleen al van hun geur leefde zij op, van hun briesend schuim en van het trillen van hun flanken.

Edgar, geboren en getogen stadskind, vulde zijn cahier met kennis die zijn nicht hem bijbracht over schofthoogte en stand van de benen. Met loodstift gaf hij pezen weer en aanhechtingen en voor het eerst begreep hij dat bloedvaten zich over de flanken vertakken zoals nerven over een blad. Estelle leerde hem hoe je manen vlecht, waarom je een staart beter kunt opbinden dan couperen, en dat je aan het blitsen van de vulvalippen afleest wanneer een merrie hengstig is. De dieren wekten een passie die hij niet eerder in haar had gezien: toen Estelle bij een kreupel veulen rotstraal constateerde, foeterde zij de verzorger uit die het dier met zijn hoeven in de urine had laten staan, totdat de man de tranen in de ogen sprongen.

Thuis reed Estelle zelf, niet enkel in amazonezit maar over ruw terrein op weg naar de plantages ook schrijlings, met hoog opgebonden rok. Die zit deed zij hem op een ochtend voor, wijdbeens op Edgars schilderskruk, haar laarsjes ieder aan een zijde stevig neergepoot.

Sindsdien galoppeerde zij hoog in het zadel dwars door Edgars dromen. Zij hield dan een woeste hengst in toom, driftig rukkend aan de leidsels. Haar hakken stootten dwingend in de flanken terwijl zij door de moerassen van haar geboorteland galoppeerde, het water rondom óp-waaierend, haar zijden jurk nat en strak tegen haar dijen.

Hun derde vaste uitje van die zomer voerde naar de rue de la Paix, rue Quatre-Septembre en avenue de l'Opéra, wereldcentrum van de mode. Hoewel Estelle voorlopig nog haar weduwskapje droeg (of misschien juist daaróm) hadden hoedenzaken haar bijzondere belangstelling.

Voor elke etalage met zomerswitte panama's, manilla's of sombrero's hield zij stil. Zij drukte haar neus tegen het glas van de bazaars en tuurde naar binnen, waar passementen als wild woekerende bomen stonden opgetast tot de plafonds: lelies in alle kleuren, takken appelbloesem en seringentrossen, alles wat een dameshoofd maar kon versieren; veren van pauwen en struisvogels, rafels en fnazels, goudgalon en zilverwitte franje, kersjes en druiven, bananen en meer exotisch fruit geprikt op glimmende zijde en fluweel. Tussen het gebladerte van mousseline waren kanaries neergestreken, geel en groen, witte paradijsvogels en blauwe tangara's met lange, pluimende staarten, hun borstveren glimmend in alle kleuren van de regenboog.

Estelles simpel zwarte jurkje stak hiertegen somber af.

'Je zou mij zo'n plezier doen,' sprak Edgar op een dag, 'door iets aardigs uit te zoeken.'

Zij keek hem zonder iets te zeggen aan.

'Iets vrolijkers,' voegde hij eraan toe. En uit vrees dat hij te bot gesproken had: 'Zo niet voor nu, dan voor later.'

'Later,' herhaalde zij alleen.

'Wanneer je daaraan toe bent.'

Zij richtten alle twee hun blik weer op de etalage en bleven zo een tijdje staan.

'Je hebt gelijk,' besloot zij ernstig. 'Ik mag niet vergeten dat die dag een keer gaat komen.'

In de reflectie op de winkelruit zag zij hem naast zich staan. Zij nam zijn hand en kneep erin ter bevestiging dat het leven doorging. Hierop slenterden zij verder, maar ook toen zij overstaken richting place Vendôme liet Estelle niet los.

Waar de nieuwe doeken bleven, vroeg Paul Durand-Ruel begin augustus. Over enkele weken opende in zijn galerie een Degas-tentoonstelling, die al overal stond aangekondigd, maar door alle afleiding had de kunstenaar amper genoeg nieuw werk geleverd voor één wand.

De galeriehouder begreep wel dat een schilder in een huis vol vrouwen nergens aan toekomt, maar hij stond op naleving van hun contract en stelde daarom voor dat Edgar zijn werkterrein zou verleggen naar het atelier in de rue Lafitte, direct naast de galerie. Daar was het deze hete dagen koeler dan bij de schilder thuis en belangrijker, hij kon er een oogje op hem houden.

'Nou vooruit,' zei Durand-Ruel toen Estelle haar neef aan het einde van zijn werkdag kwam ophalen. 'Aan mijn verlangens heeft hij voor vandaag voldaan, juffrouw, ik laat hem vrij om zich te wijden aan de uwe.'

Zij bekeek zijn vorderingen terwijl Edgar zijn palet afdekte en zijn kwasten reinigde, en gaf hier en daar advies zoals Madame Manet kon doen bij Edouard.

Dat had zijn beste vriend goed gezien, dacht hij, terwijl hij achter een kamerscherm zijn goeie zomergoed aantrok: 'Zij is alsof het zo heeft moeten zijn.'

Hij dwong zich echter geen avances te maken. Eerst moest Estelle haar zwarte kleed verruilen voor een zomerjurk. Haar rouw maakte haar voorlopig onbereikbaar, maar het respect dat hij hiervoor toonde, bracht zijn ziel ook dichter bij de hare. Het stilzwijgend voornemen haar niet voortijdig met zijn verlangens te belasten, zweemde naar iets hogers en was hem zo goed als een gelofte.

7

'Die neef van ons!' jubelde tante Odile door het trappenhuis. 'Wat is me dát een kerel!'

Edgar en Estelle keerden net terug van hun ochtendwandeling en moesten nog ontbijten, want vanwege de hittegolf vertrokken zij de laatste tijd voor dag en dauw.

'Wat een familieliefde!' Tante blikte over de balustrade om te zien waar zij toch bleven. 'Zo'n neef te hebben, wat een hart van goud!'

Edgar vroeg zich af waaraan hij zoveel lof verdiende toen René achter hun tante opdook met een zelfvoldane grijns.

'Wat is er aan de hand, mamma?' Estelle tilde Baby Joe uit de wandelwagen. 'Goed nieuws uit New Orleans?'

'Haast je, meisje, kom maar boven, gauw, en zodra jij je eigen koffer klaar hebt, kom mij helpen met de mijne, want met die vermaledijde hand van mij krijg ik al dat goeie goed niet netjes opgevouwen.'

'Koffers?' Op de overloop hield Estelle stil. 'Hoezo?'

'Of dacht je soms dat die zichzelf pakken? Sta daar niet te staan, kindlief, vanmiddag nog vertrekken wij. Twee uur op het station.'

'Hálf twee, Gare de Lyon!' riep Didi naar beneden. Zij was al aan het inpakken en bezig het linnengoed te vouwen. 'Twee uur vertrek en lunchen doen wij in de trein.'

'Maar ik kan onmogelijk nu ineens naar Bourg-en-Bresse!' zei Edgar aan de ontbijttafel geërgerd.

'Mijn schuld, vrees ik.' René stak zijn hand op als een ondeugend schoolkind. 'Ik lag wakker van de warmte en dacht: er gaat toch niets boven de frisse heuvels en de kletterende beekjes van de Jura.'

'Hemels klinkt dat,' zwijmelde Didi, 'domweg hemels!'

'Het is er koel, de tuin is ommuurd zodat Baby Joe er onbezorgd kan rondkruipen, en anders staat het huis maar leeg.'

'Ik kan onmogelijk,' besloot Edgar. 'Ik móét werken, dat weet je.'

Estelle keek hem verslagen aan. Zij kon niet anders dan met haar moeder meereizen, al was het maar vanwege haar gezondheid.

'En het mooiste is,' lachte de oude vrouw, 'ik kan daar kuren.'

'Het water van de Ain is wonderdadig!' prees René. 'Krachtiger dan dat in Aix of uit de Pyreneeën.'

Het huis dat de Degas' in het oosten van Frankrijk bezaten, stond het grootste deel van het jaar leeg en Edgar had zijn broer nooit op enig enthousiasme voor die plek kunnen betrappen. Hij was er sinds zijn kindertijd niet meer geweest en haalde zijn kennis waarschijnlijk uit de Baedecker, maar hij gaf over de thermale baden op alsof hij er aandelen in had.

'Vooral bij klachten aan het zenuwstelsel zijn de mineralen heilzaam, Strabo noemt de warme bronnen al als herstellingsoord voor Romeinse soldaten. Vooral bij spier- en gewrichtsklachten brengen ze verlichting, soms zelfs genezing.'

'Alleen dáárom al!' Tante Odile kneedde haar lamme hand onder de lange mouw. 'Och, ik durf nauwelijks te hopen...'

'Zoals jij voor ons geredderd en gezorgd hebt, jongen,' verzuchtte tante toen Edgar haar kamer binnenkwam om haar koffer te dragen. 'Al weken lopen wij jou hier in de weg, maar vanaf nu kun jij je ongestoord aan je werk wijden.'

'Als u die hele reis onderneemt om verlichting van de pijn te zoeken...' probeerde Edgar.

'Wij hebben zwaardere tochten doorstaan.'

'De beste artsen van de wereld zitten in Parijs. Ik kan vandaag nog iemand laten komen.'

Tante Odile, reisvaardig, gebaarde hem even naast haar te komen zitten.

'Jullie zullen elkaar missen,' sprak ze zacht. 'Zij jou net zo goed. Wil je me beloven dat je ons achterna reist zodra je kunt?'

Hij knikte.

'Weet je wat het is?' ging zij verder. 'Ik zou Estelle wel willen voorstellen om hier te blijven. Bij jou. Het is alleen, ik hoop zo dat zij zelf ook wat baat zal hebben bij de baden.'

'U bedoelt: misschien is het goed voor haar ogen?'

'Dus zij heeft jou erover verteld?'

'Summier. Ik merk dat zij soms last heeft. Is het ernstig?'

'Niemand weet het. Ze denken dat de oogzenuw is aangetast. Dus als die baden goed zijn voor het zenuwgestel...'

'Dan moet ze gaan,' besloot Edgar. 'Al is er maar een fractie van een kans.'

Dankbaar legde tante Odile haar hand op de zijne.

Het was de verkrampte. Hij ving een glimp van de klauw, een vleesklomp overdekt met littekens dik als eelt, uitstulpingen van botsplinters, kootjes die na te zijn verbrijzeld niet waren gespalkt.

'Wij zijn geen van allen meer wie wij voor de oorlog waren.' Zij sloeg haar ogen neer, liet haar blik rusten op de hand. 'Toen mij dit werd aangedaan, dwongen zij Didi en Estelle om toe te kijken.'

Zij borg de hand weer in haar mouw.

'Er bestaat niet voldoende krachtdadig water op de wereld om zulke beelden weg te wassen. Maar jij, Eddy, jij geeft haar nieuwe beelden, feestelijke, kleurige dingen. Kom alsjeblieft naar Bourg-en-Bresse zodra je kunt.'

'Zodra ik kan,' beloofde Edgar. 'Maar ondertussen, verwacht van dat Jura-water geen al te groot wonder.'

'Wij zijn in Louisiana anders heel wat wonderen gewend,' lachte Odile terwijl hij haar koffer nam. 'Het zou je verbazen wat onze *Momselles* in de achtertuin voor elkaar krijgen met een toverspreuk, een kippenkop en een handvol voodookruiden.'

'Dan kom jij toch ná de vernissage!' René wuifde Edgars woede weg onder het mom gastvrij te zijn. 'Je weet, jij bent altijd van harte welkom.'

'Na de opening ben ik contractueel verplicht alle dagen acte de présence te geven. Kopers ontvangen, uitleg geven, eten met verzamelaars, zolang mijn werk in de galerie hangt. Geen denken aan dat ik daar voor de winter weg kan.'

'Op deze manier heb jij in elk geval je handen vrij,' sprak René grootmoedig. 'En ik, ach... drie vrouwen en een kind, ik red me wel.'

Het was niet slecht bedoeld, hield Edgar zichzelf voor. René kon zich nu eenmaal onmogelijk verplaatsen in een ander.

'Maar hun gezelschap doet mij goed, begrijp je? Vooral dat van Estelle. Het deed mij goed op een manier...' Op dit vlak had Edgar zich altijd inferieur gevoeld, hij schaamde zich om het te zeggen. 'Hun nabijheid maakt mij vrolijk. Ik zou liever hebben...'

'Ach alsjeblieft!' lachte René. 'Eenkennig als jij bent, wat moet jij nou met vrouwelijk gezelschap? Zelfs met je modellen lukt het jou nog niet om een gesprek gaande te houden.'

Edgar beheerste zich.

'Mijn tentoonstelling sluit begin november,' zei hij.

'Dan zien wij jou in november!' riep René joviaal. Hij was al op weg naar buiten. 'Tot die tijd zal ik het arme weeuwtje in mijn eentje moeten opvrolijken.'

Parijs, 1912

Vierde verslag

Hoe ik hem aantrof, je gelooft het niet. En dan heb ik het niet over zijn gemor of zijn ouwe-mannen-kamerjas maar over bijenwas en klei. Alsof hij een modderbad genomen had! De hele kamer zit onder.

Hij kreeg het vannacht in zijn kop uit bed te gaan om te boetseren. En omdat hij niet ziet wat hij doet, laat hij liggen wat er valt. Plasticine of was, ik weet niet wat het is, er zitten stukjes kurk in, een of andere mengelmoes, die hij zelf in elkaar draait zonder nog verhoudingen te kunnen schatten. Het kleddert over de grond, hij trapt het tot in de nerven van het hout en loopt het uit. Nog een geluk dat die parketvloer straks aan de slopershamer wordt gevoerd.

Op tafel stond een homp van dat spul. Recht voor hem. Op ooghoogte. Ter grootte van een kop. En zo zat hij er ook tegenover, alsof hij ermee in gesprek was, al modellerend, armen vol aangekoekte brij. Alleen God weet wat het voor moet stellen, maar zijn handen gleden eroverheen alsof hij er de liefde mee bedreef. Soms oefende hij ergens druk uit, zoals een arts je buik betast op zoek naar een ontsteking: teder hier en teder daar en dan plots voluit op de pijnplek. Heen en weer ging het, rond en rond op zoek naar vorm. Af en toe trok hij een pluk los om die op een andere plek weer aan te plakken.

Soms warmde hij een mes of spatel aan de petroleumbrander en smolt daarmee wat uitgeharde puisten plat.

Fascinerend hoe hij in zo'n klomp iets teers lijkt te ontwaren. Dan ziet hij eens iets wat ik niet kan zien in plaats van andersom.

Na een tijdje nam hij pauze, steunde zijn ellebogen op tafel en liet dat 'gezicht', als het dat was, rusten in zijn handen. Zo zat hij een tijd, alsof hij op het punt stond om die golem toe te spreken.

Maar toen, ineens...

Mijn hart schoot naar mijn keel!

Ineens priemde hij beide duimen tot aan de wortel in de was, en hij begon erin te wroeten, woest. Als palingen in een oogkas draaiden ze er glad en wurmend in rond, kronkelend, zompend, en toen hij ze eruit trok, bleven twee grote gaten achter, die mij zo leeg aanstaarden dat ik een kreet liet ontsnappen.

Woedend keek hij op.

Verstoord.

Betrapt.

'Wacht maar tot u zelf ten einde loopt!' sprak hij nors en blies de brander uit. Met het gebaar van een goochelaar die een duif wil doen verdwijnen, wierp hij een doek over de kop.

'Ik heb beignets gebakken,' stamelde ik. Iets anders schoot me niet te binnen. Het was ook waar. Ik ritselde met de papieren broodzak waarin ik ze vervoerde. 'Omdat wij erover te spreken kwamen,' ging ik verder. 'Gister, weet u nog? Wij hadden het erover hoe op de kademarkten langs de Mississippi altijd die geur hing van warme melk en beignets...'

'Niet zozeer een geur als wel een vette walm.'

'En zoet.' Als zoenoffer stopte ik hem de zak toe met mijn baksels. 'Er staat een pint melk in de keuken. Als u wilt, maak ik die warm.'

Hij frommelde de zak open en snoof eraan.

'Als u geen dag kunt doorkomen zonder over New Orleans te beginnen,' morde hij, 'dan stel ik voor dat u daarheen terugverhuist. Wat mij betreft vandaag.'

Dit gezegd hebbende, stak hij zijn kleivingers in de zak, grabbelde er een beignet uit en hapte toe.

Mijnheers enige excuus voor alle troep is dat hij van spanning niet had kunnen slapen. Wil ik geloven. Schijnt dat de eerste mokerslag 's ochtends al om half zes valt. Zij zijn begonnen bij het hoekhuis, maar de binnenplaats versterkt ieder geluid. Zelfs mij klinkt elke muur die omvalt onheilspellend in de oren en dan heb ik met deze plek niet eens een band. Ook de aanblik is ellendig. Of jij zijn straat nog zou herkennen? Lege woningen, gebroken ruiten, deuren dichtgetimmerd, stoepen grijs van de kalk. Nog een geluk dat hij die treurnis niet kan zien.

'Dus, waar waren we gebleven?' begon ik, nadat hij zich op mijn aandringen had opgefrist. Ondertussen had ik melk warm gemaakt en koffiegezet. Ik wilde aan de slag. 'Het laatste wat we hebben weggewerkt was zo'n map Americana.'

Ik hoorde hem wel morren.

'Daar zijn wij gisteren gestopt. Bij die rekening van Tujague's... Met dat lief portretje achterop.'

'Daar gaan we weer!' Vloekend begon hij een hele tirade. 'Hoe komen we er ooit doorheen als u geobsedeerd raakt door het minste of geringste vod?'

'Hoor eens, mijnheer Degas,' zei ik, 'ik doe alleen mijn werk.' Ik koos de toon van een professionele kracht die zich voelt aangetast in haar beroepseer. 'Mij maakt het niet uit. Het is úw leven, deze chaos. Er zit vast allerlei onwelgevalligs tussen. Kunt u daar niet tegen, dan stel ik voor dat wij er nu een punt achter zetten. Op de hoek staan drie karren bouwafval, daar kan ik uw hele verleden zo bij kieperen. Dan bent u ervan af, ik vang mijn salaris en de rest van de dag breng ik door op een terrasje in plaats van in dit bedompte hol, deze muffe bedoening, waar ik voor elke beschimmelde snipper een gevecht moet leveren.'

Hij zweeg.

Een tijdlang bewoog hij helemaal niet meer. Kneep alleen zijn ogen samen, zoals een ziende in de verte tuurt. Ik heb mijn hand overspeeld, dacht ik, nu kan ik mijn boeltje pakken.

'Als u op een dag zoveel jaren hebt geleefd als ik, juffrouw,' sprak hij, 'dan zult u merken dat er een aantal tussen zit dat te pijnlijk is om op te rakelen.'

'Begrijp ik. Zelfs nu weet ik er al één of twee.'

'En u zult zien, dat worden er alleen maar meer. De ellende van ouderdom is niet dat je niks anders meer hebt om naar uit te kijken dan je dood. De ware tragiek is dat je de godganse dag zit om te kijken naar je leven.'

Nu moest hij eerst dringend 'die vette smaak van de beignets' wegspoelen. Ik ging dus naar de keuken om limonade te maken, maar hij stond erop de citroenen zelf te komen persen.

Hoe breekbaar hij ook is, er gaat van zijn kleinste handelingen kracht uit, een jeugdigheid. Als een puber die indruk op een meisje probeert te maken, doet hij alles iets te vlot, te onbezonnen. Eerst zag ik dit aan voor overmoed, nu denk ik dat het voor hem de enige manier is.

'Dus,' drong ik aan, 'gaan wij door met wat we deden of zien we overal van af?'

'Als ik een werk begin, juffrouw, dan voltooi ik het ook.' Hij lengde mijn glas *citron pressé* met water aan en stopte op het gehoor precies één vinger onder de rand. 'Zo heb ik dat altijd gedaan, zo doe ik het nu.'

'U ziet mij als een indringer, maar ik ben hier als uw ogen. Deze klus kunnen wij enkel klaren met zijn tweeën. Daarbij kan ik niet de hele tijd op eieren lopen, bij alles wat ik oppak bang dat het u pijn kan doen. Natuurlijk zal dat gebeuren, dat begrijp ik, een heel leven trekt voorbij. Maar zég dat dan gewoon. Val me niet aan, val me niet af, maar praat met me, vertel over uw leven.'

Hij haalde zijn schouders op.

'Zo niet dan houd ik het voor gezien en ga ik nú de zon in.'

'Ja, een terrastafeltje bemachtigen, dat schijnt uw hoogste prioriteit te hebben.'

Hij woog zijn kansen en schudde resoluut zijn hoofd.

'Zo makkelijk komt u niet van uw verplichting af, juffrouw. Er is voor uw diensten goed geld betaald. En totdat u daarvan de laatste sou hebt verdiend, bent u tot dit "bedompte hol" veroordeeld met mij als uw enige drinkmaat.'

Hij hief zijn glas.

Er brak een grijns door zijn chagrijn.

'Het is een klap voor de Parijse horeca, maar uw buitenleven moet nog even wachten.'

Voor de zekerheid vermeed ik de rest van de dag alles wat met New Orleans en je familie heeft te maken. Zo dook er een map op met *De Gas, katoenkopers, Carondelet Street*, later nog een enveloppe met *Factors Row*, enkele stereofoto's van plukkers in het veld, en zelfs een bundeltje oorlogsobligaties, waarover ik jou niets hoef te vertellen. Ik leg het allemaal terzijde tot het moeizaam bevochten vertrouwen tussen hem en mij wat is bestendigd.

Het is unheimisch werk. Wij doorwroeten zijn verleden als een knekelveld. Gedachten spatten rond als schedelresten achter de ploeg. Ik wil dit proces vooral snel afhandelen om zijn zielenpijn te bekorten, want ik ben ervan overtuigd dat die, zodra Estelle ter sprake komt, bij hem even oprecht opwelt als bij mij.

Vijfde verslag

Zeg, wist jij dat hij een pistool heeft? Dan had je me daar wel eens voor mogen waarschuwen. Niet naast zijn bed, goddank, nergens binnen handbereik. Schijnbaar koestert hij, alle zwartgalligheid ten spijt, geen drastische plannen.

Hij bewaart het wapen in een opgerolde kepie, een vies oud petje dat op de naden uit elkaar valt. Het zit in een kist met andere militaria: losgetornde epauletten, een gesp, een veldfles, een uniformjas vol mottengaten, een handvol koperen knoopjes, afgeknipt, en een enkele metalen onderscheiding.

'Bent u lang in dienst geweest?'

'Geen dag.'

'Dan vraag ik me af wat ik hier heb.'

'En u dacht: ik vraag een blinde naar het antwoord?'

'Dit lijken mij toch legerspullen. Hier zelfs een speldje *voor bewezen diensten*.'

Hij betastte het insigne dat ik hem gaf.

'Niks waard,' concludeerde hij. 'Nationale Garde.'

'Noem dat maar niks.'

'Soort burgerwacht.'

'Desalniettemin, u hebt uw land gediend.'

'Zooitje ongeregeld.' Hij snoof minachtend. 'Na de revolutie eervol opgericht als volksbrigade, maar sindsdien volstrekt verlopen, zo'n tweehonderdvijftig regimenten over de hele stad verdeeld zonder enig centraal gezag. Iedere schlemiel die voor actieve dienst was afgekeurd kon zich erbij aansluiten. Het enige wat je moest kunnen was je eigen uitrusting aanschaffen.' Hij dacht na. 'Hebt u het pistool daar ook?'

Ik stelde voor dat het wel weg kon met de rest.

'Bent u krankzinnig?' Hij stak er een hand naar uit. 'Ik heb daar indertijd goud geld voor neergeteld.'

Ik legde het op zijn palm.

Hij woog het staal.

'Wat wou u er nog mee, gaan scherpschieten?'

'Scherpschieten...' Zijn vingers omsloten de kolf aarzelend, alsof zij zich de vorm moesten herinneren. Met zijn vrije hand betastte hij de loop, de kamer, spande de haan. 'Dat was wel het idee indertijd: moffen schieten! Liefst Bismarck zelf. Vechten, sneuvelen, alles beter dan ons aan de Duitsers uit te leveren. Die mochten dan na Sedan ons land in handen hebben, maar Parijs? Nooit! Cézanne was naar het zuiden gevlucht, Monet en Pissarro naar Londen, en Bazille, arme stakker, koos voor de zouaven, maar de rest, Manet, en ik, onze hele club van Batignolles, wij kochten uniformen, wij schaften wapens aan en trokken naar de Folies Bergère om generaal Cluseret te horen spreken. Mij deelden ze in bij de infanterie, maar toen...'

Hij richtte op het raam, ietwat onzeker, en haalde de trekker over. Het gaf een scherpe slag maar verder niets. Hij spande opnieuw en schoot nog eens.

'Ik had ook een musketgeweer,' zei hij.

'Dat komen we nog wel ergens tegen.'

'Nee, ik heb het weg moeten geven. In moeten leveren in Vincennes. Daar was een kamp geïmproviseerd waar wij werden getraind. In het Hippodrome. De meeste racepaarden waren toch al naar het front, de rest hebben ze opgegeten tijdens het beleg.'

'Dat is mij verteld, ja, dat mensen hier in die tijd paarden moesten eten.'

'Alles aten we. De hele dierentuin van de Jardin des Plantes is tijdens die belegering leeg gepeuzeld, olifantenbiefstuk, tijgerribbetjes. Er was uiteindelijk geen hond of kat over in de stad. De racepaarden werden als laatste geslacht, te veel spier, weet je, te weinig vet. Vincennes, Longchamps, al die stallen leeg. Niet te vreten, arme, stomme dieren...' Hij stokte alsof hij ze in volle glorie voor zich zag. 'Iedere Parijzenaar die zich voor actieve dienst had aangemeld werd daar getraind. Op het raceparcours hadden ze een schietbaan ingericht. Simpel. Een man in elke baan, schietschijven op een rij. Goed afstand nemen, mikken, vuur... Ik miste. En nog eens. Ik legde opnieuw aan: wéér mis. Ik werd erom uitgelachen. Heb nog meegelachen zelfs, beetje schaapachtig. Maar het gebeurde elke keer opnieuw. Mis en mis en mis! Ze plaagden mij ermee, zodat ik dubbel mijn best deed. Maar het bleef: zodra ik in de zon stond, miste ik. Dat was de eerste keer dat ik begreep dat er echt iets aan mij schortte.'

'Uw ogen.'

'Het rechter. Daar is het begonnen. Wanneer precies, dat weet ik niet. Ik had wel eens last. Irritant vooral. Alles een beetje wazig, moeite met lezen soms, maar dat schreef ik aan het harde werk toe, al dat turen uren achtereen, te lang doorgaan als het al schemert, maar nu... Ik kon de roos niet zien. Niet op die afstand. Niet in al dat licht. Ik heb mijn musket weggegeven aan de man die naast mij stond. Misschien heeft die er nog een Pruis mee kunnen raken.'

Hij legde het pistool op tafel, nam de pet aan de rand beet en liet de dikke stof door zijn vingers glijden. Na elke centimeter hielden ze even stil als bij de kralen van een rozenkrans.

'De Nationale Garde was mijn troostprijs. Mij gaven ze kanonnendienst, bastion 12, tussen Montreuil en Bagnolet. Patrouilleren, foerageren, onderhoud. Maar lieve god, het soort kerels met wie je moest werken... waren ze niet kreupel dan waren ze wel uitgezakt. Jicht van het worsten eten, wortelneuzen van de drank. Stuk voor stuk ongeschikt voor iets beters. Zoals ikzelf. Denk dat ik ze daarom slecht verdroeg, omdat hun mislukking ze zo was aan te zien. Armen en mismaakten kregen een uniform uitgereikt en dertig sous per dag, de rest verdiende niets en moest zijn kleding zelf samenstellen. Goddank sliep iedereen thuis, zodat je die lui niet ook 's nachts nog hoefde te ruiken. Presentie kon geen mens iets schelen, je kon je melden wanneer het je uitkwam.'

'U had voor de eer kunnen bedanken.'

'Ik stortte me er juist in. Kwam als eerste en ging als laatste. Het vulde mijn dagen. Dat mijn zicht het begaf... het had mij volledig uit het veld geslagen. De gevolgen... Ik kon daar niet bij nadenken, dus beet ik me vast in het onderhoud. Bastion 12. Best onderhouden bastion van de hele stad, ik zweer het je. Daar lag ik alle dagen, samen met Henri Rouart, een oude schoolvriend van me.'

'En daarmee heeft u, zoals op het insigne staat, uw land wel degelijk een dienst bewezen.'

'Ben je gek, de Duitsers hadden geen enkele belangstelling voor de oostelijke kazematten. Er viel op bastion 12 niets te doen dan genieten van het uitzicht en de stilte. Dat vrat aan me. Ik was een jonge man, ik had willen vechten voor mijn vaderland. Wat u daar ook aan insignes vindt, dat van de infanterie zit er niet bij. Dat heb ik moeten inleveren. Direct na de ogentest. Van die hele periode is niets over dan die paar rotaandenkens en deze kepie.' Hij legde hem terug. 'Het is niks meer. Doe maar weg.'

'En daarna, hoe ging het?'

'Duitse bombardementen, week in, week uit. Wij moesten ons overgeven, september 1870, en Bismarck paradeerde met zijn troepen over de Champs-Élysées.'

'Met uw ogen, bedoel ik.'

'Hoe het met mijn ogen ging...' Hij rechtte zijn rug alsof zijn drift ontwaakte uit een middagslaapje. 'Is dit waar u op uit bent als u zegt dat ik toch eens wat meer over mijn ellende moet praten?'

'Ik vroeg me gewoon af,' zei ik, 'na die eerste gewaarwording: bent u anders gaan werken, bent u anders gaan leven? Werd u voorzichtiger? Hoe u omging met die ziekte interesseert mij. Hoe die verliep.'

'Hoe die verliep? U ziet toch hoe het met mijn ogen is,' beet hij mij toe, 'of bent u zelf ook blind?'

'Ik niet, nee,' zei ik op eenzelfde toon als hij. 'Maar ik ben met een blinde opgegroeid.'

Ik schrok er zelf van.

Maar nu het gezegd was, moest ik dóór.

'Heel jong heb ik me een idee gevormd van hoe het moet zijn, altijd maar in het donker te leven. Elke dag zag ik haar worstelen.'

'Uw moeder?'

'Nee, maar zij hád kinderen. Ik heb van nabij gezien hoe die vrouw tegen haar blindheid vocht, hoe eenzaam het haar ook maakte; hoe zij daaraan soms haast ten onder ging en hoe zij zich dan overeind hield. Ik was benieuwd hoe dit bij u is gegaan. Of u hulp hebt gezocht, of u een goede dokter hebt gevonden.'

'Er bestaan geen goede dokters.'

'Dus wat hebt u eraan gedaan?'

'Weinig.' Hij haalde zijn schouders op. 'Er werd me gezegd dat het waarschijnlijk zou verslechteren, maar niemand wist hoe snel of in welke mate. Dat het wel weer bij zou trekken, heeft een oculist me ook een keer verzekerd. Maar ik was er nooit gerust op, dus paste ik een beetje op. Wat kun je doen? Minder lezen. Uit de volle zon blijven, meer binnen werken. Mijn atelier... ik was altijd zo verguld geweest met die grote hoge ramen en die zee van licht, nu moest ik steeds meer ruiten dichtschilderen. Ramen blinderen. Ik meed de volle zon, ik meed de straat, meed ook gezelschap... Je neemt een voorschot op de eenzaamheid die je te wachten staat. In de hoop eraan te wennen.'

'Voor een kunstenaar, zo'n vooruitzicht...'

'De gedachte blind te worden is de dood voor een schilder. Nu zal ik een blindemansberoep moeten leren, dacht ik, dadelijk is er voor mij niets meer te doen dan rieten manden vlechten. Goddank ging het maar langzaam achteruit. Ik zag wel minder en met steeds meer moeite, maar tot voor een jaar of wat toch nog tenminste altijd íéts. Toen losten ook de schimmen op.'

'Altijd in het donker, ik kan het me niet voorstellen.'

'Wás blindheid maar hetzelfde als duisternis!' verzuchtte hij. 'Ik heb ooglijders ook altijd beklaagd om de nacht waartoe zij zijn veroordeeld. Uitzichtloze donkerte stelde ik mij voor, gitzwarte gevangenschap. Nooit heb ik er iemand over gehoord dat het ook tegenovergesteld kan uitpakken. Toch is dat zo: ik lijd niet aan een tekort maar aan een overdaad aan licht. Overdag zie ik de hele tijd zo'n zon die wolken bleekt zonder erdoorheen te breken, 's nachts – of ik mijn ogen open heb of dicht – elektrisch lamplicht achter melkglas. Mijn oogleden zijn twee witte doeken, waarop mijn geest van alles projecteert.'

'Vanaf het moment dat u merkte dat u uw geweer niet kon richten totdat het u in uw werk begon te belemmeren, hoelang heeft dat geduurd?'

'Jaren. Lange tijd heb ik iedereen nog kunnen zien, en daarna ook zolang ze maar niet pal voor me stonden. In de periferie bleef alles aanvankelijk nog helder. In het begin was het vooral daglicht waar ik last van had.'

'Maar u bleef werken.'

'Na een jaar of wat nam ik een bril met berookte glazen. Ik schaamde me ervoor, maar het was de enige manier om te blijven schilderen. Door dat donkere glas zag ik de kleuren valer, fletser, dus koos ik ze feller: chroom en cadmium, meekrap, steeds meer uitgesproken. Tot groot plezier van mijn publiek. En van mijn portemonnee. Goudgeel, gifgroen, koningsblauw, eindelijk vonden mijn doeken aftrek; in mijn oranjes en mijn zuurstokroze, meende men een signatuur te zien. Als dat niet de volledige ontmaskering is van iedere kunstkritiek! Midden op de rue Serpente heb ik Edmond de Goncourt uitgefoeterd omdat hij rondbazuinde dat mijn slechte zicht mijn visie had gescherpt. Betweters, onuitstaanbaar! Dat mijn ziekte mijn vermogen had vergroot om bewegingen in beeld te vangen, beweerde hij. Ik was met hem op de vuist gegaan als ik niet heimelijk had geweten dat hij groot gelijk had. Hoe minder ik zag, hoe uitbundiger mijn werk. Naarmate ik minder contouren waarnam, plaatste ik ze nadrukkelijker in het vlak. Lijnen werden meer zoekend, vrijer leek het, niet omdat mijn toets losser werd, maar omdat hij steeds minder houvast vond in de werkelijkheid. Toen ik moeite kreeg om naar behoren pigmenten te mengen, ging ik van olie over op pastel. Geen gezoek, je hebt alle kleuren in een kistje keurig op een rij. Minder werk, ook daarna, krijt is krijt, het hoeft niet te drogen, hoeft niet gevernist. Werken op klein formaat werd lastig, dus maakte ik mijn doeken groter. Duurder daardoor ook, wat de verkoop nog verder ten goede kwam, want hoe meer iets kost, hoe gretiger mensen worden. Renoir houdt vol dat ik, als ik gewoon was blijven zien, de rest van mijn leven had moeten doormodderen in de marge, maar goed, Renoir... die gelooft in geen enkel talent behalve dat van hemzelf.'

Rest van de dag geen opmerkelijke zaken. Rond een uur of vier zakte hij in, maar de secretaire hebben wij in elk geval leeg. Obligaties en dergelijke houd ik, als gezegd, achter de hand en van de rest ging vrijwel alles op de stapel Weg Ermee! Elke ochtend komt een jongen, die ik vijf sou betaal, het afval ophalen, want laat je het ophopen, dan merk je geen vooruitgang.

'Hoe is het nú met haar?' vroeg hij toen ik al bezig was mijn spullen bij elkaar te zoeken. Ik had mijn gedachten bij de avond en of ik genoeg eten in huis had.

'Die vrouw,' verduidelijkte hij, 'die als een moeder voor u was, kan zij zichzelf redden of zorgt u voor haar?'

'Geen van beide,' antwoordde ik. 'Zij is alweer een aantal jaren dood.'

Ik liep naar de kamer om twee deeltjes Balzac te pakken die hij mij had geschonken, mooi gebonden in groen leer. Ik wreef de ruggen op en blies de stoflaag van het goud op snee. Toen ik terugkwam in de hal zat hij op het bankje, voorovergebogen.

'Wij moeten niet meer van die lange dagen maken,' stelde hij.

'Morgen is het zaterdag, ik moet naar een verjaarspartijtje in Saint-Cloud. Zullen we dan zeggen: maandag weer?'

Hij stak zijn hand op, zowel ter goedkeuring als ten afscheid, maar bleef ineengedoken zitten.

'Weet u zeker dat het goed gaat of kan ik nog iets doen?'

'Ik probeerde het me voor te stellen.' Hij aarzelde. 'Hoe dat zijn moet, vroeg ik me af. Voor haar. Voor een moeder. Blind te zijn. Een kind te hebben en het nooit te zien. Niet te weten hoe het eruitziet. Of het mooi is. Of verdrietig. Hoe vond zij, wanneer een kleintje zich gestoten had en zij wilde de pijn wegkussen... hoe vond zij de blauwe plek?'

Zesde verslag

Niet verwacht jou eerder dan morgenavond te berichten, maar stel je voor... vanochtend vroeg, boulevard de Clichy, zie ik hem lópen.

Je hebt wel verteld hoe hij er elke dag op uittrekt, liefst voor dag en dauw of op de late avond, maar erover horen is één ding, hem daar ineens zien wandelen, blind en wel, een heel ander. Hij loopt rechtop – rechter dan thuis, waar hij vaak schuifelt – en beent stevig door, kleine stappen maar strak in de pas, met een verbeten concentratie om niet te missen wat er om hem heen gebeurt en snel te kunnen reageren zodra er een obstakel op zijn pad komt. Dit geeft hem ondanks zijn woeste grijze baard iets van een militair, zeker zo met die wapperende Inverness-cape van hem. En daarbij, er is heuse moed nodig om dit te durven. Of is het overmoed? Hoe dan ook, je houdt je hart vast!

Puur toeval dat ik in de buurt was. Omdat er afgelopen week nauwelijks tijd was om inkopen te doen, dacht ik: het is zondagochtend, ik rijd naar Saint-Quentin en haal in één keer alles op de markt.

Kom ik de metro uit, steekt hij net over. Wacht niet

netjes, vraagt geen hulp, maar gáát gewoon. Draagt ook geen donkere bril of blindenstok, zodat mensen gewaarschuwd zijn, alleen een paraplu. Is dat uit ijdelheid, domheid of allebei? Hij tast er het trottoir mee af en is het druk, dan maait hij er als een dorsvlegel mee in de rondte. Wil hij naar de overkant, dan steekt hij zijn plu op de stoeprand recht vooruit, alsof hij zeggen wil 'daar ga ik', en daar gáát hij.

Een omnibus kon hem ternauwernood ontwijken, lijn F naar Clignancourt, en als dan de conducteur woest-woedend klingelt, steekt de onverlaat joviaal zijn hand op en zwaait eens achterom, als diende het alarm ter begroeting.

'Het is vandaag mijn vrije dag,' redeneerde ik. 'Hij is dit kennelijk gewend, laat hem zijn gang gaan.'

Maar ik was de hoek nog niet om of mijn geweten speelde op, zodat ik rechtsomkeert maakte en achter hem aan ging, deels bezorgd, deels vanwege de sensatie hem een overvol trottoir te zien doorploegen, maaiend met zijn paraplu.

Ik snap nu ook waarom hij vasthoudt aan zijn 9e arrondissement. Hier weet hij blindelings de weg en iedereen kent er zijn eigenaardigheden. Verliefde stelletjes laten los zodat hij tussen hen door kan. De verkoper van de kiosk klapt zijn krantenstandaard in zodra hij nadert en terrasbezoekers springen opzij om hun café-complet in veiligheid te brengen.

Zeker een halve kilometer ben ik hem gevolgd, volslagen zinloos, met aan mijn arm de lege mand. Ik stond op het punt het voor gezien te houden, toen hij de avenue Rachel insloeg – de bloemiste op de hoek redde net op tijd een grafstuk van de ondergang – en ik ineens begreep dat hij op weg was naar het kerkhof.

Wat is die begraafplaats van Montmartre toch altijd troostrijk, zeker in het voorjaar, alsof hij naar de Elysese velden zelf werd gemodelleerd!

Eenmaal binnen de hekken, vertraagde de oude zijn pas, misschien uit eerbied, misschien omdat de dood zelf zo geduldig is. Tussen het bloesemende groen, dat alle straatgeluiden dempt, leek hij te ontspannen, alsof hij thuisgekomen was. Ook hier bleek hij zijn weg te kunnen dromen, want hij ontweek de doden even vaardig als de levenden.

Waar de laantjes in een stervorm samenkomen, koos hij zonder aarzeling het juiste pad. Alleen bij de trappen moest hij tasten naar de reling. Aan het begin van de avenue de Montebello, hield ik in en liet hem de rest van de weg naar het familiegraf alleen gaan. Wat is dat toch een mooi en simpel bouwwerk. Indrukwekkend sober, zo met als enige versiering een timpaan, zeker vergeleken bij wat je op die dodenakker verder aan roomtaarten ziet staan.

Hij legde een hand tegen de tombe en streek langs de hoge loden deur die toegang geeft tot de grafkelder. Hij morrelde eraan, duwde er eens tegen, maar de eeuwigheid zit goed op slot.

Tevreden zette hij een paar passen achteruit, alsof het monument een van zijn doeken was, dat hij van een afstand in zich wilde opnemen.

Achter hem stak echter een boomwortel omhoog. Twee passen nog en die kerel zou zijn nek breken! Ik stond op het punt om te waarschuwen, maar zoals telkens bleek mijnheer exact te weten wat hij doet en waar hij is. Bijtijds hield hij stil en nam plaats op het bankje dat tegenover de familie Degas staat maar eigenlijk bij het mausoleum van de buurvrouw hoort, prinses Soltikov uit Petersburg.

'Wie is daar?' riep hij ineens op volle sterkte.

Hij had mijn schrik schijnbaar opgevangen, misschien alleen mijn hap naar adem. Hoe dan ook, ik bleef zo stil mogelijk staan, bang dat het ruisen van mijn rok mij kon verraden.

'Ik weet dat u daar bent!' Hij draaide zijn gesloten ogen pal in mijn richting. 'Tenzij u een dode bent, maak u bekend!'

Ik overwoog om weg te lopen. Allicht dat ik hem, als hij mij achterna kwam, voor zou kunnen blijven. Aan de andere kant zou een confrontatie op deze plek ook iets kunnen opleveren, dus ik koos ervoor mij op vrolijke, verraste toon bekend te maken en riep: 'Nee maar, mijnheer Degas, nou já!'

'Wat betekent dit?' sprak hij streng toen ik hem genaderd was. 'Dit kan onmogelijk toeval zijn. Wat moet u hier?'

'Toeval, wat is toeval?' zei ik lachend. 'Is dit toeval? Ja en nee.'

'Bent u mij hierheen gevolgd?'

'Welnee,' loog ik. 'Het toeval is dat wij elkaar hier treffen, zeker, maar niet dat ik hier ben. Ik kom regelmatig op dit kerkhof even bloemen leggen.'

Ik liet het riet van mijn lege mand nadrukkelijk snerpen, zo zou hij kunnen denken dat mijn bloemetjes daarin hadden gelegen.

'Ach,' vroeg hij, 'hebt u familie hier?'

Hij schikte op, zodat ik naast hem plaats kon nemen.

'Dierbaren.' Ik sprak aangedaan, alsof mijn verdriet te vers was om erover in detail te treden.

'Liggen zij in deze sector?'

'Ja. Vlakbij.'

Wij zaten een tijdje in gedachten, ieder bij zijn eigen gemis.

'Mijn zussen Marguerite, Marie-Thérèse en mijn broer Achille...' begon hij mijmerend. 'Het gekke is: als je hun luiers hebt verschoond, worden zij in jouw ogen nooit echt ouder. Niet echt. En dan toch ineens, op een dag: boem, daar liggen ze. Alleen mijn jongste broer is nog in leven.'

'Had u zelf geen kinderen gewild?'

'Behalve als oudedagsverzekering heb ik er nooit het nut van ingezien. En u?'

'Ik zou het willen,' bekende ik, 'maar ik mis een voorbeeld. Mijn eigen moeder heb ik nooit gekend.'

'Daar ga je al!' Meelevend schudde hij zijn hoofd. 'Wie kinderen op de wereld zet, heeft niet begrepen wat zich daarop afspeelt.'

'Zo'n verantwoordelijkheid... Ik weet niet of ik voor het ouderschap voldoende onbaatzuchtig ben.'

'Onbaatzuchtig? Ik kan me nauwelijks groter egoïsme indenken dan ouderschap! Een ongelukje, vooruit, maar wat een ziekelijke zelfdunk moet je bezitten om je met voorbedachten rade voort te planten. De grootheidswaan, te denken dat die kop van jou zulke unieke trekken vertoont dat die niet verloren mogen gaan; dat jouw gedachten zo bijzonder zijn dat je ze dient door te geven, dat je geloof zo onfeilbaar is, je moraal zo hoogstaand dat je ze er bij een onschuldig wezen met straffe hand moet in rammen. Nee, er is niemand die ik meer wantrouw dan ouders. Wat moeten zij met dat weerloze leven, het hun wil opleggen?'

Ik zei niets, maar liet de stilte van het kerkhof spreken.

'Zíj zijn de gelukkigen, weet u,' verzuchtte hij uiteindelijk, gebarend naar de tombe, waar zijn eigen ouders rusten. 'Degenen van wie wij afscheid moesten nemen, hebben de reis volbracht. Dit gevaarlijke avontuur. Zij hebben de taak voltooid die wij bij geboorte ongevraagd krijgen opgelegd. Een onmogelijke opgave, te leven. Meer dan je van een mens mag vragen. Eigenlijk is het onbegrijpelijk dat ouders hun kinderen zoiets aandoen, leven schénken. U en ik, wij moeten nog maar zien dat ons dat gaat lukken, helemaal tot het einde te geraken, maar voor onze overledenen zit de klus erop. Wij doen er beter aan ze te feliciteren dan te bewenen.'

'Komt u vaak?'

'Op een dag moet ik hier toch zijn.'

Hij nam een handvol zangzaad uit zijn cape en strooide het met een weids gebaar uit als een boer op een akker.

'Soms denk ik, ik ga alvast,' vervolgde hij, terwijl vogels van alle kanten neerstreken. 'Ik vind het prettig te weten waar ik straks terechtkom.'

'O,' zei ik omdat het hoort, 'maar díé dag is nog zo ver weg!'

Tussen het vrolijk gekwetter weerklonk de leegte van mijn woorden. Zolang je midden in het leven staat, denk je er niet bij na dat het ooit misschien juist oplucht het onvermijdelijke te benoemen.

'Als ik thuiszit komen de doden mij toch opzoeken,' verduidelijkte hij laconiek. 'In gedachten. In de nacht. Ik zie dit als een tegenbezoek, een ontmoeting op hun eigen terrein.'

'En u komt hier helemaal op eigen kracht?'

'Er is een boel aan mij kaduuk, maar mijn benen doen het nog.'

'Desalniettemin. Zo in uw eentje...'

'Alles wat ik heb geschilderd draaide om beweging en nu zou ik moeten stilzitten? Ik wandel graag. Ik wandel veel.'

'Dat heb ik gehoord.'

'Van wie?'

'Mensen in de buurt. Het is tenslotte best opmerkelijk. U loopt alsof u ziet.'

'Als je de plattegrond eenmaal kent, kun je reizen met je ogen dicht.'

'En ook niet bepaald voorzichtig.'

'Niets stompzinniger dan geslenter. Ik haat flaneren, mij kan het niet snel genoeg gaan. Paar maanden geleden, toen het vroor, heb ik zowat geschaatst, lange schuivers over het trottoir, liefst voel ik de flappen van mijn cape wapperen als vleugels.'

'U bent ongedurig.'

'Altijd gehad, altijd gehouden. Ook in mijn werk. Ik had een doel, nog steeds, ik zoek voortdurend buiten mijn bereik. Het is puur lichamelijk. Het is de aard van het beest. Ik ben een paard, ik wil racen. Ik moet onderweg zijn, ik moet lopen, ik ben ambulomaan.'

'Maar zonder begeleiding, zonder blindenstok... bent u nooit bang?'

'Altijd. En overal. Maar nog veel banger ben ik om op mijn kamer te blijven, zonder mijn werk, zonder te kunnen lezen, niemand om mee te praten, alleen maar te zitten staren in het niets. Dus ga ik de deur uit en ik wandel. Als een gek, jawel.'

'Mensen zijn bezorgd. Zij stellen zich voor wat een moeite dat kost.'

'Hoeveel het me kost, kan iedereen zien, maar wat het me oplevert... Ik loop langs een bakker. Hij schuift net een brood uit de oven. Ik voel de warmte, het deeg kan ik ruiken, dus ik stel het me voor, de damp slaat eraf, een korst die glimt van het eigeel, craquelé. Op de voorgrond zijn etalage, het perspectief van alle broden op een rij, klein tot groot, ovaal, rond en langwerpig, een studie in oker, het grijs en het wit van het brood, verrukkelijke uitstalling van cakejes. De maïs! Ik zie de molens die het maalden, bloem overal, de juten zakken waarin het gebracht wordt, de gespierde ruggen van sjouwers die het binnenbrengen. Beneden, door het luik in het souterrain, de jongste bedienden aan het werk, hun schouders onder het meel. Waarom schildert toch niemand eens een huis zoals een wandelaar het ziet? Zoals ik het me herinner: de begane grond in het voorbijgaan, een deurknop, een gevelsteen met opschrift, je reflectie in een raam, het patroon van de vloertegels. Door de ruit een glimp van de bakkersvrouw die een rond brood snijdt. Zij drukt het tegen haar boezem en zet het mes erin; naar zich toe snijdt ze, zoals mijn moeder brood sneed. Lange halen, zorgvuldig, de kartels steeds dichter naar haar borst. Kindervoeten komen binnen. Uitgelaten stemmen. Meringues onder een stolp, een plateau viennoiserie, een jongen en een meisje staan er verlekkerd naar te kijken, hun moeder wijst aan wat zij wil hebben, het zou ook hun gouvernante kunnen zijn. Het geritsel van de papieren zakjes waar klanten mee naar buiten komen... En dit is nog maar van hier naar de hoek. Aan de overkant wacht mij de sigarenwinkel, iets verderop het koffiehuis. En als ik bij het oversteken een keer onder een rijtuig loop, dan loop ik tenminste met mijn kop vol beelden!'

'U loopt alsof uw leven ervan afhangt,' zei ik.

'En dat doet het ook. Me voortbewegen betekent dat ik mij er niet bij neerleg,' verzuchtte hij. 'Niet bij de aftakeling, niet bij mijn gebrek, niet bij de hak die het leven mij heeft gezet. Dat moet je leren, je gemis te overbluffen. Ik ben een blinde die pretendeert te kunnen zien.'

'Hoe leer je dat?'

'Ik had een voorbeeld.' Hij glimlachte. 'Ik heb geluk gehad. Iemand liet mij zien hoe je voor je eigen blindheid blind kunt zijn. Hoe je met zo'n tegenslag omgaat, liet zij zien. Begrijpen kon ik het niet, toen niet, niet echt. Natuurlijk is het een dwaasheid, maar ik heb haar afgekeken van de beste.'

Er stak een windje op. Het ruiste door de kersenboom, zodat die roze bloesem sneeuwde.

Ik trok mijn shawl dichter op mijn schouders, draaide mij naar de oude man toe en sloeg zijn kraag omhoog. Hij liet me. Dit was de eerste keer dat ik hem werkelijk aanraakte.

'Paul Valéry is langs geweest,' zei hij. 'Gisteravond. Schijnt dat er een huis voor me gevonden is.'

'In het 9e?'

'Met iets anders durven ze niet meer aan te komen. Kleiner dan het huidige, maar aan de boulevard.'

Ik sloeg wat bloesemblaadjes van mijn rok, Edgar pulkte er eentje uit zijn baard en rook eraan.

'Alleen hier is een mens werkelijk thuis,' zei hij. 'Bij dit enorme leger overledenen, dat elke dag aangroeit en voortschrijdt en opmarcheert. Strijders zijn het, stuk voor stuk, helden die het onmogelijke hebben volbracht, te leven, en voor hun heroïek zijn onderscheiden met de dood. Ik kan toch soms gewoon zo trots op ze zijn! Stel je voor, de miljoenen, miljarden die ons hierin zijn voorgegaan. Vergeleken met de doden hoor je als levende bij een minderheid.'

Ik nam mijn mand op en stelde voor dat wij samen naar de uitgang zouden lopen, maar hij wilde nog bij de familietombe blijven.

'Het is overvol, ons mausoleum. Voordat ze mij er straks bij proppen zullen ze een van mijn voorouders moeten ruimen. Wie dat wordt? Geen idee. Dat ga ik niet bepalen, dat zoeken ze maar uit.'

'Geen zorg,' suste ik. 'Om zulke dingen zal uw broer zich later vast bekommeren.'

'Tha!' hij schudde vol dedain zijn hoofd. 'Mijn bróér!' Het hing erom of hij had erbij op de grond gespuugd.

Zevende verslag

Vandaag kleren. Mijn neus loopt. Mijn handen jeuken ervan. Sinds vanochtend vroeg al staat het water in mijn ogen. En dat terwijl ik een sjaal voor mijn mond had gebonden. Zijn kasten, geloof me, je hebt geen idee! Die uitpuilende laden, het stof dat daaruit tevoorschijn wolkt. De kamer stoof als een dorre akker in augustus.

De ouwe zat op zijn bed als Salomo op zijn troon, geen wolletje mocht weg zonder zijn oordeel, nog geen met verf besmeurde denim broek. Betoogde ik dat iets tot op de draad was doorgesleten, mocht ik er bij de gratie Gods de voddenboer nog een plezier mee doen. Veel was ook gewoon te klein. Wanneer hij voor het laatst in staat was zichzelf in een spiegel te bekijken, weet ik niet, maar de Adonis die hem nog voor ogen staat is nergens terug te vinden in de Bacchus die hij geworden is.

Natuurlijk moet zijn kleding ook worden uitgezocht, al was het maar om vol te houden dat ik ben gekomen om te helpen verhuizen, maar toen ik tot mijn enkels in de lorren stond, heb ik jou wel even verwenst. En mezelf omdat ik mij door jou hierin heb laten luizen.

Dat laatste woord kies ik niet zomaar. Wat het voor ongedierte was dat her en der tevoorschijn kwam gekropen, weet ik niet, maar ieder tod waarin iets bewoog, heb ik zonder pardon of overleg het raam uit gesmeten. Hemden en broeken dwarrelden over de binnenplaats alsof de Saracenen aan het plunderen waren.

Uiteindelijk heb ik maar over één pak strijd geleverd, en verloren: wit zomerlinnen, aan de randen helemaal vergeeld. Hij vocht voor het behoud daarvan alsof hij van plan is er straks zijn laatste reis in te ondernemen.

'Waarom, in hemelsnaam,' vroeg ik, 'zou u zoiets

meeslepen naar een volgend adres? Het neemt maar ruimte in en geen fatsoenlijk mens die er nog iets aan heeft.' Maar hoe ik ook aandrong, het moest en zou in de verhuiskoffer. 'En het stinkt. Ik waarschuw u, straks gaat alles ernaar ruiken.'

'Dat zijn de tropen,' zei hij als was dit een verzachtende omstandigheid. 'Kleren, boeken, binnen de kortste keren zit het weer erin. Alles rot tot in de vezel.'

Hij stak zijn handen ernaar uit, zijn vingers voelden aan de revers en aan de knopen.

'Ach ja!' verzuchtte hij. 'Ja, dit gaat mee, jazeker, dit pak blijft bij mij, hoe dan ook.'

Toen de luttele kleding die behouden kon blijven eenmaal in een kamferkist lag gevouwen, restten nog enkele dozen. De ochtend en een deel van de middag waren met schiften verdaan en mijn zoveelste niesbui kwam op. Ik was bang dat de oude man nu iedere afgetrapte gatenzool die tevoorschijn zou komen, elke verfomfaaide dophoed en kaduke chapeau-claque zou willen passen, maar hij bleek in slechts één doos geïnteresseerd.

'Een rónde, zie je die ook ergens? Een hoge hoedendoos, rood-witte streepjes. Paars lint eraan,' preciseerde hij alsof hij hem nog onlangs had gezien. '*Maison Madame Bonni* luidt het opschrift, *Faubourg St Honoré*.'

Ik vond hem weggestopt op de bovenste plank. Het rood karton was vaal geworden, het draaglint met de jaren broos. Zodra ik de doos eraan wilde optillen, brak het.

Uit het vloeipapier kwam een dameshoed tevoorschijn, niet zomaar een creatie uit de Bon Marché maar haute couture.

'Is hij nog enigszins intact?' vroeg de oude man alsof hij er de straat mee op moest. 'De stof, de kleur, is die nog toonbaar?'

Ik ging ervan uit dat hij het ding, net als zijn kepie, even wilde vasthouden, de veren voelen, eraan ruiken misschien, zoals hij bij mindere kledingstukken had gedaan, maar hij had liever dat ik eerst de hoed beschreef.

'Wat zal ik ervan zeggen...' begon ik voorzichtig. 'Hij is oud.'

'Een halve eeuw zowat.'

'En het model... Het is van toen. Maar het is goed gedaan, degelijk. Hoe moet je zoiets noemen?'

'Tijdloos?'

'Tijdloos, wat is tijdloos?' ontweek ik. 'Alles oogt als nieuw. Geen vlekje, kreukje, niets. Ziet eruit alsof hij door niemand is gedragen.'

'Nee,' zei hij spijtig. 'Hij was ooit als geschenk bedoeld.'

De strakke kap, de brede rand, het kón niet meer, zoals dat ding was opgetuigd, volledig *démodé*. Maar ik beperkte me tot een beschrijving van het materiaal, een donkerblauw fluweel, waarop niets viel aan te merken, rijk en kostbaar, goed geconserveerd. Het borduursel was fraai, stiksels kundig weggewerkt. Ik tilde het hoofddeksel uit zijn bescherming en nam het op de hand om het van alle kanten te bekijken. Daaronder, op de bodem, lag de rekening, alsof hij overwogen had de hoed te retourneren.

Maison Bonni had de nota opgemaakt op naam van de weledel hooggeboren heer E. Degas: '1 dameshoed, model Impératrice Eugénie met aanpassingen op specifiek verzoek.' Apart vermeld stonden extra kosten voor de *première*, die haar ontwerp had moeten herzien, voor de uren die een *formière* besteed had aan het spannen van het vilt, voor stoffering door een *apprêteuse* en het dagloon van twee *garnisseuses* die 'stemmig en bescheiden decoratie' hadden aangebracht.

Al met al een extravagante uitgave. 'Voldaan te Parijs, de 28e oktober '63.'

'Vindt u het een móóie hoed?' vroeg hij hoopvol als een oom die voor je zestiende verjaardag aan komt zetten met een catechismus.

'Indertijd,' zei ik nadrukkelijk, 'zou iemand er vast veel bewondering mee hebben geoogst.'

'Maar u, zou u er blij mee zijn geweest?' drong hij aan. 'U zelf, zou het u gelukkig hebben gemaakt?'

Ik werd bang dat hij mij het ouwe ding cadeau wilde doen.

'Was hij bestemd voor iemand die er oog voor heeft?'

'Had zij voor zoiets oog?' In gedachten ging hij al die jaren terug. 'Ik denk het. Ja, ik geloof het wel. Zij was iemand die genoot van mooie dingen.'

'Een vriendin?'

'Familie,' zei hij. En voegde eraan toe: 'Een nicht van mij.'

Uit zichzelf bracht hij haar dus ter sprake!

Zomaar.

'U hebt er werk van gemaakt!' Ik was oprecht onder de indruk. 'Dit is niet een hoed die je zomaar even koopt.'

'Ik wilde het in één keer goed doen.'

'Wat is hier een zorg en liefde aan besteed!'

'O ja?' Hij veerde op. 'Is dat eraan af te zien?'

Ik leidde zijn handen naar de hoed. Hij nam hem op schoot en probeerde er een indruk van te krijgen.

'Die moet voor een bijzonder iemand zijn geweest.'

'Dat was zij,' sprak hij zacht.
Hij vond het fluwelen halslint. Het was ongebruikt en zat nog opgerold zoals het uit de winkel kwam. Tussen duim en wijsvinger rolde hij het af, zachtjes tegen de vleug in strelend.

'Zij was kort tevoren weduwe geworden,' vertelde hij, 'en liep te lang al in de rouw. Tenminste, dat vond ik. Zij was net negentien.'

'Nog zo jong.'

'Te jong en te veel meegemaakt. Zij had een kindje dat zij nu alleen moest opvoeden. Rouw stond haar niet. Nou ja, wie wel? Maar in haar geval: het paste slecht. Misschien juist omdat zij moeder was. Zij hield van kleur, van bloemen, stoffen, zij was verslingerd aan het leven, snelheid, paarden, vrolijkheid en dans, maar durfde niet meer. Het leven trok, maar zij gunde het zich niet om eraan toe te geven, niet volledig, niet van harte. Dat eeuwig zwart! Het trok haar terneer. Verdriet hield haar te zwaar in het verleden. Ik had gehoopt...'

Hij gebaarde dat ik de hoed terug in de doos kon doen.

'Ik had gehoopt haar met iets moois naar het leven terug te lokken. Wat kon ik doen? Een hoed, het is niet veel. Ik dacht: dan koningsblauw, iets warmer dan zwart en toch nog stemmig. Een eerste stap, met lichtere toets, een kleine druppel goud erbij, een overgang, ik wilde door de dood een beetje leven mengen.'

'Een schitterende hoed,' beaamde ik, 'maar nooit gedragen.'

'Achteraf gezien mijn eigen stomme schuld. Ik had bij haar moeten blijven...'

'U was verliefd.'

'Dat zal.' Hij lachte als een betrapte schooljongen. 'Het zou in elk geval verklaren waarom een mens zich zo onsterfelijk belachelijk maakt... Zij waren bij mijn broer in Bourg-en-Bresse, maar ik kon niet mee.'

'U had hier uw werk.'

'Mijn verplichting aan Paul Durand-Ruel. Ik had geen keus, een vernissage stond gepland. Dus ik...' Hij sloeg zijn ogen neer. 'Ik wás verliefd. Maar ik beloofde haar dat ik zodra ik kon zou volgen. Alle dagen gaf ik acte de présence in de galerie maar in mijn vrije uren liep ik de wandelingen na die ik met haar had gemaakt: de renbanen, de bloemenmarkt, winkels waar zij voor de etalage had gestaan, een hoedenzaak...'

'Er zal moed voor nodig zijn geweest om er naar binnen te gaan.'

'Ik legde de verkoopster uit voor wie het was bestemd en wat ik dacht dat haar zou staan. Enfin, tegen de tijd dat de hoed was vervaardigd, mijn tentoonstelling voorbij was en ik die winter eindelijk eens aan kwam zetten op het platteland – ik met mijn hoedendoos – tegen die tijd had zij haar rouw al afgelegd.'

'Zij ging niet meer in het zwart gekleed?'

'Dat niet alleen, zij was vrolijk.'

'Blij om u te zien.'

'Vast. Iedereen was allerhartelijkst. Vol goede moed. Estelle had haar leven opgepakt.'

'Estelle...' herhaalde ik. 'Zij had haar leven opgepakt met hulp van u en van uw broer.'

'Mijn broer...' Hij schudde zijn hoofd. 'Een van de eerste dingen die hij mij wilde laten zien waren de vorderingen van het kind. Háár kind.'

'Haar kind?'

'Van haar eerste man. Een meisje, half wees. Haar eerste woordjes had mijn broer haar tijdens mijn afwezigheid geleerd. Ik moest ze horen, o, dat móést, het kon niet wachten totdat ik mijn reistas had uitgepakt. Zij was zo vooruitgegaan, beweerde iedereen, die laatste weken. Hij nam haar op de knie en fluisterde haar in wat zij tegen mij zeggen moest: "Bon-jour" eerst en daarna "Bonjour Degas".'

'Wat lief. En knap.'

'O, absoluut. En toen zij ieders enthousiasme zag, was het kleintje helemaal niet meer te houden. "Maman," begon zij tegen haar moeder en tegen haar tante riep zij "Didi!" Nou ja, u kunt het zich verder wel voorstellen. Wij klapten in onze handen van bewondering, waardoor zij weer van vooraf aan begon. Uiteindelijk draaide die kleine meid zich naar mijn broer. "Bonjour," zei zij heel keurig. Toen sloeg zij haar armen om zijn hals en zei: "Bonjour papa!"'

'Tegen uw broer René?'

'Tegen René!' Hij herhaalde het om de betekenis van dat moment te onderstrepen: '"Bonjour papa!" en iedereen vond het hilarisch.'

'Vast, maar ongepast.'

'Typisch mijn broer. Die had zelf een oogje op mijn nicht. Mijn broer liep op zijn leven zo vooruit dat hij haar dochter het woord "papa" vast had geleerd.'

'Gênant.'

'Hij schaamde zich natuurlijk dat hij was betrapt. Zo schandelijk voorbarig, zo onbehoorlijk zeker van zijn zaak. Hij werd rood. Hij sloeg zijn ogen neer, maar dat kon zijn pret om wat het kleintje zei toch niet verbergen. "Bonjour papa!"'

Kan het bestaan? Heb jij die brutaliteit daadwerkelijk begaan? Je was jong, dat weet ik wel, en ongetwijfeld onbezonnen. Maar als dit toch waar is, en jij indertijd een onnozel kind hebt ingezet om Estelle bij hem weg te lokken...

'En die Estelle,' vroeg ik, 'hoe reageerde zij erop dat haar kind een ander *vader* noemde?'

'Zelfde soort schaamte. Van betrapt te zijn, maar toch ook een beetje trots. Niet alleen had zij haar leven opgepakt, begreep ik op dat moment, zij was zelfs verliefd.'

'Op uw broer.'

'Stuk jonger dan ik,' gaf hij als uitleg. 'Haar leeftijd. En te knap voor zijn eigen bestwil. Niet lang daarna is zij met hem getrouwd.'

'Is dat waarom u niet graag aan hem denkt?'

'Uiteindelijk was ik blij voor ze. Voor haar vooral. En voor het kind natuurlijk, dat zij weer een vader had. Hem heb ik het vergeven, René, althans op dat moment...'

'En uw cadeau, de hoed die u voor haar had meegebracht...?'

'Daar zat ik met mijn ouwewijvengeschenk. Als een dwaas. Als een van die schlemielen uit een boulevardkomedie. Wat weet ik ook van vrouwen? Sommige mannen zijn daar nou eenmaal niet voor in de wieg gelegd. Die hoed! U wilt niet weten in wat voor bochten ik me heb gewrongen om die stommiteit voor haar weg te houden. De leugentjes waar ik mee op de proppen kwam toen zij een paar dagen later mijn kamer binnenliep en een duur cadeau zag staan met een enorme strik uit de Faubourg Saint-Honoré!'

'Begreep zij wat uw bedoeling was geweest?'

'Met die hoed?'

'Uw bedoeling met haar.'

Hier dacht hij over na, maar gaf geen antwoord.

Uiteindelijk vroeg hij mij toch de hoed nog eens aan te geven. Hij zat er een tijdje mee, draaide hem een paar keer rond tussen zijn vingers.

'Denkt u,' vroeg hij uiteindelijk, 'dat ik er nog iemand een plezier mee doe?'

Het huis aan Esplanade

New Orleans, 1872–1873

1

In de trein naar het Zuiden waren de broers vier dagen lang onafscheidelijk. Zij zaten tegenover elkaar aan hun coupéraam, aten in de dinerwagen aan één tafeltje en iedere avond beklommen zij samen de stapelbedden van de slaapwagon. Toch zou je zo op het oog niet zeggen dat die twee familie waren.

De jongste, René, eind twintig, slank en gespierd, had een sportieve, energieke uitstraling; zijn gebaren waren dynamisch, zelfs iets te onstuimig voor zijn leeftijd, jongensachtig, maar hij ging als een geslaagde beursganger gekleed en droeg steevast, ook nu het vochtig werd en warmer, een vest met een kravat. Hij sprak een behoorlijk woordje Engels en had, om zich in die taal verder te bekwamen, bij de stationskiosk in New York City de reisverhalen van Mark Twain gekocht.

De ander was het nog niet gelukt zich in dit land verstaanbaar te maken. Van de hele lijst die Edgar in zijn hoofd had proberen te stampen had hij maar één woord paraat: *turkey buzzard*. Zodra hij er een zag vliegen, debiteerde hij deze ornithologische kennis met een vrolijk zoemende dubbele z: 'turkey buzzard' en een enthousiasme dat bij zijn Amerikaanse reisgenoten, voor wie deze vogelsoort de meest alledaagse was, nogal wat vervreemding wekte.

Vanwege de kreukels in zijn zwarte pak, de afgedragen

hoed en losse boord, zou geen mens Edgar verwarren met iemand die succesvol door het leven gaat. Ook was hij te dik, dankzij Clothilde, zijn nieuwe huishoudster, die zo voortreffelijk kookte dat hij serieus had overwogen om haar mee op reis te nemen. Met dat grote lijf hing hij op de treinbank als op de divan in zijn atelier, languit met zijn schoenen op het pluche. Naast hem lag Rousseaus *Bekentenissen* open, maar tot lezen kwam hij nauwelijks, omdat zijn aandacht steeds naar het voorbijglijdende landschap werd getrokken, dat een dramatisch verloop had en van staat tot staat verschilde. In een in leer gebonden reiscahier tekende hij hierover af en toe iets op.

Keek hij naar buiten, dan kneep hij zijn ogen samen en zodra de zon in zijn gezicht scheen, schermde hij ze met één hand af. Zelfs in de schemering tuurde hij soms van tussen toegeknepen oogleden, wat hem een gepijnigd aanzien gaf.

Mocht iemand ondanks dit alles toch hebben gedacht dat de twee mannen aan het raam van de coupé familie waren, dan zouden zij Edgar eerder hebben ingeschat als de vader van die levendige, goedgeklede kerel tegenover hem dan als diens broer, want met zijn hier en daar al grijze baard oogde de kunstenaar aanzienlijk ouder dan zijn achtendertig jaren.

Tot aan Chicago hadden de gebroeders Degas veel met elkaar gesproken, vol als zij waren van de natuur en alle indrukken, maar naarmate het doel van hun reis dichterbij kwam, verzonken zij vaker in gedachten. Soms vertelde René zijn oudste broer iets wat hem opviel in *The Innocents Abroad*, waarin Twain verslag doet van de Wereldtentoonstelling in Parijs. Edgar had er meerdere malen het paviljoen van New Orleans bezocht om de grote fotografieën van Lilienthal te zien.

Dat waren voornamelijk straat- en plantagetaferelen,

ter promotie van Louisiana keurig gesaneerd – elke werkkracht blij! Zij dienden als reclame voor bedrijven en fabrieken langs de Mississippi, maar gaven hem toch een indruk van de stad waar zij nu in volle vaart op afstevenden. Bij het zien van die foto's op het Champ-de-Mars was zijn hart iedere keer opgesprongen. Hij wist wel dat er tussen de voorbijgangers en groepjes werklui die voor de camera hadden geposeerd geen mens stond die hij kende of herkennen kon, en toch overviel hem steeds opnieuw de kinderlijke verwachting misschien dit keer ergens wél een bekend gezicht te ontdekken, alsof een van zijn familieleden in de voorgaande nacht alsnog de afbeelding was binnengeslopen.

Soms waren de broers het eens met iets wat Twain beweerde, soms sloeg die wat hen betrof de plank volledig mis en had hij van de Fransen en hun land geen sikkepit begrepen. Verder bleven zij stil, die twee, in het bijzonder de laatste uren, terwijl vlaktes overgingen in bossen en de rivier zich vertakte in moerasgebied, ieder met zijn eigen verwachting over het naderend weerzien.

René was bijna een half jaar van huis geweest voor zaken op de Franse beurs en hunkerde naar zijn echtgenote, die inmiddels zeven maanden zwanger was van hun derde kind.

Het is ánders dan vroeger, dacht hij tevreden, maar mijn verlangen naar haar is er dus nog steeds.

Hij had Estelle veroverd op de boot waarmee zij in 1865 terugkeerde naar haar geboorteland. Zodra de Amerikaanse Burgeroorlog voorbij was, wilden tante Odile en haar dochters hun Franse neven niet langer tot last zijn. Maar toen de vluchtelingen hun passage boekten, had René er plotseling op gestaan de vrouwen persoonlijk naar New Orleans te begeleiden.

Officieel reisde hij mee om daarginds, nu de stad na alle verwoestingen in wederopbouw was, wat zaken af te handelen. Er stond bijvoorbeeld nog wat onroerend goed van zijn moeder dat de Franse familie bij haar overlijden had geërfd en dat nodig van de hand moest worden gedaan. Dit was echter een drogreden.

Zoals altijd reisde René in feite maar één ding achterna.

Zelf noemde hij het zijn hart.

Zijn verliefdheid op Estelle had langer standgehouden dan gebruikelijk, misschien juist omdat zij hem had afgehouden; haar hart was nog te vol van haar gesneuvelde echtgenoot waardoor zij zich minder happig getoond had dan de meesten.

Hierin kwam, precies zoals hij had gehoopt, gedurende de lange vaart verandering.

Direct na aankomst in Louisiana werd de bisschoppelijke dispensatie aangevraagd die voor een verbintenis tussen volle nicht en neef vereist is, en zodra die was verkregen, trouwde René Degas in de Saint-Louis-kathedraal van New Orleans met Estelle Musson, de weduwe Balfour.

René adopteerde Estelles dochtertje Joe, verwekte zelf nog een dochter bij haar en een zoontje, en kon nu bijna niet wachten tot de kerst, wanneer zij het geslacht van hun volgende kleintje zouden kennen.

Een paar weken na het huwelijk kreeg Edgar een krantenknipsel toegestuurd: de societycolumn van *The Daily Picayune* wijdde twee paragrafen aan de deugd en schoonheid van de kersverse Mrs. Degas.

In het begeleidende briefje bedankte zijn broer hem voor zijn hulp: 'Als jij Estelle in je schilderij niet zo knap had gevangen dan was mij haar bleke schoonheid onder die weduwekap misschien wel nooit opgevallen. Wij zijn jou allebei dus innig dankbaar dat jij mij de ogen voor haar hebt geopend. Jij, Eddy, bent de ware architect van ons geluk!'

Het bericht telde amper twintig regels. Het was een tijdlang op het dressoir in de hal blijven liggen en toen Edgar het wegborg, had hij het nog steeds niet helemaal gelezen.

Voor Edgar was het zeven jaar geleden dat hij zijn Amerikaanse familie had gezien. De ochtend van hun vertrek uit Parijs, had hij de drie vrouwen en het kind weggebracht naar het Gare Saint-Lazare, waar zijn broer al met de bagage op hen stond te wachten.

Bij hetzelfde bloemenstalletje waar Edgar bij hun aankomst alle rode rozen had opgekocht, liet hij drie boeketjes binden, kleiner en handzamer, maar niet minder intens van kleur. Toen hij die ruikers door het raam van hun coupé naar binnen stak, hield geen van de drie vrouwen zich goed.

Edgar had Estelle niet meer durven aankijken.

Hij had nog een en ander gemummeld tegen de kleine Joe, die al even beteuterd leek, en daarna deed hij alsof op het perron allerlei zaken dringend zijn aandacht vroegen. Door alle opgewerkte spanning kwam de stoomfluit haast als opluchting. Zodra het treinstel zich in beweging zette, had Edgar twee stappen achteruit gedaan en nog eenmaal gezwaaid, maar zonder Estelles blik te vangen.

Beiden gingen ervan uit dat hun afscheid voor altijd zou zijn.

Dat zij heel erg overstuur was, had hij wel gezien, en ook dat zij, om getroost te worden, zich heel vanzelfsprekend tot René had gewend, die haar een zakdoek aanbood en zijn arm.

Edgar was niet tot het eind van het perron mee op gelopen zoals hij anderen zag doen die van geliefden afscheid moesten nemen, steeds sneller, kusjes werpend, totdat zij de wagon met hun geluk alsnog moesten laten gaan. Wel had hij gezwaaid totdat de trein de overkapping had verlaten, en zelfs daarna nog tot hij helemaal uit zicht was. Toen was hij het verlaten station uit gelopen. Zijn zolen glipten over de tegels, waar de neergeslagen stoom een iriserend laagje vet op had gevormd.

Hij was naar huis gewandeld en zijn studio binnengegaan zonder zijn jas uit te trekken of zijn hoed en handschoenen op het haltafeltje te leggen. Hij had een doek opgespannen en een palet aangemaakt.

Zijn ezel had hij tegenover de grote spiegel geplaatst en daarin had hij zich dezelfde houding aangemeten als kort tevoren op het station: in overjas, één hand quasinonchalant in zijn zak, als iemand die zichzelf geheel en al onder controle heeft. In de andere hand hield hij zijn hoge hoed omhoog, groetend, zoals hij die ten afscheid had geheven. Twee blote vingers omklemden de gemzenleren handschoenen, die hij had uitgetrokken om de familie een laatste maal de hand te schudden.

Zo legde hij zichzelf vast: in de houding waarin Estelle hem in dit leven voor de laatste maal had kunnen zien.

Terwijl hij eraan werkte was hij nog vast van plan geweest haar dit schilderij als aandenken te sturen, maar toen het eenmaal klaar was, keek hij zichzelf zo droevig en gebroken aan dat hij vond dat je een ander niet met zoiets kon opschepen.

Zelfportret, groetend noteerde hij die dag in zijn cahier. Het was bedoeld geweest als groet aan haar, maar wie een spiegelbeeld gedag zegt, neemt in feite afscheid van zichzelf.

Het doek is altijd in zijn atelier blijven staan, prominent, als dagelijkse herinnering dat hij het zelf was geweest die haar had laten gaan.

Hierna zou Edgar zichzelf niet nog eens portretteren. Toen Manet hem, lang daarna, eens vroeg waarom niet, antwoordde Degas oprecht verbaasd:

'Waarom zou ik? Het was een afsluiting. Er viel niets meer te zien. Ik was voorbij.'

2

Het weerzien met zijn broer, afgelopen juni, toen René voor zaken in Parijs moest zijn, had Edgar deugd gedaan. Hun rivaliteit over Estelle had in die zeven jaren haar belang verloren. De mannen hadden elkaar omhelsd en toen zijn broertje die avond aan tafel het hoogste woord nam, had Edgar hem met bewondering bekeken.

Zevenentwintig was René inmiddels, vader van een snelgroeiend gezin. Zijn onstuimig enthousiasme had hij behouden, maar de overmoed en zijn gebrek aan oog voor anderen, die hem soms in zijn jonge jaren ongenietbaar maakten, leken te hebben plaatsgemaakt voor een volwassen verantwoordelijkheid, ongetwijfeld ingegeven door zorg om zijn kinderen, plannen voor hun toekomst en natuurlijk zijn bezorgdheid om Estelle.

'Zij is volledig blind.'

De enige keer dat René iets over de oogziekte van zijn vrouw kwijt wilde, had hij dat alleen kort en zakelijk gekund.

'Vrijwel direct na terugkeer werd zij op een ochtend zo wakker, helemaal in paniek. Stel je voor, je doet op een dag je ogen open en je wereld is voor altijd opgegaan in duisternis.'

'En weten ze waardoor het is gekomen?'

'De dokter kan niet zeggen of het een aangeboren kwaal is of een gevolg van dingen die haar in de burgeroorlog zijn overkomen. Zij heeft veel geleden. Toen. Meer nog dan jij en ik weten, dit heeft tante Odile mij op haar sterfbed toevertrouwd. Er zijn dingen gebeurd. Onuitsprekelijke dingen. Ergens onderweg, nadat zij op de vlucht waren geslagen... Het is niet ongebruikelijk. Veel overlevenden van de burgeroorlog vertonen gebreken waarvan de oorzaak niet direct is aan te wijzen. Zo is het dus, nu weet je het, onze nicht is invalide. Ik klaag niet. Ik houd daarom van haar niet minder. Zij zag al niet goed meer toen wij trouwden. Voordien heeft zij mij een keer apart genomen en gezegd dat zij mij, gezien haar gebrek, van mijn belofte ontsloeg en dat ik, als ik haar niet meer wilde, van het huwelijk mocht afzien. Wat kun je daarop zeggen? Ik ben gebleven. Het is voltrokken. Ik wist waar ik aan begon. Het is niet erg. Estelle is een voorbeeldige moeder. Het is geen ramp.'

Edgar had doorgevraagd, maar daarop was geen antwoord meer gekomen.

'Kom met mij mee!' had zijn broer alleen gezegd. 'Reis met mij mee wanneer ik terugga naar New Orleans dan kun je het haar zelf vragen. O man, wat zou zij het geweldig vinden jou te zien. Of, nou ja *zien...*' René had inwendig gevloekt en nog naar een ander woord gezocht, maar de taal kan niet met alle verdriet rekening houden. Hij had zijn schouders opgehaald en verontschuldigend gelachen. 'Je begrijpt wat ik bedoel.'

Zo snel kon je dus het zicht in je ogen volledig verliezen, dacht Edgar. Op een bepaalde manier verbond de aandoening hen, maar hij wist niet of dit hem nu meer naar Estelle deed verlangen of minder.

'Er is overigens geen enkele reden om te denken,' voegde zijn broer er snel aan toe alsof hem het verband pas nu te binnen schoot, 'geen enkele aanwijzing dat haar klachten ook maar iets te maken hebben met de jouwe. Geen reden tot bezorgdheid, laat dat duidelijk zijn.'

René sprak die dagen in Parijs met niet minder liefde over Estelle dan toen hij op haar aasde. Goddank. Misschien zelfs liefdevoller nu, in elk geval met meer respect. Hij, die ooit een meisje het hart brak alleen omdat zij een litteken had opgelopen, had zich bij het noodlot neergelegd en was dus kennelijk inmiddels ook volgroeid als man en echtgenoot.

Edgar had ontzag voor wat zijn broer in Louisiana had bereikt. Net als hun middelste broer, Achille, was hij daar werkzaam in de katoenhandel van hun creoolse oom Michel, de broer van hun moeder zaliger. Daarnaast bleek René nu directeur te zijn van een bedrijf dat hij had opgezet om vanuit Bordeaux en Bergerac wijnen te importeren naar Amerika – eindelijk een idee dat je niet onmiddellijk deed denken aan de Zuidzee-zeepbel.

'Dessertwijnen met name, want het Amerikaanse Zuiden is verzot op alle zoet. Er zijn wat kistjes onderweg hierheen vanuit Monbazillac, dus als je van de week een avond hebt, Eddy, dan gaan wij proeven: sémillon, muscadelle, door edelrot zoetzacht gefermenteerd! Daarnaast een paar rode wijnen, als het maar zwaar en fruitig is. Er groeit een merlot op de velden van de oude villa van Ausonius, man, je weet niet wat je proeft!'

Edgar genoot van het elan waarmee zijn broertje, van íéts te jong af aan al een liefhebber van wijn, vertelde over de chateaux in Aquitaine waarop hij zijn oog had laten vallen. Dit bleek ook het doel van zijn komst naar Parijs: hij kwam de Degas-familiebank een forse lening vragen om de goederen te kunnen betalen die hij al had ingekocht.

Hij twijfelde er niet aan dat hun vader hem het kapitaal zou verstrekken en dacht zelfs dat zijn avontuurlijke handelsgeest, die hij van hem had geërfd, de oude man plezier zou doen.

'Zoals je ons plezier gedaan hebt met je Amerikaanse oorlogsobligaties?' spotte Edgar, die zijn volledige inleg had zien verdampen toen het Noorden de Confederatie versloeg.

'Dat valt niet te vergelijken, oorlogsobligaties zijn altijd een gok. Maar wijnimport is een gegarandeerde goudmijn, zeg ik je, zeker in Louisiana waar iedere Creool wil doorgaan voor een Fransman. Als jij met me meekomt – en je zou gek zijn als je het niet deed – zal je het met eigen ogen zien, hoe ze hunkeren naar *une vie Parisienne*. Mensen zullen een moord doen om hun gasten een fles uit Saint-Émilion te kunnen voorzetten, ik beloof het je. En móċht de winst een jaartje tegenvallen, dan sta ik persoonlijk garant met wat ik verdien als commissiehandelaar, want dat blijf ik er natuurlijk gewoon naast doen.'

Edgar kende die commissies. Een paar jaar eerder was de hele familie bijna op de fles gegaan dankzij een partij Londense termijncontracten op katoen, Renés vorige 'gegarandeerde goudmijn'.

De dag na hun hereniging maakten de broers, zoals vroeger, een lange wandeling door Parijs.

'Ik waarschuw je,' zei Edgar, 'het is niet meer de stad die jij kende.'

Maar René wilde de puinhopen van de Commune met eigen ogen zien; het geblakerde stadhuis, de uitgebrande resten van het Tuilerieën-paleis van Henri IV, dat niet meer te redden viel en werd gesloopt, de ruïnes aan de rue de Rivoli, de bogen van de wandelgalerij in puin...

'Het zijn meedogenloze jaren geweest. Ik was vaak dankbaar dat jij in Amerika zat en hier de opstand niet hebt hoeven meemaken. Die leidde tot een schrikbewind, dat door de regering even verschrikkelijk werd neergeslagen.'

Bij de neergehaalde woonblokken in de rue Royale had Edgar zijn hoed afgenomen alsof zij langs een dodenakker liepen. Bij de kolom van de place Vendôme, languit en in duizend stukken op de grond, had de ander zich niet kunnen bedwingen.

'Wij zijn geen van allen nog wie wij waren op de dag dat jij vertrok, René.'

Zij waren teruggelopen naar Pigalle, waar ze tot vier uur 's nachts doorzakten bij Le Rat Mort.

'Je hebt er ruimte en vrijheid,' gaf René die nacht op over New Orleans. Het zou Edgar goeddoen, vond hij, het verdriet van Parijs een tijdje achter zich te laten. 'Ik zeg je, Louisiana is dé plek voor jonge mannen met ambitie!'

Als je hem moest geloven was alles er even paradijselijk, de architectuur en de cultuur, zowel de Creoolse als de Cajun keuken, de overdreven vruchtbare riviergrond en de eindeloze handelsmogelijkheden, maar de bewoonsters toch meest van al: van overrijpe internaatmeisjes tot vrijgemaakte slavinnen, eenzaam hunkerend sinds hun mannen naar het Noorden waren vertrokken; van ongeremde bordeelhoeren in het Vieux Carré – zij adverteerden in een catalogus, zodat je ze kon uitkiezen als lekkernijen van een menu – tot en met de verveelde echtgenoten van gedeputeerde Yankees.

Ook kwam hij met een hele waslijst ongehuwde meisjes van rijke komaf aan wie hij Edgar wilde koppelen. René was een familieman geworden en zocht voor zijn oudste broer eenzelfde geluk. Zowel hij als hun broer Achille hadden hun gezin in Louisiana's hoofdstad gesticht. Hij gunde Edgar hetzelfde en wilde niets liever dan dat zij op een dag met zijn allen bij elkaar konden wonen, de drie broers met hun gezinnen, zodat hun kinderen samen zouden opgroeien.

'Zo pak jij dus ook je zakenpartners in,' had Edgar in zichzelf gegniffeld terwijl zijn broer de kapitale stadspaleizen prees, de renbanen en het drukke operaseizoen, een grootsteeds sociaal leven waarvan op de foto's in het Expo-paviljoen geen greintje te bespeuren was geweest. 'Slimme donder dat je bent!'

Het was dezelfde bravoure waarmee zijn broertje zichzelf – vanaf zijn veertiende of wie weet al eerder – aan de ene schoolmeid na de andere had weten te slijten. En zo had hij het ongetwijfeld indertijd ook aangepakt met Estelle in Bourg-en-Bresse, maar dit idee verdrong Edgar even snel als het opkwam.

Het was waar, Edgar had verandering nodig, nieuwe indrukken. Hij was eraan toe zich in een avontuur te laten meeslepen. Nog altijd had hij geen eigen schilderstijl gevonden, ook in de afgelopen jaren niet, geen eigen toets of kenmerk, geen onderwerp.

Kunst heeft afstand nodig. Scheppen kan alleen in vrijheid, een kunstenaar behoeft onthechting om het dagelijkse om te vormen, maar Degas zat vast in de kapotte stad en zij in hem. De hongerenden had hij geschetst, het ploeteren van de wasvrouwen, bedelende weduwen en wezen, twee kinderen bij het karkas van hun paard dat in de hongermaanden geslacht was midden op de rue Jacob; doeken die geen zinnig mens kocht, want wie misère wilde zien, hoefde maar uit het raam te kijken.

Edgar wilde zijn leven in dienst stellen van zijn kunst, maar net zoals toen hij zich had willen offeren voor zijn land: geen mens had er behoefte aan en zelf zag hij het doel niet meer. Hij had een plank vol cahiers, uitpuilend van ideeën, maar miste de overtuiging om ze uit te werken.

Ondertussen zag hij in de verte alweer een stuk minder dan toen hij door het leger was getest, drie jaar eerder. 'Zien kan ik nog heel behoorlijk,' schreef hij in die dagen aan zijn vriend Ludovic Halévy. 'Ik ben tot de gelederen van de gemankeerden toegetreden met als enig vooruitzicht op een dag te mogen promoveren tot het legioen der blinden.'

De grootste hinder ondervond hij van de lichtinval. Op een zonnige dag, zelfs wanneer het daglicht werd gefilterd, raakte zijn blik soms al na een kwartier vermoeid en na een uurtje begon er in de oogbal iets te steken. Hij had diverse oculisten afgelopen maar geen van hen kon met zekerheid zeggen waardoor zijn zicht werd aangetast. Niemand wist hoeveel slechter het zou kunnen worden en ook niet of dit onomkeerbaar was en mogelijk vanzelf zou bijtrekken. Hij had verschillende pillen en smeersels geprobeerd, maar zonder resultaat.

Op het moment dat zijn broer hem vroeg mee naar Amerika te gaan, was Edgar zich van één ding terdege bewust: de tijd om zijn werk nog een eigen gezicht te geven, werd beperkt door de sluier die over zijn toekomst viel.

De stoomfluit snerpte.

In de moerasdelta, waar het spoor op palen in het water stond, nam de machinist stoom terug. Het hout kreunde onder het gewicht, het klagend knarsen van de bouten. Soms gaf de constructie wat mee en deinde de wagon als een vlot op de stroom. Wanneer het gevaarte in zijn geheel lichtjes naar één kant overhelde, trokken alligators de vliezen over hun ogen en doken onder.

Hoewel de natte hitte in hun kleren plakte, sloot René het raam van de coupé tegen de muggen.

'Ik herinner me niet dat jij in Parijs met ook maar één woord over muggen hebt gerept.' Het was nauwelijks uit te houden zonder briesje. 'Over deze hitte of de alligators heb ik je trouwens ook niet gehoord.'

'Ramen dicht, dat leer je snel genoeg,' lachte René. 'Overdag uit de zon blijven, 's avonds binnen zitten met gesloten luiken. Elke dag sta je hier voor de keus: stikken of gestoken worden.'

Het halfduister van moerascipressen en duizendjarige gombomen, oprijzend uit donker modderwater, hun kronen overwoekerd door lange, wiegende slierten laag neerhangend Spaans mos, maakte plaats voor een verblindende weerschittering van de zon op uitgestrekte watervlakten. Vanaf de parochie van Saint-Tammany zat Edgar met gesloten ogen terwijl het spoor de laatste kilometers van het estuarium doorsneed. Remmen gierend en de ketels briesend gleed het ijzeren gevaarte als een balgend watermonster maar nét boven het brede, brakke water.

Zij stonden op en trokken hun tassen uit het bagagenet terwijl de machinist opnieuw de fluitklep opende: twee keer kort en één keer lang om de stationschef aan het einde van de lijn in de benen te krijgen en de wachtenden daarginds te laten weten dat passagiers en goederen in aantocht waren.

'Wat zullen zij verschrikkelijk blij zijn jou te zien.' René legde zijn arm rond Edgars middel. 'Van groot tot klein, niet eentje uitgezonderd.' Zo bleven de broers staan die laatste ogenblikken, schouder aan schouder voor het raam.

De schilder kromde zijn vuist tot verrekijker en hield die voor zijn linkeroog zodat het licht niet recht in de pupil viel. Door die trechter van vingers doemde zij voor hem op, de stad, een dunne reep rietlanden aanvankelijk, die breder werd en breder, daarachter wat huizen, daarna meer en uiteindelijk een buitenwijk met in de verte vaag de kathedrale torens.

Alles trilde in de brandende hitte en vochtige lucht. New Orleans doemde voor hem op zoals een druppel ecoline uitvloeit over doordrenkt papier, uitlopend in weidse lijnen. Tegen de zon in zweemden boomschaduwen en de silhouetten van huizen als poeltjes donkergroen, dieprood, grauwgrijs op een aquarel, plasjes kleur die hun weg zochten langs nerven en vezels.

3

Lake End Station was precies dat: het einde van het spoor door het meer van Pontchartrain.

De trein kwam tot stilstand op een van de *levees*, smalle dijken die het hooggelegen water scheidden van het laaggelegen land. Daarachter strekten zich drassige velden uit tot aan het Vieux Carré, het oudste stadsdeel, gebouwd op een terp aan een diep uitgesleten brede bocht in de Mississippi.

Het station – als je het abrupte einde van twee ijzeren rails zo kunt noemen; er was geen overkapping, geen wachtkamer, kiosk of iets – leek op enkele lossers en sjouwers na verlaten toen de wagons-lits het perron op reden. Nou ja, perron... Er hing een watertank om de stoomloc bij te vullen. Een kade of verhoging was er niet. Vanaf de treeplank moest je, bagage in de hand, nog een kleine meter naar beneden springen, waar je landde in gedroogde modder, die rondstoof en neersloeg op je kleding.

Iets verderop, bij een goederendepot, was een afdak getimmerd, net breed genoeg om wat mensen te laten schuilen tegen regen of, zoals vandaag, tegen de zon. Wat een tempel voor de troosteloosheid! Zelfs de houten kraal, waar soms vee wacht op overslag, was leeg.

Maar zodra zij uitstapten, doken schimmen uit de schaduwen tevoorschijn. Het had een verrassing moeten blijven dat Edgar mee zou komen, maar toen René in de krant had gelezen dat de gelekoortsepidemie Louisiana had bereikt, had hij toch maar vanuit New York naar Achille getelegrafeerd, zodat hen nu een hele delegatie wachtte.

Van onder het afdak kwamen kinderen op hen af gestormd met uitgestrekte armen en wapperende hoedenlinten, gevolgd door volwassenen en een witte, bonkige hond op hoge poten, die hun enthousiasme overnam en luid begon te blaffen.

De zon weerkaatste in de brillenglazen van oom Michel als in twee ronde spiegeltjes. Even stond Edgar verblind en hij zocht houvast bij René, maar die was neergevallen in het stof opdat zijn zoontje, twee jaar oud en eveneens Michel geheten, hem kon omhelzen. Het duurde even voordat Edgar het gezicht van de oude man, die hem hartelijk de hand drukte, scherp zag. En het volgende moment herkende hij zijn nicht Didi, die hem naar zich toe trok en op beide wangen kuste.

'Och, als mamma dit toch nog had kunnen meemaken,' snikte zij. 'Van iedereen die wij in Frankrijk hebben ontmoet, was zij op jou het meest gesteld!'

Daar was ook zijn broer Achille, die hij al een paar jaar niet meer had gezien, met zijn echtgenote Emma. Zij drukten hem aan de borst en om hen heen keken meer van verwachting glunderende gezichten toe, maar hij herkende er niet één van.

Terwijl allerlei klein grut op en neer sprong om aandacht van hun nieuwe oom, en de hond, Vasco da Gama, kwam bedelen om te worden aangehaald, trok Didi Edgar mee om hem voor te stellen aan haar zus Mathilde, de enige van de drie zussen Musson wie het in de burgeroorlog niet gelukt was te ontkomen naar Parijs. Beleefd nam hij haar hand, heus blij om haar te leren kennen, en hij drukte er een kus op, maar zijn gedachten waren er niet bij. Zodra hij overeind kwam, blikte hij over Mathildes schouder om te zien of *zij* hier ook ergens was.

'Zij ís er,' zuchtte Didi alsof zij haar neef kon horen denken. Zij schudde haar hoofd, bezorgd over zoveel dwaasheid. 'Zij wilde per se komen. Ik zeg: "Dat hoeft toch niet, hij snapt het wel", maar nee, zo eigenwijs, zij stónd erop. Daar komt zij aan. Nu moet je niet schrikken, hoor...'

Estelle liep langs het spoor.

Zij was een eindje achtergebleven op de rest die zo uitgelaten was vooruit gehold. Haar voeten tastten haast onmerkbaar voordat zij ze neerzette, maar verder ging zij rechtop en zonder aarzelen. Op haar arm droeg zij Odile, hun kleinste, anderhalf jaar.

Die houding sloeg Edgar misschien wel meer uit het veld dan het feit dat zij haar ogen gesloten hield. Fier en beschermend als iedere moeder, kwam zij met de kleine aanlopen, precies zoals zij Baby Joe gedragen had bij hun aankomst op het perron van Saint-Lazare.

Baby Joe zelf liep naast haar moeder. Zij was inmiddels negen jaar en leidde haar.

'Het is zo snel gegaan, Edgar,' fluisterde Didi hem nog in. 'Zo snel. Maar goed, Estelle heeft erger doorstaan en zij is moedig.'

Hij wilde op haar af! Niets liever wilde Edgar dan allebei haar handen pakken en zich aan Estelle kenbaar maken, maar Didi hield hem tegen. Zij greep zijn arm, gemoedelijk maar ferm omdat René al opveerde en op zijn vrouw toe liep. Toen hij voor haar stond, sprak hij haar voorzichtig aan, opdat zij niet zou schrikken.

'Ik ben het,' zei René zacht.

Estelle omhelsde hem verrukt, waarna hij Odile, die zich naar haar vader uitstrekte, uit haar moeders armen overnam. Hij knuffelde het kleintje, gaf haar een dikke kus, aaide kleine Joe over haar bol en drukte allen nog eens stevig tegen zich aan.

Didi, die alles begreep, schudde vol liefde Edgars arm, als om hem even af te leiden.

Het was niet zíjn voorrecht, dat begreep hij wel, maar dat van zijn broer om als eerste zijn echtgenote te begroeten. Dit was het leven en zo was het gelopen.

Zodra René zich had losgemaakt om met anderen te spreken, gaf Didi Edgar met haar elleboog een zetje in de goede richting.

Estelle kreeg net op dat moment de kleine weer op de arm gelegd en zij was doende het jurkje te herschikken. Zij plukte aan de roesjes van het mutsje dat de zon uit Odiles oogjes moest houden. Dat er iemand voor haar stond had zij niet door totdat Joe haar moeder daarop met een rukje aan haar rokken attendeerde.

'Ik ben het.' Iets beters wist Edgar niet te zeggen. En toen bedacht hij dat het misschien goed zou zijn daar nog aan toe te voegen: 'Ik, Edgar.'

'Eddy!' Zij klonk onmiddellijk blij. Kort viel zij stil en zag hem in gedachten voor zich, waarop zij verzuchtte, bijna smekend: 'Ach toch, lieve Eddy!'

Hij wilde haar nog steeds omhelzen, meer zelfs dan daarnet, maar durfde niet goed. Zij stak een hand uit en legde die tegen zijn wang. Haar vingers gleden over zijn voorhoofd, langs zijn kaken.

'Ja,' zei zij alsof ze iets herkende. 'O, ja.'

Zij voelde welhaast zonder aan te raken en juist daardoor meer aandachtig zijn neus en lippen.

'Mijn baard wordt grijs.'

'Dat maakt niet uit.' Zij glimlachte. 'Voor mij zien mensen er voor altijd uit zoals ik ze de laatste keer gezien heb.'

Tegen ieder ander zou hij nu hebben gelogen dat zijzelf sindsdien geen spat veranderd was.

'En jij?' vroeg zij aan Joe. 'Herken je oom Edgar?'

'Welkom oom Edgar,' zei het meisje zonder overtuiging.

'Zeven jaar is ook ontzéttend lang,' lachte hij toegeeflijk. 'Zeker op jouw leeftijd.'

'Zoveel jaren!' verzuchtte Estelle alsof het gewicht van alles nu pas tot haar doordrong. 'Zo lang, zo lang.'

'Jij was toen maar klein,' ging Edgar verder tegen Joe, want kinderen zijn een Godsgeschenk in hachelijke situaties. 'En moet je jou nu toch eens zien!'

'Zij was toen ongeveer zo klein als Odile nu, nietwaar?' zei de moeder en zij draaide haar baby in zijn richting. 'Zeg oom Edgar eens gedag, Odile, zeg eens mooi "gedag"...'

Het kleintje keek de vreemde aan, pakte zijn vinger en kneep er eens in. Zodra zij begon te lachen, lachten de volwassenen dankbaar mee.

Estelle had een gulle, warme lach, niet anders dan vroeger. Zij sloeg haar ogen naar hem op, alsof zij hem zou kunnen zien. Maar de blik was levenloos. De pupillen staarden wijd en leeg straal langs hem heen, net een aantal graden te ver naar het westen.

De wervelwind aan familievreugde wilde niet gaan liggen. Ook toen de reizigers waren meegevoerd naar de achterkant van het depot, waar een rij fiakers stond te wachten, was het een vrolijk geklauter en gejammer wie mocht meerijden met wie.

Zelfs nadat Edgar al zat, doken uit die drukte nog verwanten op die hem in de menigte niet eerder waren opgevallen, zoals Bill Bell, de man van Mathilde, met hun zoontjes Louis, net een jaar oud, en de pasgeboren Billy Bell, die tot nu in de schaduw waren gebleven met Momselle Palmyre en Momselle Marceline, de kinderjuffen.

'Ik mag zo meteen thuis eerst wel eens namen en gezichten gaan oefenen,' lachte Edgar toen zijn oom Michel bij hem insteeg en de stoet zich in beweging zette. 'Het is duizelingwekkend hoeveel Degas-Mussons jullie in deze stad hebben rondhuppelen!'

Terwijl hij het zei dacht hij aan tante Odile, Michels echtgenote, die vorig jaar alsnog aan haar bezoekingen was bezweken. De officiële oorzaak van haar dood was *Bright's disease*, een nierfalen, waarbij het lichaam opzwelt en in de urine albumine aangetroffen wordt. Maar niemand twijfelde eraan dat zij was gestorven als gevolg van haar lijden in de oorlog, ook de arts die de overlijdensakte moest opstellen niet.

'Jij en ik...' verzuchtte oom Michel. 'In de familie zijn wij nu de enige vrijgezelle mannen.'

Hun koets was de tweede, voorop reed René met zijn gezin. Hij had Joe op schoot genomen. Zij keken nog even samen achterom en zwaaiden uitgelaten. Edgar zwaaide terug, maar alle vrolijkheid ten spijt en ondanks alle tijd die was verstreken, stak hem – kort maar – de gedachte hoe makkelijk hij het zelf had kunnen zijn, die daar met zo'n wagen vol aan kop ging.

4

Met zijn open riolen, in de hitte dampend vuil en zwermen strontvliegen rond opgehoopte drek, leek de Champs-Élysées van La Nouvelle Orléans op geen enkele manier op zijn Parijse voorbeeld. Het eerste wat Edgar opviel was de hoeveelheid paarden. Thuis zag je die sinds de hongersnood nauwelijks meer, maar hier liepen ze overal en zij lieten meer vijgen vallen dan de drollenkar kon opruimen.

Vanaf de vervallen stationswijk en de drukke handelshaven aan het meer liep de avenue dwars door Gentilly en District 7 zuidwaarts naar de chique Faubourg Marigny aan de rivier. Toen de koetsen daar langs de oever rechtsaf sloegen, ving Edgar een eerste glimp op van balen katoen, hoog opgetast tegen de pakhuizen, en aan de rivierdijk stapels suikervaten.

Deze wijk was op hoog land gebouwd, wat in die stad alleen wil zeggen dat het hoger ligt dan het moeras, maar altijd nog lager dan de rivier. Van de vloot raderboten op het water waren vanaf straatniveau dan ook alleen de stoompijpen te zien, een woud van staal en rook, soms zo hoog als fabrieksschoorstenen.

Het gezelschap reed hierna in noordelijke richting over Esplanade, een heel wat aangenamer laan en ook rustiger voor Edgars ogen: een en al schaduw van esdoorns en iepen, palmbomen, eiken en magnolia's, die niet alleen aan weerszijden waren geplant, maar ook in een brede groenstrook tussen de rijbanen. Hun bladerdak, boogvormig, was zo dicht dat het, op wat zonplasjes na, geen direct licht doorliet. Deze spookachtige duisternis en vooral het Spaanse mos, dat in meterslange sliertcn van de kromme takken hing, verleende de straat een onwerkelijke charme, zoals in een theater het decor voor een onderwaterwereld.

Van iedere boom was de bast vanaf de wortel tot op anderhalve meter hoogte witgekalkt tegen de termieten, wat een hypnotiserend perspectief opleverde. 'Harmonie in groen en zilver...' noteerde Edgar diezelfdc dag in zijn cahier, een benaming zoals zijn vriend Whistler die wel voor zijn composities koos. '...bomenrijen aflopend, oplossend, overlopend; het diepdonker hoog, watergroen, daaronder convergerende lijnen koel-wit, enige warmte: accenten zon door bladerdak, opaal.'

Aan weerszijden van Esplanade stonden voorname huizen, gebouwd door de oude Creoolse dynastieën op het hoogtepunt van hun macht, paleizen met monumentale witte zuilen, imposante bordessen en brede balkons rondom, allen versierd met zwart, krullend ijzerwerk. Hier en daar wiegde op de bries een tinnen uithangbord: *Appartement te huur, gemeubileerd.*

'De oude families hebben geen geld meer voor onderhoud,' verklaarde oom Michel in de fiaker spijtig. 'Voor de oorlog deden mensen een moord om er een keer op de thee te mogen komen en nu is iedere kostganger welkom.'

Een flink aantal panden stond leeg. Toch straalden ze nog steeds voornaamheid uit; grote kamers met kroonluchters aan hoge plafonds, omringd door uitgestrekte tuinen met bomen en struiken vol bloemen, in de vreemdste uitgesproken kleuren. In dit klimaat bloeiden zij het hele jaar door en verspreidden frisse, zoete geuren.

'Op de een of andere manier zullen de oude en de nieuwe orde moeten leren samenwerken,' vervolgde oom Michel, 'dat is Louisiana's enige redding. De nieuwe zwarte zakenlui kunnen net zomin zonder de oude blanke ondernemers als andersom. Wij hebben elkaar nodig: de zwarten kennen het land en weten hoe je het bewerkt, wij hebben de kennis over vervoer van de goederen, over verkoop en export. Zij hebben de mensen in het veld, wij de afzetmarkt overzee. Het zou dwaas zijn tegenover elkaar te blijven staan, maar ja... het nieuwe regime van Reconstructie, dat ons vanuit Washington is opgelegd, werkt niet aan eenheid of herstel. Integendeel. Hun beleid is in de eerste plaats een wraakoefening, het is er enkel op gericht om ons, de oude garde, hier weg te krijgen. Daarom heb ik onlangs De Beweging ter Unificatie opgericht, maar ik ondervind niets dan tegenwerking. De vrijgemaakte slaven wantrouwen mij, wat ik nog kan begrijpen, vooral van degenen die mij niet persoonlijk kennen en mij zien als een handlanger van hun oude meesters. Maar tegelijk zien mijn oude makkers mij nu als verrader omdat ik samenwerking zoek met de zwarte eigenaren. Een overloper noemen ze mij. Zij zijn bang dat ik onze allerlaatste privileges wil verkwanselen. Omdat ik het compromis zoek, denken ze dat ik onze kennis en onze laatste rechten wil ruilen tegen vergeving...'

Hij boog zich naar Edgar, fluisterend, alsof iemand hem boven het ratelen van de wielen uit zou kunnen horen.

'Ik heb het hierover niet tegen de vrouwen,' waarschuwde hij, 'dus mondje dicht, maar er zijn verschillende bedreigingen gekomen. Aan mijn adres, sommige behoorlijk grimmig. Er bestaan nu eenmaal mensen die liever brandend ten onder gaan, dan de handen ineen te slaan met een kleurling. Andersom trouwens net zo goed. Binnenkort kiezen wij een nieuwe gouverneur. We zullen zien.'

Voor een van de kapitale huizen, halverwege Esplanade, in het Tweede District, een eindje voorbij Rampart Street, waar de aarden verdedigingswal gelegen had, hielden de paarden in.

Voordat de hele stoet tot stilstand was gekomen, sprongen er al kinderen uit de wagens. Terwijl hun hond recht op de vijver af vloog en erin dook, holden zij door de hoge, smeedijzeren poort de tuin in en de veranda op, waar zij door donkere bedienden werden opgevangen.

Estelle was al even vlot. Zij wachtte niet tot René was uitgestegen en omgelopen om haar een hand te bieden, maar sprong handig van de trede, reikte nog even terug naar binnen om haar baby over te nemen van Joe en liep vervolgens zonder hulp haar voortuin in, Odile op de arm.

'Vasco!' riep Estelle streng, toen de hond zich op het droge hees en zijn vacht wilde schudden, alsof zij kon zien wat hij van plan was en wist dat hij haar nat zou spatten.

Het viel Edgar op dat de blinde zich in haar eigen omgeving zekerder bewoog dan daarnet op het station. Tegen de tijd dat René zijn spullen bij elkaar had, liep zijn vrouw al over het gazon, vaardig perkjes ontwijkend en de sluitsteen van een cisterne.

De monumentale villa besloeg het hele blok tot aan de hoek met Tonti Street en werd bewoond door de voltallige familie Degas-Musson met alle kinderen en echtgenoten. De strenge neoclassicistische façade was volledig witgeschilderd en oogde vrolijk dankzij de Caraïbische zwier van een smeedijzeren hekwerk, zoals je die overal zag in de stad.

Er waren twee hoge verdiepingen met een veranda, rustend op sierlijke zuilen. Rond de centrale hal op de begane grond lagen aan één zijde ontvangstkamers voor algemeen gebruik, aan de andere woonde oom Michel met Didi, die na het overlijden van tante Odile bij hem was ingetrokken om, zoals van de laatste ongehuwde dochter werd verwacht, het huishouden over te nemen.

De tweede verdieping was voor de getrouwde dochters met hun gezinnen: Mathilde woonde met haar Bill Bell en de drie kleintjes aan de rechterzijde, Estelle met René, hun twee kinderen en de kleine Joe Balfour links. Voor de bedienden was er achter het huis een losstaand bijgebouw.

'Stil is het in elk geval nooit,' zei René, die er met Edgar op het gazon naar stond te kijken. 'En je hoeft je hier niet te vervelen, er is altijd wel een kind dat op je rug wil paardjerijden.'

'Voor verveling heb ik sowieso geen tijd,' zei de schilder. 'Ik wil me snel ergens installeren en aan de slag.'

'Morgen gaan we eropuit om materiaal te kopen. Vroeg. Zo vroeg mogelijk. Je leert vanzelf de koelte van de ochtend te benutten.'

Op dat moment verscheen Estelle op de bovenste veranda.

Zij had haar hoed afgedaan. Haar haren waren *en grec* opgestoken met een zilveren kam, ingezet met malachiet. De jurk die zij voor de ontvangst droeg had zij al verruild voor een huisjurk, los vallend en luchtiger.

Zij leunde over de balustrade, wenkte en riep: 'Kom, Edgar, dan beginnen wij hierboven.'

'Ik kom!' zei hij en vroeg daarna, fluisterend, aan zijn broer: 'Hoe weet zij nou dat ik hier sta en niet binnen ben?'

'O, zij wéét,' antwoordde haar man. 'Vraag mij niet hoe, maar zij is overal altijd precies van op de hoogte.'

'Ik dacht,' riep Estelle nog, 'jij kunt mooi hierboven werken. Je wilt je vast installeren en snel aan de slag.'

René wierp zijn broer een veelbetekenende blik toe.

'Zij wéét,' verzuchtte hij gelaten. 'Ik zeg het je, het valt niet mee iets uit te halen zonder dat zij er lucht van krijgt.'

5

'Buiten werken zal even wennen zijn, maar in deze contreien is het vaak prettiger,' verklaarde Estelle. Op de galerij van de eerste verdieping had zij een ezel laten neerzetten en een schraag waarop Edgar verf kon mengen. 'De zomer is hier een onwelkome gast die te vroeg arriveert en veel te lang blijft hangen. Maar dit is de koelste plek van het huis, er is een constante trek door de zuilen. Met losse vellen is dat lastig, maar ik raad je aan om sowieso niet op papier te werken. Papier houdt zich hier slecht, de lucht is veel te vochtig.'

'Deze plek is heel geschikt,' zei hij alleen. 'Dank je wel.'

'Ik probeerde mij jouw atelier voor de geest te halen en wat je daar aan meubilair hebt staan, maar ik ben vast van alles vergeten, dus mocht je iets nodig hebben...'

'Een model,' zei hij brutaal. 'Dat is het enige waaraan het mij ontbreekt.'

Zij lachte, maar ging er niet op in.

'Ik laat een divanbedje komen, dan kun je rusten tussendoor. In een klimaat als dit maakt een mens aanzienlijk minder uren dan in Parijs. En wat betreft het licht, je kunt gerust zijn, er komt aan deze kant geen volle zon...' Zij aarzelde. 'René zegt dat jij last hebt van je ogen.'

'Last, last... Het valt heus alles mee.'

'Hij maakt zich zorgen.'

'Ik moet een beetje oppassen,' gaf Edgar toe, 'meer niet. Die ogen... ach wat, ik ga toch zeker tegenover jou niet klagen?'

'Jij hoeft je voor mij niet in te houden, zeker niet waar het mijn blindheid betreft.' Zij gaf hem een arm. 'Ik hoop sowieso heel erg dat wij tegenover elkaar niet anders zullen doen dan vroeger.'

'Zonder slavenarbeid is het bedrijf niet rendabel te maken?' vroeg Edgar. 'Is dat wat u zegt?'

De familiefirma bevond zich in zwaar weer, vertrouwde oom Michel hem toe terwijl hij hem rondleidde door de tuinen en over het erf. Hij had het huis waar hijzelf en Edgars moeder waren geboren, moeten verkopen, en huurde nu. Dit had de tekorten van de firma slechts tijdelijk aangevuld. Tot aan de laatste oogst om precies te zijn, toen was het tegoed opgegaan aan arbeidskrachten.

'Loon was voorheen gewoon geen kostenpost,' verklaarde Michel. 'Je schafte een werkkracht aan en moest hem en zijn familie huisvesten en voeden, maar tegenwoordig moeten we mensen *in dienst* nemen. Tegen betaling. Wat ze durven vragen, je hebt geen idee! Dit jaar hebben wij voor het eerst een deel van de katoen op het veld moeten laten staan. En volgend jaar...'

'René heeft niets over een crisis gezegd.'

'Waarschijnlijk was hij bang dat jij dan niet zou komen. Och, hij hoopt zo dat het jou hier bevalt en dat je blijft. Het is zo'n familieman! En na een jeugd als die van jullie... Hij zal dit nooit toegeven, maar van iedereen is René degene die jou hier het allermeeste heeft gemist.'

'Hij beweert juist dat in deze stad zakelijk onbegrensde mogelijkheden liggen.'

'Dat is de manier waarop René alles benadert. Laten we hopen dat hij gelijk krijgt. Geen mens weet hoe de komende jaren eruit zullen zien. Alles ligt in puin, elke handel is in rep en roer. Iedereen lijdt eronder, de voormalige slaven evengoed. Misschien zelfs meer: juist nu iedereen failliet gaat, moeten zij hun eigen kost verdienen. Zij zijn op zoek naar werkgevers, maar wie heeft nog geld om ze aan te nemen? Daarom trekken ze weg. En degenen die blijven, zien de akkers verzuren die zij ooit eigenhandig vruchtbaar maakten. Land dat zij met veel moeite hebben gewonnen, moet worden teruggegeven aan de rivier, de velden waar zij ook zelf van moeten leven. In een paar jaar tijd wordt het werk van generaties tenietgedaan. Er zijn een paar vrijgemaakten die op de oude basis voor ons willen blijven werken. Wij geven ze hun erf in eigendom. Daarop verbouwen zij hun eigen eten en hun familie mag er blijven wonen. Het huisje betalen zij met hun onbezoldigd werk af. Maar daarna, als zoveel bedrijven op de fles blijven gaan, hoeveel van ons zullen er tegen die tijd over zijn om ze in dienst te nemen?'

Die avond aan het diner kwam Edgar aan eten nauwelijks toe. De een wilde horen hoe hij de kamer vond die zij voor hem hadden ingericht, de ander over zijn leven in Parijs en allemaal vroegen zij René en hem naar hun avonturen op de wekenlange reis. De broers boden met hun anekdoten tegen elkaar op. Zij onderbraken elkaar, vulden aan of spraken tegen, wat alleen maar bijdroeg aan het algeheel plezier.

Er heerste onder de gezinnen in dat huis grote gemoedelijkheid, een losheid, waardoor Edgar zich snel in zijn Amerikaanse familie voelde opgenomen. Na een glas of wat gaf hij voldaan het hoogste woord terug aan René en keek een tijd in stilte naar Estelle, die tegenover hem zat.

Aan tafel droeg zij haar ogen open.

Dit was een term die zij zelf bedacht had: 'draag ik ze vandaag dicht of zal ik ze open dragen?' – zoals je een overjas aantrekt als je uitgaat of een kostuum op het toneel. Dicht voelde soms veiliger, als iets waarachter zij zich kon verbergen. Op straat sloot zij ze bovendien om anderen te waarschuwen dat zij niet zag, wat onverwachte bewegingen of gevaarlijke situaties kon voorkomen.

Maar zij deed het ook omdat haar wel eens nageroepen was dat het onprettig is die dode blik te zien. En aan het begin van haar blindheid, kort na hun huwelijk, had een hoteleigenaar eens aan Estelle gevraagd, echt allervriendelijkst, of zij in het restaurant misschien haar ogen wilde dichthouden omdat de aanblik voor gasten aan de andere tafeltjes onsmakelijk kon zijn. René was die kerel haast naar de strot gevlogen en zij waren niet gebleven. Hij had zijn bruid keer op keer verzekerd dat het onzin was, dat er absoluut niets akeligs aan haar ogen was en dat hij er nog met evenveel liefde in keek als vroeger, maar toen zij eenmaal van de schrik en het verdriet bekomen was, had zij zich voorgesteld hoe dat er voor een ander uit moest zien, haar levenloze ogen, en hoe zij vroeger zelf op zoiets zou hebben gereageerd.

'Ik snap het wel,' berustte zij uiteindelijk. 'Geen mens ziet graag verval, want dat herinnert ons aan het langzaamaan vergaan dat leven is.' Sindsdien droeg zij in het openbaar haar oogleden toe.

Maar in huis, onder geliefden, had zij dit niet nodig. De kleinste kinderen hadden haar nooit ziende meegemaakt en wisten niet beter, en geen van de anderen hinderde de aanblik.

Het fascineerde Edgar hoe zij precies leek te weten wat er om haar heen gebeurde. Had iemand zijn bord leeg dan wenkte Estelle een bediende om bij te scheppen; zij greep als eerste naar de juskom zodra iemand erom vroeg. Hoe kon het, dat zij die zonder morsen doorgaf en daarbij alle glaswerk haarscherp omzeilde? Een mes, dat Joe liet vallen, pakte zij in één greep van de grond. Zij wreef met haar servet het zilver op en gaf het aan de bediende mee die nieuw bestek kwam brengen.

Op een gegeven moment, de rust was weergekeerd en het gesprek hervat, leek Estelle in gedachten te verzinken. Zij lachte om een binnenpretje, een herinnering misschien.

Toen keek zij op, leek het, en recht in Edgars richting alsof zij hem kon zien. Zonder er een moment aan te twijfelen of hij wel naar haar keek, hief zij als groet haar glas naar hem.

Hij schrok en voelde zich betrapt, maar ook alsof zij aan die drukke tafel heel even met zijn tweeën waren. Hij nam zijn wijn op en beantwoordde, hoe zinloos dit ook was, zonder enig woord en ongezien haar toost.

6

De volgende ochtend gingen de broers naar Mussons Fort, zoals hun grootvaders kantoor vanwege zijn strenge façade in de volksmond werd genoemd.

Hun opa, de oude Germain, had het in het begin van de eeuw laten bouwen van rode bakstenen uit New England, die door de schepen van zijn handelsvloot mee terug werden gebracht als ballast voor hun lege ruimen. Daarvan was een hoog gebouw opgetrokken dat, geheel rechttoe rechtaan, afstak tegen het sierlijk frivole Vieux Carré.

Vanaf het dak keek je van Slaughterhouse Point, waar

de rivier breeduit omheen stroomt, tot aan de kruithuizen van Algiers en je kon daar goed zien dat de Mississippi aan de tegenovergelegen oever geel kleurt, maar langs deze kant juist romig-paars, en zelfs nog dieper rood ter hoogte van Marigny, waar het water maar liefst vijfenzeventig meter diep is.

'Verdomde Corsicaan!' René vervloekte de Franse keizer die zijn kolonie had verkwanseld. 'Al deze rijkdommen overboord gezet als de zandzakken van een ballon.'

Edgar noteerde de kleuren in zijn cahier naast impressies van daken en binnentuinen, torens en velden in de verte. 'Alle stijlen zuilen, soms aan 1 huis, altijd wit. Tuinen: magnolia's, sinaasappel- en bananenbomen [wit, oker warm en koud]. Negerinnen met roze kinderen op de arm. Hun kleding: ouwe troep als van La Belle Jardinière of uit Marseille; ezels voor charabancs en omnibussen. Eind van de straat: boten/rook.'

Hij tekende raderschepen die langs de *levee* gleden, statig vrolijk met kleurige stoompijpen, en in zigzaggende lijnen de deining die hun zware radslag teweegbracht in het mastenbos van de zeilvloot. 'Boven de pieren,' schreef hij hierbij, zag 'de lucht zwart van vette rook' uit jachtige sleepboten, drukkend vuil als op La Râpée, de kolenkade van de Seine, in augustus.

René probeerde zijn broer wegwijs te maken in de wirwar van daken met roze pannen, bruine pannen en pannen in alle tinten grijs. Weelderige boomkruinen wolkten erbovenuit, overal wild woekerende wijnranken langs muren, bloedrood, wit en geel bepleisterd. Hij duidde hem de ruïne van de Spaanse barakken, het klooster van de ursulinen en de oude kapel van Sainte-Marie met aan één kant een enorme esdoorn, aan de andere een treurwilg; de torens van de kathedraal, de blinde muren van de *calaboose*, meer een fort dan een gevangenis, en links daarvan de bosschages van Congo Square. Hij wees op de geelgeschilderde depots van Westwego, ‘net buiten de stad, drie mijl boven de brede wal van de Carrolton levee’, en zuidwaarts over het vlakke land waar New Orleans zich almaar verder uitbreidde. Heel *Old Third* kon je zien liggen, schots en scheve daken bedekt met leisteen, en daarachter, diepgroen wuivend het cipressenmoeras dat dit stadsdistrict omsloot.

Zelfs hier was de aantrekkende wind zoet van de rotting van boomtakken en wortels in het water. Boven Lake Pontchartrain verzamelden zich onweerswolken. De spoorlijn leek door het laaghangend blauwgrijs te worden opgeslokt. Iets verder regende het al. Het stormfront, hier een regelmatig fenomeen, naderde het Spaanse fort. Weldra zou regen over de bayou drijven en verkoeling brengen aan hun familie in het huis op Esplanade.

‘Met wat goeie wil, kun je het zien liggen,’ zei René. ‘Ja, kijk, dat witte huis met een rood dak, links van die bomenrij...’

Edgar deed of hij het zag, maar het zwerk was hem te fel, een onontkoombaar melkwit. ‘Ik zou geen andere plek ter wereld weten,’ schreef hij in zijn eerste reisverslag aan Halévy, ‘waar de zon zich zelfs door een dik dek wolken niet laat tegenhouden.’

‘Naast dat grote grijze huis,’ drong de ander aan. ‘Dat lichtgrijze dak, meer boerenschuur dan stadswoning, dat zie je? Nou, daarnaast, dat witte, dat zijn wij. Dat grijze huis, dat is van onze buren. Wij gaan bij ze eten een dezer weken, bij de Oliviers, zij hebben ons uitgenodigd. Je móét ze ontmoeten, Eddy. Je zult ze leuk vinden, vooral háár. Zij geeft pianoles aan onze Baby Joe. *Hij* is een beetje... nou ja. Maar *zij* – zij heet America. America Olivier, hoe vind je dát! – zij is verrukkelijk...’

'En hier werken wij aan ons fortuin,' lachte René toen zij het katoenkantoor binnenstapten.

'Of aan onze ondergang,' zei Achille. Hij kwam achter zijn bureau vandaan om zijn broers te begroeten. 'Dat lijkt vandaag de dag waarschijnlijker.'

'Heb je hém weer!' René reageerde gestoken. 'Jij moet de dingen altijd somber zien.'

'Jij ziet alles te rooskleurig. Dát is ons probleem.'

'Als ik een kans zie, grijp ik hem. Soms schiet ik in de roos en soms ernaast, ja, dat is wat ondernemen is.'

'De ene misser na de andere, dan is het met een onderneming gauw gedaan.' Boos wierp Achille een document op tafel. 'De McCannons kunnen niet leveren. Antwerpen wacht op zijn bestelling. De reder wacht op vracht. Ik heb de Ulysses al moeten laten vertrekken met één ruim leeg. Ligt eind dit jaar niet alles in de haven dan eist Cormier zijn geld terug.'

'Landarbeiders die het land niet meer op willen, plukkers die het verdommen te plukken, hoe had ik dat moeten zien aankomen?'

'Volledige terugbetaling, waar haal ik dat vandaan?'

'*Nom d'un chien*, ik ben niet helderziend!'

'Erg scherpziend zijn wij zo te horen geen van drieën,' suste Edgar in de rol die hij van kleins af tussen hen had ingenomen. 'En daarbij, jongens, die hitte...'

Hij opende de kraan om zijn dorst te lessen, maar Achille greep zijn arm.

'Géén ongekookt water!' riep René geschrokken. 'Tijdens een epidemie, ben je krankzinnig? "Vierendertig doden," schrijft *The Picayune*, alleen al in de afgelopen week, vier-en-dértig!'

'Het spijt me, Eddy,' verzuchtte Achille. 'Het zijn verschrikkelijke jaren. Je had geen slechtere tijd kunnen kiezen om te komen.'

'*Bou-zou Miché,*' groette de jongste bediende, die een

kan doorgekookt water kwam brengen met schijfjes limoen en sinaasappel, en verse munt. '*Comment to yé?*'

'De Yankees dwarsbomen de wederopbouw,' stelde René. 'Overwinnen was ze niet genoeg, zij willen ons vernederd zien. Eerst Beest Butler en nu stuurt Washington alleen bestuurders die nog een appeltje met ons hebben te schillen. Mannen die geliefden en familie aan de strijd hebben verloren.'

'Alsof wij geen geliefden kwijt zijn!' Achille vloekte.

'Dus zitten wij met Pickney Pinchback als luitenant-gouverneur, vrijgeboren zoon van een mulat. Hoe denk je dat die straks als eerste zwarte in de senaat onze belangen zal verdedigen?'

'Nu lachen ambtenaren je al in je gezicht uit wanneer je als iemand van de oude orde uitstel van betaling komt vragen.'

'En dat is nodig?' vroeg Edgar. 'Gaan de zaken echt zo slecht?'

'Lang waren wij de eerste exporthaven voor katoen, groter dan New York, maar op dit moment... het ene bedrijf na het andere valt om. Net goed dat die slavenhouders bankroet gaan, ik hoor het je denken. Zo denkt de hele wereld. Maar elke plantage-eigenaar die op de fles gaat, sleurt talloze anderen met zich mee de afgrond in, en dan bedoel ik niet alleen hypotheekgevers en fabriekseigenaren, maar ook mensen zoals wij die zelf nooit vuile handen hebben gemaakt: agentschappen, beurshandelaars, verkopers en ten slotte de gewone leverancier hier in de straat, de winkeliers, fourageurs, iedereen die zijn klandizie had, elke sappelaar die iets heeft geleverd waarvoor hij nu niet betaald krijgt.'

'Twee weken geleden,' zei René, 'moest Le veau-qui-tête sluiten omdat te veel gasten hun rekening open lieten staan. Gevolg: keukenpersoneel op straat, obers, glazenspoelers, alles tot en met de vrouw die hun tafellakens en servetten waste.'

'Het is een kaartenhuis dat instort, de hele regio. Neem de scheepvaart. Je zou denken: boten op de Mississippi, veiliger business bestaat niet, altijd iets te doen. Maar de schepen blijven zonder lading aan de kade, reders komen in de problemen. Eerst ontslaan zij hun bemanning, dan de schippers en de kapitein, werven zitten zonder werk, sjouwers hebben niets te sjouwen... ga maar door.'

'Hetzelfde in iedere branche: buitenlandse investeerders zijn hun geld kwijt. Die zie je hier niet meer terug. En binnenlandse investeerders kunnen nergens heen.'

'Slavernij heeft dit land een eeuw achterop gebracht bij de rest van de wereld,' sprak Achille. 'Alles wat hier wordt ondernomen is erdoor vergiftigd en het zal alles wat na ons komt verzieken. Het is een morele, politieke, commerciële en sociale faux pas geweest. De schaduw van Afrika hangt over Amerika, een schande waarvan ik me afvraag of het die ooit kan afschudden, een stinkende wond waaraan het op een dag uiteindelijk te gronde zal gaan.'

'Maar wij zijn Fránsen!' riep René verontwaardigd. 'Diderot, Voltaire, dat hele idee om de slavernij af te schaffen komt goed beschouwd van óns.'

'Toch is een deel van ons familiekapitaal hierop gebouwd.'

'Vóór onze geboorte. Moet ík daarvoor boeten? Toen ik hier voet aan land zette, waren alle zwarten al vrij.'

'Een nuance die de geschiedenis niet meeneemt in haar oordeel.'

'Robespierre, abbé Grégoire,' mokte René, 'Jacques Pierre Brissot, noem ze verdomme allemaal maar op. Zonder ons liepen ze hier met zijn allen nog met ijzeren kogels aan hun enkels!'

'Die ongelukkigen kunnen nu tenminste een eigen bestaan opbouwen.'

'Dat zou je denken, Eddy, dat zou je hopen. Maar dan

moet jij van de week eens gaan kijken waar ze wonen, de krottenwijken waartoe zij zijn veroordeeld, buurten waar wij nauwelijks durven komen. Het merendeel is werkeloos. Hun kleintjes hebben honger. Ik zeg je, zij staan er slechter voor dan vroeger.'

'Slechter dan in slavernij!?'

'Hun voedsel was gegarandeerd,' zei René, 'hun onderdak, een schooltje voor de kinderen. Terwijl nu: hoe meer plantages failliet gaan, hoe minder werk. En uit het Noorden keren er steeds meer terug, want daar is de arbeidsmarkt overvoerd met alle vrijgemaakte slaven. Die hopen hier hun plaats op de plantage weer in te nemen, alleen om te ontdekken dat die allang niet meer bestaat. Hun oude baas is weggetrokken of hij heeft zich verhangen. Veel geraken aan de zelfkant, stuk voor stuk beste mensen die bereid zijn keihard voor hun brood te werken, maar zij hebben geen keus. Meisjes raken in de prostitutie, jongens worden geronseld door een bende. Overvallen, moorden, het is hier aan de orde van de dag. Steekpartijen op klaarlichte dag. Het advies is op dit moment in buitenwijken enkel nog in groepjes over straat te gaan.'

'Het spijt me, Eddy.' Achille schudde zijn hoofd. 'Het spijt me werkelijk dat jij ons zo moet zien...'

7

Estelle tussen de bloemen in haar tuin.

Het was erg vroeg. Op alle blaadjes lag nog dauw, de grond was dampig. Zij stond daar in geel chiffon, tot haar middel tussen de planten, deels in de schemer van hun takken, deels warm oplichtend in de eerste zonnestraal met aan haar arm een platte rieten mand en in haar hand een snoeischaar.

Edgar had slecht geslapen in het vreemde bed, geplaagd door alle indrukken. Vroeger dan zijn gewoonte was, stond hij daarom op, gooide de luiken open en zag tussen de struiken zijn nichtje. (Het was hem al die jaren nooit gelukt aan haar te denken als zijn schoonzus.)

In haar kamerjas stond zij tussen het groen bij een struik roze camelia's. Links en rechts trok zij knoppen en bloemen aan hun stengels naar zich toe. Zij rook er even aan en vond zij er eentje van haar gading, dan knipte zij die af en legde hem bij de rest van haar oogst. Af en toe boog zij naar de grond om oranje gladiolen af te snijden of zij stond op haar tenen en strekte zich uit naar een magnolia.

Pas toen zij voorzichtig rond moest tasten naar de rozen, die tot hoog tegen de muur aan groeiden, drong het tot zijn slaapkop door hoe ongewoon het was dat een blinde tuinierde.

'O, maar ik doe dit alle dagen,' lachte Estelle alsof zijn verbazing het gekst van alles was. 'Op dit uur zijn de struiken op hun mooist, de natuur opent zich en alles is nog mogelijk en fris.'

Tegen de tijd dat Edgar aangekleed de bijkeuken binnenkwam, had zij de takken al in een emmer water gezet. Nu was zij bezig overtollig blad te verwijderen. Op tafel stonden vazen klaar.

'Alle dagen verse bloemen,' beaamde René, die net beneden kwam. Hij greep zijn echtgenote bij haar middel en trok haar naar zich toe zoals zij gedaan had met de bloemstengels.

'Zij stáát erop.' Hij snoof verlekkerd aan haar haren en drukte er een kus op. 'Zo brengt mijn Stelle kleur en geur in onze levens. Je zult het nog wel zien. Mij zou het verbazen als jij niet bij terugkomst naast je bed een extra fraaie toef aantreft.'

'Terugkomst?' vroeg zijn vrouw. 'Neem ons Eddy nu toch niet onmiddellijk weer af! Terug waarvan?'

'Niet meer dan een paar uurtjes.' Ditmaal kuste hij haar op de lippen. 'Daarna is hij helemaal voor jou.'

Terwijl haar man alvast naar buiten liep, sneed Estelle een gele roos kort af. Zij tastte over Edgars borst op zoek naar zijn revers en stak de bloem door zijn knoopsgat.

Tussen duim en wijsvinger voelde zij de zware stof van zijn kostuum en vroeg: 'Heb jij geen linnen pak?'

Toen Estelle de volgende ochtend opnieuw met versgesneden bloemen binnenkwam, had Edgar zijn ezel al in de bijkeuken opgesteld.

'Dit licht, jouw linkerhand precies daar, ja, hier gaan we het doen!' Hij zocht positie en bracht kleuren aan op zijn palet. 'Zo neem ik jou straks mee naar huis. Paar bloemen in de vaas, de rest nog op de tafel... Hoe lang kun jij zo blijven staan?'

'Amper lang genoeg tot alles in het water staat,' antwoordde zij, want in haar buik werd ongedurig getrappeld. 'Deze twee vazen wil ik vullen, maar dan moet ik echt zitten.'

'Wij hebben nog zoveel ochtenden.' Het vooruitzicht leek hem ideaal. 'Elke dag een half uurtje?'

Hij koos zijn grootste doek en zette grof een achtergrondje op om alvast het ochtendlicht te vangen in de tuin, die door het raam rechts van haar te zien was. Hierna plaatste hij haar van kruin tot knie op de gulden snede, staand aan tafel, de grote bloemenvaas centraal.

Hij overwoog haar zwangerschap te verdoezelen. De ronde buik liet hij te slank, de zwarte jurk opgaan in de donkere schaduwen van het boeket. Maar hoe langer hij naar haar keek, hoe meer hij dat groeiend leven wilde tonen, juist naast het beknotte, afgesneden leven in de vaas.

Twee, drie verschillende houdingen vroeg hij haar aan te nemen, maar hij bleef ontevreden. Uiteindelijk liep hij op haar toe en – 'Mag ik?' – plaatste haar zó dat de witte roesjes rond haar hals naar beneden langs het lijfje samenkwamen met haar witte manchetten bij een roze camelia recht voor haar buik, zodat de blik nu onherroepelijk juist daarheen werd getrokken, de bolling trots in een plas licht.

'En mijn haar dan?' vroeg zij ineens. 'Ik heb geen poeder op, geen rouge, niks.'

'Geeft niet. Ik wil vooral dit licht niet verliezen.'

'En wat ík vooral niet wil is de eeuwigheid ingaan met piekhaar.'

Voor de Parijse portretten was zij ook altijd gespitst geweest op hoe hij haar zou zien, altijd verzorgd, af en toe de sessie onderbrekend, meisjesachtig, impulsief, om in de badkamerspiegel haar uiterlijk nog eens te controleren en bij te werken waar nodig. Waarom verraste hem dit dan nu? Was het alleen omdat je niet verwacht dat iemand zoiets op de tast kon doen?

'Ik weet nog wel hoe ik eruitzag, hoor,' lachte Estelle, toen zij terugkeerde in een wolk van kokos en ylangylang, de geuren van Macassarolie. Er zat slag in haar haren, die zij van achteren had opgestoken volgens de geheimtips van Lola Montez. 'En ik ben niet vergeten wat daarbij komt kijken. Ik houd van die oude handelingen. Zij helpen mij herinneren wat het is een vrouw te zijn.'

Zij opende een blikje vermiljoen-was, stipte het topje van haar ringvinger erin en bracht het naar haar lippen.

'Zie, ik heb zelfs onthouden waar mijn mond zit,' spotte zij, terwijl zij die kleur gaf, eerst met die ene vinger glijdend langs de onderlip, dan boven. Hierna – een gebaar dat

Edgar zich de afgelopen jaren al te levendig had herinnerd – zoog zij haar lippen eventjes naar binnen, drie-, viermaal, smakkend alsof zij zichzelf zacht zoende, waarna zij ze tuitte, als om ze door hem te laten keuren, in volle glorie rood pulserend.

'Het mag dan een paar jaar geleden zijn dat ik mezelf gezien heb, maar mijn beeld daarvan is niet verdwenen. Dat zit hier.' Estelle wees op haar hoofd en op haar hart. 'En hier. Op dezelfde plek waar ik bewaar hoe jij eruitziet.'

Voor een portret is geen aanbidding nodig, maar distantie. Om haar eerlijk te kunnen weergeven, professioneel, moest Edgar afstand creëren. Hij zou haar moeten beschouwen, objectief, een oordeel hebben en een voorbehoud. Betovering moest plaatsmaken voor feiten.

Estelle was hier en daar al door de tijd getekend, beginnend craquelé in de vernis na jaren volle zon. Haar huid was doffer dan in Parijs. De poriën stonden wijder open, het haar glom niet meer zo.

Zulke dingen maken een schilder niet uit. Leven maakt een mens alleen maar beter zichtbaar. Rimpels zijn dan vooral bewijs van doorzettingsvermogen, illustratie van karakter, een onderscheiding dat iemand het tot hiertoe heeft gered. Hoe meer een vrouw doorstaan heeft, hoe beter zich in haar het wonder aftekent.

Het enige wat Edgar moeilijk vond waren de ogen. Die vereisten een eerlijkheid die zij niet meer verdroeg. Of liever gezegd, hijzelf verdroeg deze waarheid slecht.

Waren de oogleden gesloten, dan kon hij er nog een sprankeling op projecteren, pret, een herinnering aan het leven daarachter, een levenswijze ironie die zich daar had verschanst. Maar soms, bij hem op haar gemak en onbewust, hield Estelle die ogen open. En tegen haar pupillen, dof als een verweerde spiegel, stond zijn verbeelding machteloos. Alle sympathie en liefde van de wereld konden niet verhullen dat hij in een leegte keek, troebel water zonder de reflectie van een ziel. Het verdriet was niet zozeer dat hij haar wezen niet meer uit haar blik kon lezen, maar dat hij daarin zelf ontbrak.

Rondom de geportretteerde hield hij het meeste vlak en transparant: jurk, tafel, vaas. Het zandkleurig linnen, dat hij nagelaten had te gronden, scheen er soms doorheen. Dit was meer uit haast dan overwogen vakmanschap. Alleen voor enkele bloemen, voor haar onderarmen en haar gezicht nam hij de tijd. Hieraan gaf hij volume, net als aan de rechterhand, die sierlijk en zorgvuldig een oranje bloem hanteert, een gladiool, en aan de linker, steunend op het tafelblad alsof het lichaam uit balans raakt door zijn eigen omvang.

De zwangerschap noopte tot korte sessies. Soms moest Estelle na een kwartier staan haar onderrug een tijdje met twee handen ondersteunen. Dan veegde Edgar de verf van zijn handen, bracht haar een stoel en schoof naast haar om zijn werk op afstand te beoordelen.

'En,' vroeg zij op een ochtend, 'wordt het wat?'

'Misschien.' Hij nam haar hand, drukte er een kus op en bleef hem vasthouden, als volstrekt vanzelfsprekend. 'Misschien.'

Zo zaten zij een tijd, schilder en model, vertrouwd, en staarden voor zich uit, hij naar het doek, zij in het niets. Na een tijdje vroeg zij hem of hij het haar wilde beschrijven.

'De achtergrond is vaag,' begon hij. 'Dun. Jij springt eruit maar verder nergens accenten. Misschien houd ik hem zo. Troebel. Verloren. De omgeving bestaat voor jou tenslotte ook niet.'

'Verder?'

'Het raam. Maar geen uitzicht. De tuin achter het glas is diffuus, niet meer dan wat groene vegen. Achter je is de muur, maar niet herkenbaar. Donker. Rond jou is alles mist, een brij. Omdat het voor jou niet leeft, doet het er ook voor ons niet toe. Dat is tenminste het idee. Het enige wat bestaat, tastbaar, het enige wat écht moet zijn, zijn de dingen die jouw aandacht hebben, de vaas waarop jij je concentreert, jouw handen die aan het werk zijn, de bloemen tussen je vingers, op die plekken is alles kleurig warm en pasteus.'

'En mijn ogen?'

'Open.'

'Nee!'

'Halfopen.'

'Zie je dat ik blind ben?'

'Je staart. Naar het boeket, lijkt het. Misschien er net langs heen. Het is niet duidelijk.'

'Is dat het eerste wat mensen aan mij zien?'

'De kassen liggen in een schaduw, een duisternis die de jouwe suggereert. Hooguit roepen die ogen een mysterie op. Maar nee, op het eerste gezicht ben jij gewoon een vrouw die een vaas vult.'

Zij knikte en probeerde het zich voor te stellen.

'Hoe doe je dat,' vroeg Edgar, 'bloemschikken als je blind bent?'

'Zoals alles in het leven.' Estelle haalde haar schouders op. 'Op gevoel.'

'Ik bedoel meer: waaróm doe je het? Hoe breng je die moeite op, elke dag, om een boeket samen te stellen waarvan je nooit het resultaat zult zien?'

'Ik kan het ruiken.'

'Dat kan ook als je alles in een vaas plempt. Maar jij

volgt een plan. Je combineert en varieert. In volume, in hoogte, heel precies.'

'Ik doe mijn best.'

'Je vult op en aan met groen. Je arrangeert bloemen naar soort en als ik niet beter zou weten, zou ik denken: je zoekt ze uit op kleur.'

'Weet je wat het is, Eddy?' bedacht zij even later. Hij schilderde alweer en zij zocht haar juiste houding bij de vaas. 'De wereld is niet anders dan hij was alleen omdat ik hem niet meer zien kan. Hij is er nog precies zoals voordat ik blind werd, alleen niet meer vanzelfsprekend. Ik moet moeite doen hem op te roepen.'

Edgar liep op haar toe, herschikte de jurk tot het licht weer in de plooi viel.

'Na de eerste schrik, na het verdriet...' ging zij verder. 'Wanneer je wereld dooft, is er veel angst, maar uiteindelijk... er komt iets voor je oude zekerheden in de plaats. Je ervaart de werkelijkheid minder om je heen dan vroeger, meer binnenin. En op een bepaalde manier... ik denk dat zij daar vrijer is. Uiteindelijk. Je kunt haar voortaan kneden, sturen, je kunt haar naar je hand zetten. Vandaag de dag is mijn omgeving beperkt tot datgene waaraan ik mijn volle aandacht schenk; de durf voor een volgende stap, het tasten naar een trede, vertrouwen dat ik nergens tegenaan loop. Ik moet me volledig concentreren op waar dingen staan, waar ik me zelf bevind, op wat ik kan aflezen uit een stem, geluiden in de verte, een aanraking. Dat betekent dat ik voor andere dingen geen ruimte heb, voor de bijkomstigheden, de lelijkheid, lawaai. Aan wat ik er niet bij kan hebben, ga ik voorbij. Ik schakel dat uit, mijn eigen twijfels incluis, mijn schaamte, de teleurstelling, de moedeloosheid. En natuurlijk mis ik veel – de gezichten van de kinderen voorop. En vaak benauwt mij dat, natuurlijk. Daarom hecht ik eraan alles wat ik altijd aangenaam gevonden heb gewoon te blijven doen. Voor zover dat gaat. Wat ik het liefst nog zou kunnen is paardrijden, met jou naar de races gaan en het ballet, maar er is veel ander moois. Zelf dansen, mits iemand goed leidt, en zingen. En wat dat bloemschikken betreft... Veel kan ik me herinneren. Hoe bloemen eruitzien, leid ik af uit hun geur en hoe ze aanvoelen. De rest fantaseer ik erbij. En anders – op hoop van zegen – kies ik maar een bloem. Meestal gaat dat goed, en zelfs als de kleuren vloeken... pech voor jullie, maar in mijn hoofd passen zij altijd voorbeeldig bij elkaar.'

'Kleuren zien als die er niet meer zijn...' Aan het einde van die sessie kwam Edgar erop terug. De boeketten waren klaar. Hij maakte met groene zeep zijn kwasten schoon en zei: 'Ik zou dat van jou willen leren. Voor later.'

'God verhoede, Eddy.' Zij schudde de gedachte van zich af.

'Voor het geval dát.'

'Heb je erge last?'

'Van het idee vooral. Het vooruitzicht dat mijn blik vernauwen zal, dat je beleving slinkt, dat de verten gaan verdwijnen.'

'Ja, dat zou je denken,' zei Estelle, 'maar zo werkt het niet. Zaken verdwijnen niet zomaar, alleen omdat jij ze niet meer waarneemt. Je verliest veel dingen, maar daar komen andere voor terug. Je beleving wordt niet kleiner, ze verandert.'

'Dat begrijp ik niet.'

Zij zocht woorden om het uit te leggen, keek toen op en zei: 'Hoor jij die vogel?'

'Wat voor vogel?'

'Een duif, denk ik. Hoor je hem niet?' Zij stak een hand op ten teken dat hij stil moest zijn. 'Hij landt nét. Een duif. Hier vlak boven. Luister.'

'Ik hoor hem,' zei Edgar. 'Hij scharrelt door de dakgoot.'

'Hij zoekt iets te eten. Lichte stapjes, dus zo'n zware, grijze vogel is het niet. Eerder een sierduif, zou ik denken, aan dat trippelen te horen, klein, beweeglijk en wit. Met van die mooie lange staartveren.'

'Kan,' lachte Edgar. 'Kan goed. Ik denk dat je gelijk hebt.'

'Nu kan ik wel verdrietig zijn omdat ik dat mooie vogeltje niet kan zien en als hij wegvliegt...' Zij klapte in haar handen, zodat de duif opschrok en wegvloog. 'Nu hij zijn vleugels uitslaat, kan ik gaan zitten treuren omdat ik niet kan kijken waar hij heen gaat. Dééd ik ook in het begin, maar dan wordt ook vanbinnen alles zwart.'

'Maar hoe voorkom je dat?'

'In plaats van te gaan zitten mokken, ga ik met dat duifje mee. Ik verplaats me. In gedachten. Je moet wel. Ik stel me voor hoe hij daar gaat, die mooie vogel, tussen de wolken. Dat hij een glijvlucht maakt en ons kan zien. Hoe dat er dan eigenlijk uitziet van bovenaf, de toppen van de bomen, hoe dat moet zijn, de stad in vogelvlucht, de zon op de rivier in de verte en dan ineens een duikvlucht en laag over het water scheren, tussen de zeilen en de raderboten door... Mijn verbeelding kan die duif veel verder volgen dan mijn blik ooit had gekund. Ik ervaar nog maar een deel van wat anderen ervaren. Maar in dat stukje ligt het geheel wel degelijk besloten. Als je een sinaasappel eet, dan proef je de sinaasappel, maar als je er maar één partje van eet, proef je die sinaasappel ook.'

8

Na hun vroege ochtendsessies verliet hij het huis op Esplanade voor een urenlange wandeling. Na die intense concentratie op dat ene grote werk had Edgars geest behoefte aan het optekenen van snelle, vluchtige impressies. Soms nam hij de *streetcar* naar een buitenwijk of het pontje naar Algiers. Dag na dag vulde hij zijn cahier met binnenplaatsen, verscholen in sluiers mist of overschaduwd door hangende cipressen.

Naar Europese begrippen was New Orleans niet meer dan een provinciestad. In haar afzondering had de architectuur er een eigen taal ontwikkeld, een idioom van vrolijk gekleurde façades met popperige versieringen, dat onmiskenbaar eigen was en in een oogopslag herkenbaar. Maar de straten waren leeg en stoffig. Stilte hing over alles, evenals een Frans air, zeker in de oude wijken, waar winkels vol trots artikelen etaleerden die zij importeerden van overzee en kleding die zij hadden laten maken naar modellen uit *Le Magasin des Demoiselles*, en toch, er was iets aan die jurken... je zou de dames op de boulevard des Italiens er niet in zien.

Alles was kostbaar en kostelijk, maar in de weken tussen de bestelling van de nieuwste stoffen uit Parijs en het moment waarop die waren scheepgegaan en aangekomen, was daarginds de mode alweer anders. Tegen de tijd dat de naaisters in Louisiana de patronen hadden geradeerd, afgespeld en in elkaar gezet, had menig Parisienne eenzelfde jurk inmiddels afgedankt en aan haar huishoudster gegeven. Alle ruches en tournures waren kunstig van de prenten nagemaakt, maar door minder bedreven vingers dan die van de coupeuses rond de boulevard Raspail. Door de crisis lagen de jurken nu in de etalages te verstoffen en zij verschoten hier sneller dan in de Franse zon, wat allemaal niet bijdroeg aan de illusie dat je aan het winkelen zou zijn rond het Palais Royal.

Iets dergelijks gold voor de boeken in de Librairie Française die zich sowieso in dit klimaat slecht hielden, en voor *Le Louisianais* en andere lokale kranten, waarvan het papier al op de rol door vocht was aangetast nog voordat het de drukkerij in ging.

In zijn cahier prees Edgar 'dit vergaan en de verlopen glorie omdat die terugvoert naar de tijd van onze ouders, van onze grootouders zelfs. Het leven ademt hier hun stijl en tempo. Kwamen zij de hoek om, arm in arm, zou het je nauwelijks verbazen.'

In het oude centrum woonden de mensen, ook die met geld, vaak boven de winkels of aan de ruime, groene binnenplaatsen daarachter. Dit gaf straten als Chartres of Decatur, maar ook de verbindingsstraten, hun specifieke aanblik met de elegante ijzeren balkons boven de etalages, rijkversierde vensterdaken en heuse belvedères. De woningen waren volledig van de neringen gescheiden en toegankelijk via *portes-cochères*, dubbele deuren tussen de zaken, niet zelden met rijk beeldhouwwerk versierd. De poorten waren, precies als in Parijs, hoog en breed genoeg om er met koets en al binnen te rijden, en gaven toegang tot zonnige pleintjes met mozaïekvloeren, licht bepleisterde muren en smalle parterres met een monumentale, breed uitwaaierende trap met ijzeren leuning naar de ontvangstruimten boven.

Stonden de poorten open, dan wierp Edgar een blik naar binnen, soms nam hij in zo'n binnentuin even plaats op een bankje en luisterde in de schaduw van donkere palmen en lichtgroen bananenblad naar de stemmen uit het huis.

Zo wende zijn oor aan het Creools – een wonderlijke taal, die hem onbevattelijk en tegelijk warm vertrouwd voorkwam omdat hij er de tongval van zijn moeder in herkende. Flarden uit zijn verleden klonken gedempt door de met stro bedekte gangen.

Zag men hem zitten, dan werd hij doorgaans hartelijk gegroet. De Zuidelijke vriendelijkheid, waarvan René zo hoog had opgegeven, leek tenminste één ding dat hij niet had overdreven: vanuit het washok en de keuken knikten bedienden, vrijwel allen van Afrikaanse komaf, en lachend staken zij een hand naar hem op. Eén bracht hem een glas water, maar Edgar durfde niet te vragen of het wel was doorgekookt en goot het stiekem leeg over de wortels van een sinaasappelboom.

Slechts eenmaal werd hij – *'Miché, Miché, allé, allé!'* – van het erf gejaagd, maar dat was omdat de eigenaar hem voor Noorderling aanzag en vond dat hij zijn vrienden – *'Trouve to zamis parmi les Yankis!'* – beter bij zijn eigen soort kon zoeken.

Graag rustte hij uit onder de bomen op het plein voor de kathedraal, waar hij de witte torens schetste met naast de Saint-Louis, als Sancho op wacht naast Don Quichote, de lege, brede hal van de Cabildo. Tijdens het tekenen luisterde hij dan naar verre muziek, Afrikaanse dansen uit de nabijgelegen calobozo, de oude slavenmarkt, of uit de legerbakkerij daarnaast, monotone gezangen, begeleid door ritmes op ijzer geslagen; *'dancé calinda, bou-joum, bou-joum,'* noteerde hij in zijn cahier tussen schetsen van het hospitaal, de warenhuizen van Almonaster en een paar winkelende vrouwen in de drukke rue Toulouse, *'calinda, calinda, dancé bou-joum.'*

Maar meest van al schetste hij toch, niet anders dan thuis, mensen op caféterrassen, een verliefd paartje, groepjes jongemannen aan de toog, tafereeltjes uit een stad in de rouw om haar verleden. 'Isolement bevriest de tijd,' schreef hij hierbij en daaronder: 'Illusies ener kolonie.'

'In godsnaam,' zou Manet een half jaar later uitroepen, toen Degas bij terugkeer in Parijs zijn cahiers voor hem opende. 'Nou ben je daar al die maanden geweest en dan kom jij hiermee thuis? Portretten van je familie en Franse gezinnetjes op straat? De één doet niks dan bloemschikken, de ander wordt behandeld door een pedicure, alsjeblieft, in alle ernst: hoeveel nichtjes Degas-Musson kan een mens helemaal verdragen? De reden van die enorme onderneming was, Edgar, dat jij daarginds nieuwe impulsen zou krijgen, dat je verse indrukken zou opdoen en waar kom jij mee terug: meer van hetzelfde! Als je erbij zegt dat je al die tijd in Deauville hebt gezeten in plaats van aan de andere kant van de aardkloot dan geloof ik het ook. Kijk nou toch zelf: spelende kinderen, zakenmannen rond een tafel, zangavondjes aan huis. Zeg omwille van Gods genade dat je me voor de gek houdt! Waar zijn al die zwarten waar je over schreef? Dat gedans van ze, hun glimmende huid, die fleurige doeken; je maakt er hier verdomme aan de lopende band aantekeningen over, je beschrijft ze me in het ene epistel na het andere, maar je werkt er niets van uit. Niets! Waar zijn ze, waar blijven ze, waar staan ze afgebeeld? Inhéémse onderwerpen had ik willen zien, voodoopriesteressen, bezweringen en rituelen die je nergens dan in Louisiana tegenkomt.'

'Waar zie je me voor aan?' zou Edgar gepikeerd antwoorden, 'voor een verslaggever, een van die weekbladtekenaars? Ik werk niet voor de *Illustration*!'

Maar boos kon hij op zijn vriend niet worden, want hij wist dat die gelijk had: Edgar had zich niet door het onbekende laten verleiden tot zijn reis naar New Orleans, maar door het vertrouwde. Hij was niet gegaan om er iets nieuws te zoeken, hij zocht naar wat hij zeven jaar geleden korte tijd ervaren had, maar was verloren: het gezelschap van zijn broers, zijn nichtjes, hun samenzijn en onderlinge warmte.

Wat een gehuwd man als Manet niet begreep en niet begrijpen kon, was dat hij zijn familie zo vaak afbeeldde omdat hij zich naast hen wel degelijk een buitenstaander voelde. Als eenling bezag hij ze, als vreemdeling. Voor hem wás familieleven iets exotisch.

9

In de schaduw onder de zuilengalerij luisterde Estelle naar een vriendin die voorlas, melodieus en met inleving; de stem klonk helder met een licht verholen spot.

Toen Edgar aan kwam lopen over Esplanade, bezweet en stoffig van een wandeling, en de witte lijfjes van hun zomerjurken zag op een rieten sofabank, half verzonken tussen geel zijden kussens, wilde hij eerst achterom gaan om zich op te frissen, maar zijn nicht had hem al gehoord: 'Wie daar, ben jij dat, Eddy?'

Hij wiste zijn gezicht aan zijn mouw en groette de bezoekster.

'Zonder America zou ik van alle literatuur verstoken zijn,' verklaarde Estelle en zij stelde haar vriendin voor als 'onze buurvrouw, Mrs. Olivier. Zij geeft Baby Joe pianoles en mij schenkt zij elke dag een uurtje van haar tijd en leest iets voor, enkel uit de goedheid van haar hart.'

'René heeft voor zulke dingen nu eenmaal geen geduld,' wist de ander. 'En ik doe het met plezier, Stelle, dat weet je. Zo houd ik tenminste ook een beetje bij wat er allemaal verschijnt.'

Zij toonde de voorplaat van de nieuwe Jules Verne waaruit zij voordroeg.

'Het heeft niet die ongebreidelde fantasie van zijn vorige, maar hij houdt ons heel overtuigend voor hoe makkelijk het leven van een vrouw kan omslaan in een nachtmerrie.'

'Ik geloof niet dat ik nog een man nodig heb om mij daarvan te overtuigen.'

Estelle zei het zo vrolijk dat zij lachten, maar America Olivier pakte de blinde bij de hand met de vanzelfsprekendheid van hartsvriendinnen, ten teken dat haar niet ontging waaraan zij refereerde.

Mijn broer heeft niets te veel gezegd, dacht Edgar, die pianojuf is inderdaad verrukkelijk.

Met haar lange, kastanjebruine haren, die zij opgestoken droeg, en grasgroene ogen in een fijn gezichtje, leek de schoonheid van America Olivier naast Estelles ingevallen blik haast onbetamelijk. Het verschil greep Edgar aan: een paar jaar geleden nog maar hadden die donkere, dode ogen naar hem gestraald en hem op eenzelfde manier betoverd. En nóg, verbeterde hij zichzelf in gedachten. Ik vind haar nog steeds betoverend! Natuurlijk wel.

Mrs. Olivier sloeg haar blik neer alsof zij het effect begreep van haar verschijning naast die van haar vriendin. Zij trok de bandjes van haar jurk, die zij vanwege de warmte naar beneden had geschoven, snel met één vinger terug omhoog over haar blote schouders. Maar haar lange hals bleef zichtbaar, donzig, en haar decolleté, en hoewel Edgar zich telkens dwong er niet zo naar te kijken, deed haar zachtblanke, rozig roze huid hem onweerstaanbaar denken aan een van die poederkleurige pastels van Chardin.

'America heeft ons uitgenodigd,' zei Estelle om zijn aandacht terug te pakken. 'En je zult zien, zij is ook nog eens voortreffelijk als gastvrouw.'

'Maar u bent gewaarschuwd, monsieur Degas,' lachte de pianolerares, 'ik zal u onderwerpen aan een kruisverhoor over de culturele stand van zaken in Parijs: wat voor werk er dit voorjaar was te zien op de salons, zowel de officiële als die van de geweigerden. En het theater, een grove strekking van de stukken die u heeft gezien, de nieuwste composities. Och, wij zijn hier zo van kunst verstoken!' Zij schudde moedeloos het hoofd. 'Had jij al gehoord, Stelle, dat nu ook nog ons theater de hele winter dicht zal blijven? Er is eenvoudigweg geen geld om een orkest te engageren. Dit seizoen staat er geen enkele opera gepland, geen balletten, niets.'

'Vorig jaar, Eddy, och, wij hadden zo'n schitterende *Tannhäuser*. De troost en de verstrooiing, de beelden die zo'n avond oproept...' Zij leek even te luisteren naar een maat of wat herinnering. 'Geen seizoen dit jaar? Zonder muziek... ik weet niet hoe wij al die maanden door gaan komen. Straks is ons enige vertier het carnaval.'

'Dan organiseren wij toch onze eigen concerten!' bedacht America. 'Ik zal er hoogstpersoonlijk zorg voor dragen, lieve, dat jouw oren niets tekortkomen. Wat zou je zeggen van een maandelijks recital door mijn leerlingen? Da's ook voor Baby Joe een goeie stok achter de deur. Hebt u haar al horen spelen, monsieur Degas? Dat meisje heeft talent.'

'Nog niet.'

'Dan komt dat binnenkort als u bij ons dineert. Concert aan huis en af en toe een zangavond – Mathilde, Didi en jij zelf net zo goed, Stelle, jullie hebben zulke pure stemmen – alleen het oefenen al, het plezier dat wij daaraan zullen beleven!'

En als om het te bewijzen, gooide Mrs. Olivier de deuren naar de salon open, nam achter de vleugel plaats en barstte met zoveel vuur los in een *Capriccio* van Tsjaikovski dat de ruiten ervan trilden.

'Zij is soms wat overenthousiast,' fluisterde Estelle terwijl Edgar naast haar op de sofa plaatsnam om te luisteren. 'Maar zij bedoelt het goed. Dit voorjaar heeft zij een avond in elkaar gezet met scènes van Racine. René deed Bajazet, je had het moeten zien. Ein-de-lóós hadden zij er samen op geoefend, die twee, en nog bakte hij er niets van. Zoals ik gelachen heb, wij allemaal, nee echt, ik zou niet weten wat ik zou moeten zonder Mrs. Olivier.'

Vanaf dat moment draaide in het huis aan Esplanade alles om het partijtje bij de buren. Edgar vond het aandoenlijk hoeveel belang er hier gehecht werd aan een uitnodiging waar je in Parijs onderuit zou proberen te komen omdat je er drie van op een dag kreeg. De vrouwen begonnen hun jurken te passen en vermaken en op de overloop hielden zij parades van Franse couture. Zijn broers en oom Michel probeerden de namen van andere genodigden te achterhalen, hopelijk zakenlui bij wie nog een lening viel los te peuteren.

Veel werk verzette Edgar niet, deels door al die opwinding in huis, deels vanwege *de rooie loop*, zoals de Momselles het noemden, een nare dysenterie, die drie dagen door zijn darmen raasde als plunderend soldatentuig door een brandende stad.

Vanwege besmettingsgevaar moest hij op zijn veranda blijven. Daar grondde hij wat doeken, in aardtonen voornamelijk, sommige in een kleirood terra, andere in het verdigris van rottend water, en hij speelde met ideeën, maar meestentijds zat hij achterover, hemd open, mouwen opgerold, te luisteren hoe Baby Joe beneden op de Pleyel urenlang de stukjes oefende die haar juf haar had opgegeven.

Er is een tekening van haar achter de toetsen en één volwaardig schilderij waarop Didi en Estelle een duet van Gabussi repeteren met gebaren die in het Teatro di San Carlo niet zouden misstaan, maar dat was die weken de enige oogst.

Tegen het eind van *Bekentenissen*, dat Edgar van huis had meegenomen, zit de oude Rousseau op het eiland van St. Pierre midden in het meer van Brienne, eindelijk vrij om in alle rust te dromen en onpartijdig te observeren. Hij begint aan een werk dat zeker tien jaar in beslag zal nemen en al na tien minuten geeft hij op. Dit was hoe Edgar zich in Louisiana voelde: volledig vrij om aan te pakken wat hij wil, maar zonder het benodigd vuur, zonder de kracht om door te zetten.

Zelfs wanneer hij las, keek hij om de paar alinea's op, soms om een zin te overpeinzen, maar vooral omdat in de verte staren zijn ogen rust gaf.

Aanvankelijk had hij zijn inertie aan de buikziekte toegeschreven, alleen bleef die ook nadat Palmyre hem had genezen met wat poeders bismut-nitraat en een voodooritueel, waarvoor zij een kip nodig had gehad, een kaarsencirkel en twee lokken van zijn haar.

'Die Franse jasjes zijn allemaal te warm voor hier,' sprak Estelle bestraffend terwijl zij rondtastte in Edgars kast, want ook hij ontkwam niet aan de zoektocht naar gepaste uitgaanskleding. 'Voordat jullie scheep gingen had René een tropenpak met jou moeten kopen. Mannen! Het is alsof jullie er geen seconde over hebben nagedacht. Neem dit nou, wat is dit, het lijkt wel tweed!'

'Een van mijn oudste jasjes, zit me lekker.'

'Niet bij veertig graden.'

'Zelfde wat ik droeg in Bourg-en-Bresse.'

'Je liegt het!' zij lachte verontwaardigd. 'Die groene visgraat? Met de armstukken? Eddy, schaam je, zo'n oud vod!' Maar voordat zij het wegwierp, snoof zij er even aan. 'Hoe moet dat nou? Werkelijk alles wat je bij je hebt, is dik en zwaar en je kunt daar toch niet in je hemdsmouwen aan tafel?'

'Als ik nu gewoon alleen mijn schildersjak eens aandoe,' opperde hij vol pret over die onzin. 'Da's dunne stof, valt lekker los en luchtig, en dan geen broek of niks eronder.'

Zij zweeg, niet in de stemming voor zo'n grap.

'Wel een strikje natuurlijk,' bleef hij plagen. 'En sokophouders.'

'Mij is het ernst!' Zij viel uit, geëmotioneerd. Het overviel hen allebei. In stilte koos zij een pak uit het rek, nam het van de haak en gooide het over de arm. 'Naar dit model laat ik iets voor je maken.'

Zij liep ermee naar de gang, haar vrije arm voor zich uit om de deur te vinden.

'Ik wil dat zij jóú zien,' sprak zij op de drempel. Met één hand hield zij de deurpost vast. 'Begrijp je, Eddy? Op je best. Dat is mij alles waard. Ik wil dat die lui jou zien zoals ik jou heb gezien.'

10

Het schot van het avondkanon rolde vanaf de trans van Fort Sint-Charles als een plechtige donderslag over de stad. Dit was vroeger het teken dat de slaven terug op hun plantages moesten zijn, tegenwoordig voor de bordeelhoudsters van Smokey Row om hun rode lamp te ontsteken, en deze avond liet het de familie op Esplanade weten dat bij de buren het diner stond te beginnen.

Edgar kwam de trap af in een pak van fris, wit linnen. Die middag afgeleverd, precies op tijd.

'Ik heb het knoopsgat dubbel laten afzomen,' zei Estelle, die stond te wachten in de hal, twee vuisten in haar onderrug als tegenwicht voor haar ongeboren kind. 'Zo'n dubbele zoom geeft steun aan je corsage.'

Of Edgar nog snel een rondje voor haar wilde draaien, vroeg Estelle, alsof zij de snit van zijn kostuum zag en een pasvorm kon beoordelen. Hij speelde de charade mee en paradeerde een keer op en neer zoals zij dat indertijd voor hem had gedaan in een winkeltje aan de Faubourg Saint-

Honoré. Het was de pret van kinderen wier fantasie de waarheid overstemt.

De Oliviers hadden hun zilver tevoorschijn gehaald en voor één keer – en sinds 1861 voor het eerst – hun bedienden weer in livrei gestoken, want oude Creoolse families grepen iedere gelegenheid aan nog iets van hun grandeur te doen herleven. In de kandelabers brandden groene kaarsen, gemaakt van de was van wilde mirte die groeit op de zandengten in de baai van Biloxi.

'Kijk nou, toch!' riep Didi, zodra zij het tafelstuk ontwaarde, een levensgrote, uit een brok ijs gehakte zwaan.

Zij was volgens het protocol der ongehuwden Edgars tafeldame en had onbevangen zinderend naar deze avond toegeleefd. Zij hield namelijk nog altijd hoop een keer voldoende indruk op een man te maken en je wist nooit waar een huwelijkskandidaat kon opduiken.

'Och, toch, Eddy,' riep zij toen het groengeel flakkeren van de kaarsvlammetjes werd weerspiegeld in het ijs. 'Kijk nou, kijk nou, zie!'

De kokkin van de Oliviers was Cajun, afstammelinge van de Fransen uit Canadees Acadië die in de achttiende eeuw door de Britten naar hier waren gedeporteerd, maar uitgerekend voor vanavond had zij haar groene pepers en vertrouwde kruid opzijgezet en gekookt uit het Parijs receptenboek van Beauvilliers, zodat de sauzen meteen vanaf de eerste gang zwaar op de maag lagen.

'Ik zei het je toch,' fluisterde René, 'wij zijn en blijven een kolonie, kleuters die proberen rond te lopen in hun vaders goeie pak.'

Hij, slimme donder die hij was, had de Oliviers een aantal bordeauxwijnen cadeau gedaan. Telkens wanneer een nieuw chateau ter tafel kwam, hield hij er een praatje over, want hij zag in elke gast een potentiële klant. Op dezelfde manier had hij zijn nieuwe importonderneming onder de aandacht weten te brengen bij de Mistick Krewe of Comus, de carnavalsvereniging van zijn sociëteit, de Pickwick-club.

Het tempo waarin zijn wijnen werden geschonken, verhoogde de gezelligheid, net als de optredens van Baby Joe. Maar liefst drie keer gaf zij, onder toezien van een trotse Mrs. Olivier, een pianostuk ten beste.

Na het laatste, een mazurka van Chopin, verhuisde het gezelschap naar de rooksalon, waar een dessertwijn uit Monbazillac werd geschonken en het pièce de résistance werd geserveerd, de omelette Sibérienne. Toen het gevaarte, brandend, op een trolley binnen werd gereden, klonken de oe's en aa's zo luid dat geen van de aanwezigen kon horen dat er buiten werd gegild.

Het was een hulproep, hoog en scherp jammerend, maar de kreet verdronk in het applaus dat binnen losbarstte.

Daar bleef alle aandacht bij de blauwe vlammen. Zij likten rond de taart en dropen van het witte schuim. Edgar viel de eer te beurt om, voordat alle alcohol vervloog, de toren van meringue aan te snijden. De kokkin stond ernaast en toen onder de cakelaag een kern van vanille- en frambozenijs tevoorschijn kwam, kreeg zij een applausje.

'Het ijs voor dit gerecht,' begon een van de gasten, Matthieu-Joseph Bujac, eigenaar van de ijsfabriek, 'maar ook voor het tafelsculptuur verkrijgen wij via absorptie middels compressie van vloeibaar ammoniagas in zout water...'

De man had eerder al verteld dat hij een zakenpartner was van Edgars schoolvriend Henri Rouart. Die had hun tijd in de Nationale Garde benut door onder het zinloze wachtlopen op Bastion 12 een ijsmachine te bedenken, een vinding die hem fortuin gebracht had, wereldwijd patent en aandeel in de Louisiana Ice Manufacturing Company, die vier jaar geleden was geopend langs het spoor in Tchoupitoulas Street.

'Het briljante van het systeem van uw vriend Rouart,' ratelde de ijsmaker, 'is dat het water door een serie perpendiculaire ijzeren pijpen vloeit, gekoeld door ether...'

Edgar knikte alsof het procedé hem interesseerde, maar zijn ogen zochten Estelle. De hele avond had hij haar nog nauwelijks gesproken en nu zat zij aan de andere kant van de kamer tussen haar zusters, schotels en vorkjes op schoot.

'...op die pijpen vormt zich elke twee dagen een voet ijs,' oreerde de fabrikant. 'Iedere dag produceren wij op die manier zeventig ton met niet meer dan tien man personeel...'

Hier stokte hij, want er gebeurde iets opmerkelijks: Estelle was ergens van geschrokken. Zij maande iedereen om stil te zijn en luisterde gespannen. Didi en Mathilde wilden hun zuster nog geruststellen, maar zij vloog overeind, verstoord.

Haar bordje viel.

Het brak.

Het kostelijke dessertijs zeilde over de vloer.

'Er is haast bij!' riep zij nog.

Zij zei het duidelijk, maar dit paste zo volstrekt niet bij de ontspannen sfeer dat niemand onmiddellijk durfde te reageren. De blinde had haar bordje laten vallen. Iedereen ging van een ongelukje uit, een onhandigheid die men, om de ongelukkige niet verder in verlegenheid te brengen, het beste kon negeren.

Daarom pakte ook Bujac de draad weer op: 'Jonge bedrijven als het onze,' verklaarde hij trots, 'vormen de ruggengraat van het Zuiden. Hoe meer wij hier zelf kunnen produceren, hoe minder ons aan het Noorden is gelegen...'

Nu riep Estelle ronduit om hulp.

Dit klonk zo dringend dat alle gesprekken stokten en zij ieders aandacht had. Daar stond zij, hoogzwanger, reddeloos, twee handen tegen haar onderbuik gedrukt. Zij wilde dringend naar buiten, zocht een deur maar vond hem niet.

'Kom mee, kom dan toch mee.' Zij smeekte. 'Alsjeblieft!'

Zij had te veel haast om te vertrouwen op haar aangeleerde vaardigheid zodat zij onnauwkeurig richting koos en zich lelijk stootte aan een tafeltje, dat omviel met kaars en glaswerk en al, waarna zij zich zo abrupt omdraaide dat zij opnieuw vastliep, nu in een groepje gasten.

'René,' riep zij in paniek. 'René! René!'

Haar man was echter nergens te bekennen.

Edgar schoot te hulp.

Hij voerde Estelle aan een arm mee naar de veranda. Maar eenmaal buiten ging het haar niet snel genoeg. Met twee handen greep zij zijn jaspand beet en daaraan sleurde zij hem mee over het gazon in de richting van de bijgebouwen.

Ook Vasco da Gama was thuis inmiddels aangeslagen. Zijn geblaf in de aangrenzende tuin was hier te horen. Panisch jankte hij alsof hij zich probeerde los te rukken van zijn ketting.

Hij bleef maar blaffen, ook toen Edgar en Estelle achter de jeneverstruiken bij het washok stuitten op de oorzaak van de ophef.

Een van de bedienden had zich verdronken in de cisterne.

Een zwart meisje, vijftien jaar.

Zij had haar keukenschort nog voor.

Edgar knielde bij de wateropening en viste haar aan één been omhoog. Johnston, de opziener van de Oliviers, kwam op zijn buik naast hem liggen, kroop half in de put en wist haar aan de andere voet op te dreggen. Het kind was in haar doordrenkte kleding zwaarder dan je zou denken.

Pas nadat de mannen haar met vereende krachten op het droge hadden gesjord en een olielamp omhooghielden om haar gezicht te zien, begrepen zij dat zij een kindje in de armen hield. Pasgeboren. Het geslacht was niet direct vast te stellen, want hoewel er in de moeder geen leven meer zat, hield zij haar kleintje nog omklemd.

Edgar keek naar Estelle, die er niet ver vandaan stond, en dankte God dat zij dit verdriet niet hoefde te zien. Zij had haar arm om een oude keukenhulp geslagen, die de ongelukkige had gevonden toen zij water wilde putten voor de afwas. Het was haar jammeren geweest dat de blinde opgevangen had. Estelle streelde sussend het gezicht dat tegen haar borst lag, en de kroezende, grijze haren.

Nu pas kwam René op de plek des onheils toe gerend, samen met de gastvrouw.

Zij kwamen niet uit het huis die twee, maar achterom, vanuit de tuin. Edgar zag dit, maar had op dat moment geen tijd om er een gedachte aan te wijden.

'Weten wij wie zij is?' vroeg Mr. Olivier nadat hij om een schouwarts had gezonden.

'Yasmine,' zei de opziener. 'Haar naam is Yasmine. Kennelijk zag zij geen uitweg meer.'

'Kennelijk. Heeft zij familie?'

'Bij ons niet. Nu niet meer.'

'Ergens anders dan?'

'De moeder is omgekomen onder Butler, haar vader is vertrokken naar Chicago.'

'Zonder adres?'

'Zonder adres.'

'En de vader van het kind?'

'Onbekend.'

Meer vroeg Olivier niet. Dat hij kortaf klonk, was meer uit onmacht dan uit ergernis. De armoede en wanhoop onder de bevolking namen toe. Dit was de derde zelfdoding in deze wijk binnen twee weken.

Estelle was ondertussen naderbij gekomen. René probeerde haar te weerhouden, maar zij wilde per se, en knielde neer bij het verdronken meisje. Er droop nog vocht van af. Het gras was er kil en zompig van geworden.

Edgar, die nog altijd op zijn knieën aan haar andere zijde zat, leidde Estelles hand naar het dode voorhoofd. Zij voelde de neus van het meisje en haar lippen, alles steenkoud. Zij betastte de kin en schouders, uiterst teder allemaal, alsof zij haar nog pijn kon doen. Ten slotte streek zij langs de armen met daarin de schat waaraan zij ondanks alles vastgehouden had...

'Het ademt!'

Estelle zei het geschrokken meer dan blij.

'Er is beweging. Haar kindje, vlug, er is nog asem in!'

Edgar schoot toe. Hij nam het kleintje van de moeder over, maar dit viel niet mee. Het zat in de verstarring van de dood beklemd, zodat hij het uit de omhelzing van de moeder los moest wrikken.

Hij hield het arme wezen voor zijn gezicht, maar er leek geen lucht meer uit te komen. Hij drukte het lichaampje tegen zijn oor in de hoop het hart te kunnen horen.

En ja, dat klopte, zij het zwakjes.

Toen zij sprong, had de zelfmoordenares haar kind omklemd om het met zich mee te nemen, maar eenmaal in de holle, kille donkerte van de cisterne had zij zich bedacht. De schrik van het koude water had haar kleintje aan het huilen gebracht. Het gejammer zong als echo rond het steengewelf. Hierna blééf de moeder haar kindje stevig vasthouden, maar nu op haar borst in de radeloze hoop dat het óp haar alsnog zou bovendrijven.

Estelle aarzelde geen moment. Zij vouwde haar omslagdoek tot deken, zodat het zieltogende wezen droog kon liggen.

Het lag nu tussen haar en Edgar in, terwijl zij ernaast zat en het masseerde, eerst voorzichtig met haar duimen in de flanken, daarna de borstkas steviger met vlakke hand. Estelle wist wat haar te doen stond, want dit was een van de dingen die haar eerste man, Joseph Balfour, haar over zijn legeropleiding had verteld, en tegelijk had zij, omdat zij zoiets nooit eerder had gedaan, geen idee of zij het naar behoren deed.

Toen na een minuut – een eeuwigheid – nog geen verandering intrad, nam Edgar het over en hij begon lucht in te blazen via de Hollandse methode, die hem bij de Garde was geleerd. Eerst te veel en te nerveus, zodat het bijna misging, daarna meer beheerst, met korte tussenpozen kleine pufjes.

Dit had effect. Het lijfje schokte en begon te hoesten. Hierna kwam water op, niet meer dan een kleine slok, schuimend, als van een zuigeling die te lang aan de borst gelegen heeft en melk spuugt.

Edgar veegde de lippen zonder weerzin schoon en blies opnieuw. Het kleintje hoestte een keer kort. En een keer langer. Daarna zeeg het terug, alsof alles tevergeefs was, en het bleef een aantal tellen slap en stil.

Edgar en Estelle konden alleen luisteren, verstard en ingespannen, bang nog iets verkeerd te doen. Maar het was stil en het bleef stil. En als vanzelf zochten de redders steun en zij grepen elkaars arm in afwachting. En toen, alsnog, begon het kind te huilen. Het barstte los, onstuitbaar als een pasgeborene.

Estelle tilde het leven op en nam het in haar armen en zij huilde als vanzelf mee, terwijl Edgar op zijn knieën nader kroop en haar omarmde.

Als ouders na een bevalling zaten zij, doodmoe en dolgelukkig met hun kind, en toen zij het bevrijdden uit de luier, waarvan het linnen koud en zwaar was van het water, reageerden zij ook net zo blij verrast toen het een meisje bleek te zijn aan wie zij het leven hadden teruggeschonken.

'Wij houden haar,' zei Estelle zodra Johnston, als opziener verantwoordelijk voor de werkers en hun kroost, de geredde baby van haar wilde overnemen.

René sputterde tegen. Dit leek hem typisch de reactie van iemand die over een paar weken zelf moet bevallen. Een zwangere vrouw wil ieder kind wel moederen.

'Johnston is een beste en bekwame man,' pleitte hij. 'Een verantwoordelijke kerel, zorgzaam en begaan. Die weet vast wat hij met zoiets aan moet. Hij kan het kind ergens onderbrengen bij zijn éígen mensen.' In een gekleurd gezin, bedoelde hij, waar het niet zou opvallen.

'Wij hebben de wieg klaarstaan.' Niets interesseerde Estelle dan het welzijn van dit meisje. 'Daar ligt ze veilig. De rest zien we later.'

Best sympathiek, dacht René, dat de natuurlijke instincten van een vrouw zo met haar op de loop gaan, maar zij mochten niet vergeten dat het incident had plaatsgevonden bij de Oliviers, in feite was het hún probleem. Alleen het water uit die cisterne al, God weet wanneer zij dat weer konden drinken. Misschien was het zelfs ook wettelijk, zoals voor de burgeroorlog, wel hún weesje; de overledene was immers in hun dienst geweest en op hun erf was zij gestorven. Geen idee hoe zoiets tegenwoordig werd geregeld.

Maar Estelle hield voet bij stuk.

'Totdat er beter onderdak gevonden is,' klonk zij beslist, 'blijft dit wezentje bij ons.'

'Maar lieverd, ik geloof dat je het niet goed begrijpt... Zij is *gekleurd*!'

'Da's een onderscheid dat ik niet maken kan, René, ik ben nu eenmaal blind.'

En met die woorden was zij al op weg naar huis, een kleine afstand, te voet over het gras dwars door hun aan elkaar grenzende tuinen. Zij werd hierbij geleid door Baby Joe, die het kindje op haar moeders arm alvast als een zusje op de kruin kuste.

II

Thuis ontsmette Estelle de pasgeborene met zuiveringszout en Castile-zeep, droogde haar en wreef haar warm. Zij trok haar een hemdje aan en legde haar in de wieg die klaarstond voor de baby die zij zelf binnenkort zou krijgen.

Momselle Palmyre en Momselle Marceline sloten het scharminkel bij de eerste aanblik in het hart. 'Of een mens nou vijf luiers te wassen heeft of tien,' zeiden ze, 'monden moesten toch gevoed en kinderen gebaad.'

Alleen voor hun aanzien waren zij even bang. Bloed was hier alles en de Degas-Mussons hadden het beste bloed van het hele district; zorg dragen voor hun kroost strekte tot eer. Maar dit meisje... Haar huid was weliswaar lichter dan die van de Momselles – mogelijk was zij halfbloed – maar dan nog, een kind van dergelijk laag aanzien...

Meteen op de eerste wandeling bleek hun zorg ongegrond: iedere kinderjuf in het park wist van het drama en wilde het weesje even vasthouden. Niet lang hierna vergaten Palmyre en Marceline nog verschil te zien en toen Estelle ging bevallen, verhuisden de Momselles hun nieuweling bijna gretig naar hun bediendenkamertje, waar zij haar onbekommerd konden troosten, met name in de nacht wanneer zij huilde om haar moeder.

Die had geen briefje achtergelaten, want schrijven kon zij niet. Misschien had zij een naam voor haar dochter in gedachten gehad, maar niemand kende die. Estelle liet in alle doopregisters zoeken, maar nergens stond het meisje ingeschreven.

'Joie,' besloot zij uiteindelijk. 'Wij noemen jou Joie.' Zij boog zich over de wieg en kuste haar zachtjes op het voorhoofd, plechtig. 'Joie,' herhaalde zij nadrukkelijk en verzuchtte toen: 'Al was het maar om het verdriet wat te bezweren.'

Edgars cahier bevat slechts twee schetsjes van Joie, vluchtige probeersels, beide op dezelfde pagina. Een aantal lijnen, enthousiast begonnen, stokt weer. En daarnaast, waarschijnlijk van latere datum, gebeurt iets dergelijks. Met houtskool nu, wat schaduwen gedoezeld, daarin de ronding van een schouder, in een tweede lijn houding en vorm van het hoofdje... vaardig en trefzeker. Maar dan verwatert het, alsof hij niet verder durft. De toets wordt slap. Twee, drie keer drukt hij zijn stift in het papier, zoekend naar een uitgangspunt. Hij vindt er geen. Elke aarzeling bleef achter als een putje in de vezels.

Nu Estelle op alle dagen liep en haar laatste huishoudtaken over had gedragen, bracht zij overdag, wanneer René op de zaak moest zijn, veel tijd met Edgar door.

Was hij op zijn veranda aan het werk, dan lag zij bij hem

op de sofa, pauzeerde hij, dan lunchten ze getweeën of dronken samen limonade.

Wanneer hij zich moest concentreren, konden zij ook zwijgend bij elkaar zitten, soms uren achtereen, zoals oude vrienden dat kunnen. Dan soesde Estelle wat, haar aandacht bij het ongeduldig leven binnenin. Maar zodra zijn hoofd ernaar stond, veerde zij op, en haalden zij herinneringen op aan Parijs.

Parken en wijken die hij haar had laten zien, zweefden haar nog helder voor de geest; al mijmerend zag zij zich weer met hem voor dat ene winkeltje staan of gearmd op een bankje zitten aan de Seinekade, de laatste zon vangend.

Met ieder detail dat hun te binnen schoot – het komieke chagrijn van een terrasober, de vaart waarmee La Fiocre pirouettes draaide! – kwamen die gelukkige zomermaanden meer tot leven. Soms plaagden zij elkaar ook met een halfvergeten ergernis, zoals de middag waarop hij zijn hele inzet bij de races verloor omdat zij zo stellig meende te voorvoelen dat de favoriet die dag zou gaan verliezen...

'Ik ben nog vaak naar Longchamps teruggegaan,' zei Edgar enigszins beschroomd. 'Nadat jij vertrokken was. Regelmatig zelfs. Ik heb er de paarden geschetst.'

'Och,' verzuchtte Estelle, 'wat ik ervoor geven zou die nog eens te zien!'

'Ook bezoekers soms. Stalknechten en jockeys. Thuis heb ik die schetsen uitgewerkt. Er is een aantal doeken... Ik dacht aan jou. Ik had ze willen sturen. Maar eerst durfde ik niet... Misschien leek het opdringerig.'

'Hoe zou nou iets van jou hier ooit niet welkom kunnen zijn?'

'Toen René en jij eenmaal... ik wist het niet zeker. Ook van La Fiocre heb ik trouwens een portret gemaakt, en van meisjes bij de Opéra, die hele wereld, alle tinten tule waar jij zo van hield.'

'Hun tule, och lieve god toch, ja!'

'Het was enkel om plezier te doen. Om te herinneren aan onze dagen samen. Maar juist daarom misschien. Ik wist niet hoe ik het moest inkleden. Dus ik heb ermee gewacht. Gewacht. En daarna... Jij was getrouwd. Jij had inmiddels zo'n ander leven hier, nieuwe interesses. En bovendien...'

'Bovendien had het geen zin. Ik kan ze niet meer zien.'

'Jij kunt ze niet meer zien.'

'Waar zijn die schilderingen nu?'

'Verkocht. Dat tenminste. Het eerste werk waarmee ik niet heb hoeven leuren.'

'Wil je ze mij beschrijven, toe... Op Longchamps, waar stond je precies? Waar zat je?'

'Meestal waar wij altijd zaten.'

'En wat zag je?'

'Zelfde plek. Dus de baan schuin rechts, links de stallen zodat je het zadelen kunt volgen, kijken bij het wegen van de rijders, scheidsrechters in de weer, controle van het bit.'

'Derde loge, mooi hoog, zodat wij alles kunnen overzien.' Estelle dacht na. 'Die keer dat Gulden Schaduw zijn race heeft moeten afbreken en hoe zij daar toen stonden, met zijn allen om hem heen, druk doende een distel uit zijn hoef te pulken.'

'Hij is kampioen geworden, had ik je dat wel geschreven?'

'Gulden Schaduw?'

'Hem heb ik ook getekend, in pastel, met een prijssjerp, bezig aan zijn ereronde. Dacht dat je dat misschien wel wilde zien. Grote blauwe rozet met lange, wapperende linten.'

'Had ik gewild. Jazeker wel. Dat waren fijne dagen, Eddy, dat was een mooie tijd.'

'Dit ook.'

Hij was dankbaar dat zij hem niet kon zien blozen.
'Dit ook,' beaamde zij.

12

Vrijdagen stonden in het huis van de Degas-Mussons in het teken van de kapster. Direct na het ontbijt verdwenen Didi, Estelle en Mathilde met hun schoonzusje Emma naar boven om zich mooi te laten maken voor de kerkbijeenkomst in het weekend. De hele eerste verdieping, Edgars veranda incluis, was dan voor mannen verboden zodat de vrouwen onbelemmerd in en uit konden lopen, gewikkeld in lakens en met handdoeken als tulband om hun natte, lange haren.

Op zulke dagen dreven zijn oom en broers de spot met het gedribbel boven en met 'Ouwe Marie', de schoonheidsspecialiste.

'Een heks, je zult het zien. Komt met een tas vol wondermiddeltjes. Geldklopperij.'

'Wat al die zalfjes doen, ik weet het niet, maar zelf oogt zij als een gedroogde zeemleer.'

Marie Laveau was hoogbejaard, haar lijf leek te zijn ineen geschrompeld onder haar getaande huid, die als bij een schildpad ruim en taai geplooid was. Maar wanneer zij kwam aanlopen over Esplanade – zij woonde aan het meer, waarvan zij volgens Momselle Palmyre de golven met een enkele spreuk kon opzwepen of kalmeren – was er een trotse traagheid in haar tred, deinend, ongenaakbaar, overblijfsel van de schoonheid die haar in haar jonge jaren legendarisch had gemaakt.

Marie, een vrije mulattin, had altijd zelf slaven gehouden, waarvan er twee nog steeds achter haar liepen, een met de krultangen en kruiden voor de wassing, de ander met twee tassen zelfgemengde crèmes en lotions.

'Die meisjes,' fluisterde Momselle Marceline, 'zijn onverminderd in haar macht, niet volgens de wetten van het land, maar van de geestenwereld.'

Marie was voodookoningin geweest, maar toen haar botten niet meer voluit op de ritmes van de ceremonie konden dansen, had zij de scepter overgedragen, die zij zelf nog had ontvangen uit handen van Sanité Dédé. Zij had haar oude beroep weer opgepakt, maar kapte nu uitsluitend nog vooraanstaande families van wie zij nauwlettend alle roddels bijhield die zij onder het wassen en het krullen kreeg te horen.

Marie was elke avondmis te vinden in haar vaste kerkbank in de Saint-Louis, waarna zij gesterkt door de communie in de straten van het Vieux Carré verdween om halfbloed meisjes te koppelen aan blanke heren. Dit werd althans gefluisterd, net zoals het gerucht dat zij de uitsmijter van de Louisiana Ballroom had vergiftigd. Maar de oude vrouw bracht ook veroordeelden in de dodencel van de parochiale kerkers vis met sassafras en hete gumbo. En op hun laatste gang hield zij tot aan de eerste tree van het schavot hun hand vast, waarna zij als *postillion de mort* hun laatste wens overbracht aan de familie, zoals zij soms een *postillion d'amour* was voor de levenden.

Edgar schetste de oude Marie Laveau met een opmerkelijke haarband, de *tignon*, in de Spaanse tijd verplicht om kroeshaar te verbergen, maar sindsdien alleen uit trots gedragen. De doek is kunstig over haar kruin gedrapeerd, hoog als een kroon en zwierig opgetast, de uiteinden samengebonden tot rozet. Als stof staat daarbij 'Lichtblauw calico' vermeld. De vouwen zijn scherp getrokken in grafiet, de schaduwen wisselend gearceerd en gedoezeld.

'Ver voordat zij in aantocht is,' noteert hij, 'voltrekken

Marceline en Palmyre een aantal rituelen. Zij wrijven basilicum op de drempels om geluk naar binnen te lokken en in de keuken steken zij gedroogde salie aan en met die smeulende bos zwaaien zij – elke week hetzelfde – door alle hoeken van het huis. Zolang het vrouwtje binnen is, blijven zij zelf met de kinderen buiten. Uit een nerveus ontzag. Voor geen goud gaan zij die dag het huis binnen, zelfs niet voor een glaasje gekookt water.'

Marie is in zijn tekening slechts in *profil perdu* te zien, niet meer dan een gerimpeld jukbeen en het puntje van haar neus.

In datzelfde cahier, iets verderop, wordt zij nog eens genoemd, alleen deze korte krabbel: 'Vlak voor de kerst Laveau aan mijn bed gehad, onaangekondigd!'

Dit zat zo: Edgar was na een vroege wandeling even gaan liggen en in slaap gedoezeld. Goddank had hij zijn onderbroek aangehouden, want toen hij zijn ogen opendeed, stond zij al over hem heen gebogen. Voordat hij haar van zich af kon slaan, sperde zij tussen duim en wijsvinger een van zijn oogleden open en bestudeerde de pupil.

'Hmmmm, ayé, ayé!' klonk het oordeel. Maries stem was na een leven lang sigaren roken schraperig en laag. Zowel boven als onder miste zij vrijwel alle tanden.

'Uw nicht is bezorgd,' verklaarde zij.

Onder het spreken vormde zich tussen twee bruine kiezen een bel. Het oudje rook naar salie en eucalyptus. Door elke oorlel droeg zij een zwaar bedelsnoer, waaraan tal van mystieke symbolen en norse afgoden bungelden. De hangers slierden over Edgars borst. Voor hoeveel gehangenen, dacht hij, was deze opsmuk hun laatste aanblik geweest terwijl het luik zich onder hun voeten opende?

'Waarom bent u niet gehuwd?' vroeg zij, zoals een dokter een patiënt naar zijn symptomen vraagt.

Zij liet de leden van het ene oog schieten en trok die van het andere vaneen, met alle zorg en routine van een visboer die een haring kaakt.

'Waarom ik niet gehuwd ben?' Hij herhaalde het verbaasd en trok zijn schouders op. 'Ik heb gewoon de juiste niet ontmoet.'

'Hoor eens...' Beledigd liet de oude vrouw los. 'Als ik niet serieus genomen word, dan ga ik weer.'

'Uitstekend idee.' Edgar voelde dringend de behoefte om gekleed te zijn. 'En als u weer eens komt, misschien eerst aankloppen?'

'Phaw!' Marie wuifde het idee weg als een hinderlijk insect. Aan haar pols rinkelde een bos kralen, botjes en grisgris. 'Deuren houden het leven niet tegen, Miché. Het enige wat het leven in de weg staat zijn de muren die wij optrekken.'

'Toe maar!' spotte Edgar. Hij had zich in een mouw gewurmd, maar met de verkeerde arm, zodat het hele hemd weer uit moest. 'Ik mag hopen dat deze wijsheid gratis is, of wacht u op betaling?'

'Ik heb geen haast.' Zij diepte iets op uit een buideltas die aan haar riem hing. 'Blijf ik zitten met de vraag waarom u niet gehuwd bent.'

'Ik zie niet in wat u daarmee te maken heeft.' Eindelijk schoot hij in het hemd, nu alleen nog kalmte vinden om de knoopjes door de gaatjes te wurmen. 'En bovendien, ik heb het al verteld.'

'U zou de ware nooit hebben gevonden?' Marie lachte meewarig. 'Als u dat zelf gelooft, bent u al net zo blind als zij.'

Het bovenste knoopje, waarmee hij aan het worstelen was, brak af. Vloekend wierp Edgar het overhemd door de kamer.

'Kijk eens.' Het oudje stak hem een flesje toe, blauw glas, geen etiket, zo goed als zeker eigen brouwsel, met een stop van gom en rode zegellak. 'Tegen het branden. Elke avond zeven druppels, ieder oog.'

Edgar nam het aan en knikte.

'Zeg haar dat zij zich geen zorgen mag maken,' zei hij.

'Wat uw zicht betreft kan ik haar geruststellen. Die ogen van u gaan nog wel even mee. Oppassen met directe zon, zou ik zeggen, regelmatig rust nemen, dan kunt u er nog jaren mee toe. Wat dat andere betreft... daar heb ik geen remedie tegen. Als een mens zijn eigen hart niet eens kan lezen...'

Hij vond een nieuw hemd. Marie hield het op terwijl hij zijn armen in de mouwen stak.

'U bent een kunstenaar, u bent gewend het leven naar uw hand te zetten.' Zij kwam voor hem staan en begon zijn knoopjes voor hem dicht te doen. 'Zeg nu eens eerlijk, indertijd, waarom bent u niet getrouwd?'

'Met haar?'

'Tenzij u meer houdt van een ander.'

'Ik niet.' Edgar sloeg zijn ogen neer. '*Zíj* koos voor iemand anders.' Hoe had hij het zover laten komen, vroeg hij zich af, dat het oude mens hem als een kinderjuf stond aan te kleden?

'Uw broer is haar niet waard,' zei zij vertrouwelijk en streek zijn boordje goed. 'Dat weet u toch?'

Edgar stond verbijsterd.

'Hoe durft u!' Woest wendde hij zich van haar af. 'Ik ken mijn broer al zijn hele leven, René is een hoogstaand mens, u weet niet waar u over spreekt!'

'Ieder van ons heeft zijn zwakheden,' lachte de oude vrouw alwetend.

'En kwaadspreken is de uwe.' Edgar trok een paar biljetten uit zijn portefeuille en wierp ze haar toe. 'Dit is voor de druppels en uw moeite. Voor uw roddels geef ik geen cent. En nu wegwezen!'

'Zo is het nu eenmaal.' Marie rolde de biljetten op en duwde ze onder haar haarband. 'Niets steekt een mens zo als te horen wat hij eigenlijk al weet.'

Op dat moment klonk op de gang paniek.

'Het is begonnen!' Didi stormde de trap af op zoek naar de Momselles. 'De vliezen zijn gebroken. Maak water warm, snel, breng schone handdoeken, breng dweilen. En laat iemand een dokter halen en de vroedvrouw!'

'Madame is sterk,' sprak de oude kapster terwijl zij Edgar in zijn colbertje hielp. 'Zij heeft in de oorlogsdagen meer doorstaan dan u en ik bij elkaar, en toch...'

'Zij oogt niet ongelukkig.'

'Zij wordt weer moeder. Zij kan niet anders dan de toekomst hoopvol zien.'

'Niet ongelukkig in haar huwelijk, bedoel ik.'

'Mrs. Degas is blind. Dat wil niet zeggen dat dingen haar ontgaan. Integendeel.' Marie liep mee naar buiten waar zij afscheid nam en haar bedienden wenkte. 'Begrijp me goed, ik sprak enkel met u in de hoop dat zij iemand zal hebben om op terug te vallen. Straks.'

'Straks?' vroeg Edgar, terwijl de stalknecht hem de leidsels van het paard in handen gaf en een papier met het adres van dokter Thibodeaux. 'Wat wil dat zeggen "straks"?'

Maar de oude voodookoningin keek niet meer om.

13

Die hele dag, 20 december, bleven de weeën komen. Steeds benauwder kreten klonken door het huis. Om het half uur mocht Estelle sabbelen op een lapje dat gedrenkt was in morfine. Dit werd haar vierde kind, het derde dat zij samen met René zou krijgen, en hoewel hun vorige in een uurtje en zonder groot lijden was geboren, viel de bevalling dit keer tegen.

'Het kindje ligt dwars,' kwam de vroedvrouw tegen tweeën melden met een zorgelijk gezicht, waarna de Momselles de kleine kinderen mee de tuin in namen.

Estelle had een paar keer al vergeefs geroepen om haar man. Zij wilde hem iets zeggen, bleef zij maar herhalen, iets wat hij dringend weten moest voor het geval zij de bevalling niet zou overleven.

Edgar, dankbaar uit de drukte en beklemming weg te kunnen, liet een paard zadelen en reed opnieuw uit, nu om René te halen.

Hij vond hem niet op kantoor, zoals verwacht. Achille zei dat hun broer op vrijdagen vaak verstek liet gaan en dan vast bij de katoenbeurs rondhing in de hoop op handel. Edgar deed daar navraag, maar niemand had hem er gezien. Ook op zijn club was hij niet, of bij restaurant Gem, waar Comus vergaderde.

Toen Edgar onverrichter zake op Esplanade terugkeerde, bleek René daar juist te zijn gearriveerd.

Ook America Olivier had de pijnkreten gehoord en kwam over het achtererf aangehold. In de oorlog had zij in het lazaret geholpen en zij leek te weten wat haar nu te doen stond. Zij legde haar trouwring af, stroopte haar mouwen op, waste aan het fonteintje haar handen en armen grondig met groene zeep en opende met een elleboog de klink van de kraamkamer.

'Stil maar, lieve,' hoorde men haar sussen voordat de deur dichtviel en zij haar vriendin te hulp schoot, 'vertrouw op God en op ons!'

Tegen vier uur 's middags zag het kind alsnog het levenslicht. Dat wil zeggen: het kwam ter wereld, maar zag paars en weigerde te ademen. Thibodeaux gaf het dompelbaden, zeker een minuut of twintig achtereen, afwisselend heet en koud zonder ook maar even te pauzeren, totdat het, alsof het wakker schrok, de oogjes opensperde, naar adem hapte en het op een krijsen zette.

Didi, haren los en haar gezicht bezweet en van spanning rood aangelopen, kwam met de baby naar beneden en legde het kindje in de armen van de vader.

Hij keek onder het laken waarin het gewikkeld zat.

'Het is een meisje.' René kuste het voorzichtig. 'Dan noemen wij haar Jeanne.'

Hij wiegde haar een tijdje, aangedaan, terwijl de anderen zich rond hem schaarden. Toen keek hij op van het nieuwe leven en, plotseling, alsof hem iets te binnen schoot, droeg hij zijn dochtertje aan Edgar over.

'Jouw petekind,' sprak René. 'Als je wilt.'

Edgar hield zijn nieuwe nichtje op de arm, enigszins onthand. Zij was het meest breekbare dat hij ooit had beetgehouden, schoot het door hem heen, gevolgd door het onbevattelijk besef dat *zij* dit al die maanden in zich rondgedragen had.

'Misschien,' vroeg hij, 'moeten we wachten tot Estelle...'

'Zij wil het.'

Edgar staarde naar het meisje en streelde het zacht met een vinger, maar spreken kon hij niet. Hij knikte en gaf de kleine Jeanne voorzichtig aan haar vader terug.

'Geloof me,' zei René geroerd door deze bezegeling van de familiebanden, 'het was haar idee dat jij de peetvader zou zijn. Sterker, dit is waarover Estelle mij per se wilde spreken voordat... Voor het geval dat zij niet sterk genoeg zou blijken... Nou ja, goddank, zij leven alle twee.'

De kersverse vader was geroerd door de tranen van zijn

oudste broer. Die welden echter niet om hun gedeeld geluk, zoals René aannam, maar uit een geheim verdriet, een bitter zelfverwijt waarvan Edgar zo zeker meende te weten dat hij het voorgoed had onderdrukt.

'Ja, zij leven.' Hij stamelde. 'Goddank.'

Op de middag voor Kerstmis werd Jeanne ten doop gehouden, niet in de kathedraal zoals bij vooraanstaande families gebruikelijk, maar in de Heilige Rosa de Lima, een klein houten kerkje in de buurt, tussen Bayou en Colombus.

Het voordeel hiervan was tweeledig: Estelle, nog flink herstellende, kon zo toch aanwezig zijn omdat zij maar vier blokken hoefde te worden vervoerd. Maar vooral: de plechtigheid zou op die plek geen aandacht trekken, zodat het ene sacrament als dekmantel kon dienen voor het andere, want ook het opgedregde weesje, Joie, ontving die dag het doopsel.

Een dubbele doop was op zich niet bijzonder, maar wel bij kinderen van verschillend ras. Ook al rept Mattheüs 28 met geen woord over huidskleur, zo kort na de burgeroorlog zou dit akelige vragen kunnen oproepen, protesten misschien zelfs, zowel van de ene als van de andere kant, want beide rassen hielden niet van menging.

Estelle stond er echter op. En aangezien nergens bewijs was gevonden dat de drenkeling enige initiatie had ondergaan, nam zij het zekere voor het onzekere en stelde haar zieltje, samen met dat van haar eigen pasgeborene, veilig voor de eeuwigheid.

Behalve de Oliviers, die toch al op de hoogte waren, en de familie Degas-Musson zat er niemand in de banken toen

Edgar het pad af liep naar het zijaltaar, waar Estelle al stond opgesteld.

Zij had haar ogen toe. Met twee handen hield zij de rand van de doopvont omklemd.

Edgar droeg Jeanne op zijn ene arm, Joie op de andere.

Hij deed zijn best in de maat te lopen van de harmoniummuziek, maar de organist speelde voor zijn brood in de bordelen rond Congo Square en legde onder de psalm een ritme dat Edgar niet te pakken kreeg.

Op een teken van de priester overhandigde hij Jeanne aan haar moeder, zelf hield hij de andere baby boven de vont. Of Edgar bereid was peetvader voor beide kinderen te zijn, vroeg de dienaar Gods, een vraag waar niemand over had nagedacht, maar weigeren leek te cru.

Uit angst Joie te herinneren aan haar verschrikking vond er geen dompeling plaats, zoals te doen gebruikelijk, ook niet van Jeanne, maar werden beide kindjes slechts met het gezegend water licht besprenkeld. Zij gaven geen kik. Pas bij de zalving met het heilig chrisma begonnen zij te huilen, plots en voluit en als een tweeling zo eensluidend.

Edgar en Estelle maakten beiden hetzelfde sussende geluid en ieder wiegde nu een kindje op de arm heen en weer.

'Staan wij toch nog samen in de kerk,' fluisterde zij.

Haar woorden werden voor de anderen overstemd door het gekrijs. Edgar verstond haar wel, maar wist niet wat te zeggen.

14

In de eerste dagen van het nieuwe jaar leefden zijn ogen op. Edgar schreef dit toe aan een weersomslag. Dagen aaneen werd de hemel aan het zicht onttrokken door een donker wolkendek, zodat alles zachter oogde en gedempt. Tegelijk werden de regens elke dag koeler, zij verdreven de klamme hitte en voor het eerst was het af en toe aangenaam fris.

Dat hij minder last had, kon ook iets met de druppels van Marie te maken hebben, want op een nacht waarin het steken niet te harden was geweest, had hij toch het zelf gebrouwen medicijn maar geprobeerd, waarna hij voor het eerst in maanden ongestoord tot half tien had geslapen.

Hij vond hierdoor een nieuw elan, zijn wandelingen werden langer en bij terugkeer zette hij zich met zoveel zin aan het schilderen dat het vrijwel dagelijks nieuw werk opleverde.

De taferelen werden meer intiem en alledaags: Mathilde aan het einde van de gang, in slaap gedommeld tijdens het waken bij haar jongste; Didi in haar vaste rieten stoel met een overdreven groot verband om haar hoofd tegen een oorontsteking; Achille in de vestibule leunend op zijn paraplu, net terug van kantoor, en Momselle Marceline met opgerolde mouwen, bezweet boven haar strijkijzer.

'Een gezin, wat is dat iets geweldigs,' schreef hij aan Henri Rouart. 'Misschien omdat ik zelf te jong was toen alle zorg op mij neerkwam, heb ik vroeger het familieleven heel anders ervaren, maar nu... Zelf ooit kinderen te hebben! Het zou ten koste van mijn werk gaan, maar wie weet ten bate van mijn ziel. Niet meer altijd de galant te hoeven uithangen, maar weten wat je plaats is in het leven; pater familias. "Achtendertig," hoor ik jou zeggen, "wordt het ook verdomme niet eens tijd?" De liefde van mijn bestaan mag dan vergeven zijn, zij heeft een zuster, ongehuwd. Maar ai, de liefde, telt die dan in zoiets wezenlijks niet? Ik zoek, ik stuur, ik vloek en ik laveer ten einde me nog los te rukken, maar de trieste waarheid blijft, mijn hart ligt al voor anker.'

Op een mooie ochtend, begin januari, stelde Edgar tot ergernis van de Momselles, die het middageten moesten voorbereiden, zijn ezel midden in hun keuken op. Het was vrijdag, alle moeders waren boven met de kapster en hun kinderen hielden zich zolang zelf bezig in de achtertuin. De schilder ging pontificaal voor de open deur staan, waar hij goed zicht op hun spelletjes had. 'Ga toch gezellig bij ze zitten,' probeerde Palmyre nog, maar op deze manier kon hij het hele erf overzien zonder zelf in het volle daglicht te hoeven komen.

Het was een opalen dag. (In zijn cahier staan de winterdagen van Louisiana ingedeeld naar de sterkte van het licht: *fluweel*, *opaal*, *warm*, *schel* of *verblindend*; elke ochtend maakte hij hiervan notitie zodra hij de gordijnen opentrok.) Geelroze rolden de winterwolken vandaag vanuit het westen aan, waardoor het zacht weer was en alles baadde in een beige gloed. Tegen tienen verscheen er oker in het gras en karmozijn in de bomen, waartegen de schaduw zijn grijzen nagenoeg verloor en eerder naar verbrande sienna neigde.

Het werd dan ook een wonderlijk palet, dat Edgar mengde, modderachtig als de Mississippi zelf, met Indisch gele lak. Om hiertegen af te steken hadden de hemden en jurken van de kleintjes straks genoeg aan Napels geel met wat titaniumwit.

Hij koos een niet te groot doek en positioneerde daarop rechts het keukenraam, omhooggeschoven, links de deurpost met de openstaande deur. Daardoorheen is een stuk tuin te zien, links een bloemenperkje, het groentebed met wat koolblad rechts, daartussen het houten tuinhek met het poortje naar de Oliviers. Alle aandacht gaat naar dat buurhuis uit met zijn driehoekig dak, het vlak van hun oostelijke houten muur, gebroken door de uitbouw van een bijkeuken.

Tot zover het makkelijke werk. Vervolgens plaatste Edgar de kinderen op de voorgrond, gezien vanuit de deuropening, schetsmatig, zittend op de dorpel en de treden van het buitentrapje, verschillend in hoogte en grootte, de meeste half gebogen over een spelletje Snap. Baby Joe kijkt toe, geleund tegen de deurpost, en Odile blikt achterom, alsof de schilder haar stoorde in haar spel.

Vasco da Gama rende zo onvermoeibaar heen en weer tussen de kinderen en een nest kwetterende Incaduifjes in de suikeresdoorn dat Edgar uiteindelijk ook hem op het doek plaatste. Waakzaam staat de hond voor het hek, brede schoft, poten ferm op het grint, pal tussen de kinderen en het huis van de Oliviers.

'Alsof hij wéét!' sprak Marie Laveau.

Zij kwam een teil haarspoeling in de gootsteen legen en wierp een blik op zijn werk.

'Zoals hij daar staat, die hond!' zei ze bewonderend. 'Dieren weten meer dan wij.'

Dit was nu een van de redenen dat Edgar nooit met zijn vrienden mee naar Normandië wilde om te schilderen in de buitenlucht; de passanten die dan even bij je komen kijken, zelden uit bewondering, maar om aan te wijzen waar jouw weergave afwijkt van de natuur.

'Alsof hij zeggen wil, die hond: "Pas op! Pas op!"'

Marie stak haar armen in de lucht als La délirante Sarah in de rol van Lysistrata, met rinkelende polskralen en zwepende bedels. Edgar keek geërgerd op, maar iemand die gewend is doden in hun graf te storen om wat verse knekels voor een magisch ritueel, raakt van een boze blik niet snel onder de indruk.

'"Weg van dit buurerf," waarschuwt dat dier.' Laveau

droeg een wijde jurk van geel calico met witte stippen, om haar hoofd een doek van oranje Madras. '"Blijf weg van hier, weg," wil hij zeggen. "Laat ons gezin intact! Het heeft genoeg geleden."'

'Wat een onzin!' lachte Edgar. 'Ik had dat beest alleen nodig voor de compositie.'

'Hij wéét, die hond. Die hond is van alles op de hoogte.'

'Die hond staat daar vanwege de vlakverdeling, puur technisch.'

'In dat geval, bravo!' zei de oude vrouw. 'Dat is het teken van de ware kunstenaar, ons meer te tonen dan hij zelf waarneemt. U bent een ziener tegen wil en dank.'

'Ik heb werkelijk geen idee waar u het over heeft.'

'Dat buurhuis dreigend in de verte... De kinderen bijeengedreven in een hoek...'

Zij spoelde de emmer en plaatste hem ondersteboven op het aanrecht.

'Die ogen van u...' vroeg zij vriendelijk, 'hoe staat het daarmee?'

'Ik heb hoop, dank u. Uw middel bracht een zekere verlichting.'

'Uiteraard.' Zij nam een doek en droogde haar handen. 'En uw zicht? Zijn de dingen nu minder wazig?'

'Zolang ik maar directe zon vermijd, zie ik redelijk.'

'Ook in de verte?'

'Tot op zekere afstand.'

'Mooi.'

Op haar gemak sloeg zij de doek uit, vouwde hem dubbel en hing hem te drogen over een stoelleuning. Toen kwam zij achter hem staan, boog zich over hem heen en wees met een knokige, beringde vinger in de verte.

'Wilt u mij dan eens vertellen wat u ziet?'

Zij wees op het huis van de Oliviers.

Achter een raam van de tweede verdieping waren twee schimmen te zien. Kort, voordat de gordijnen werden gesloten.

'Wij kunnen ons druk maken om onze ogen zoveel wij willen,' fluisterde de oude vrouw. Er was een lichte rotting op haar adem. 'Maar wat hebben wij aan ogen als wij niet werkelijk willen zien?'

Was dat raam het doel geweest bij een schietexercitie dan had hij weer gemist. Het glas reflecteerde te sterk om te weten of de twee daarachter gekleed waren geweest of naakt of om er zelfs maar zeker van te zijn dat het om een man en een vrouw ging.

En toch wist hij onmiddellijk wie het waren.

6, boulevard de Clichy

Parijs, 1912

Achtste verslag

Ik was laat vandaag, pas tegen tienen, in de rue Victor-Massé. Dat is inmiddels meer een bouwput dan een straat; je komt haast niet meer langs de slopers; puin tot midden op de rijweg, alles in een waas van stuivend kruim. Aan de overkant hebben ze Le Bal Tabarin en andere gebouwen moeten stutten. De muren scheuren. Ruiten breken. Vuistdik gruis op iedere vensterbank.

Nou goed, stap ik door het puin, zie ik Paul Valéry voor Edgars deur staan, zijn jas onder het stof.

'Goddank,' riep hij, opgelucht dat ik een sleutel had. 'Al een paar maal heb ik aangebeld, maar hij doet niet open.'

'Is het dringend?'

'Nogal. De huurders van het huis dat wij voor Edgar op het oog hebben, hebben vannacht alles van waarde op een kar geladen en zijn ervandoor. Ik werd uit bed gebeld door de notaris. Er staat een huurschuld van een half jaar die nu op geen mens is te verhalen. De eigenaar, Gontran, wil, om zijn schade te beperken, dat Degas vandaag beslist en ondertekent.'

'Wij zijn er nog niet eens binnen geweest,' zei ik. 'Om te beslissen zal hij toch minstens...'

'De eis is dat de huur direct ingaat. Zo niet, dreigt hij, voor hem tien anderen!'

'Onmogelijk. Wij hebben hier zeker nog twee weken werk.'

'Hoe dan ook, hier is een sleutel voor de bezichtiging, eind van de dag wordt de knoop doorgehakt.' Hij keek me aan en vroeg bezorgd: 'Maak je wel vorderingen met hem?'

'Het is een kaalslag, zo'n verhuizing. De ene dag reageert hij daar beter op dan de andere.'

'Tja,' zei hij, 'het cement van ons geheugen is weerbarstig.'

Ik opende de voordeur. Wij konden de oude man op de eerste verdieping horen, schijnbaar in een beste bui.

'Ecco ccà il Gran Dottoraz,' zong hij. Die cavatina van Cavalli spookt hem nu al dagen door het hoofd, te pas en te onpas geeft hij haar ten beste. *'Campanin e Campanin.'*

'De moeite die wij hebben moeten doen,' zei Valéry, 'om een huis voor hem te vinden in het 9e arrondissement... Als dit ons door de vingers glipt, geef ik het op.'

'Laat mij maar begaan.'

'Let op uzelf!' zei hij bezorgd. 'Zoals een giftige zwam zwart kleurt zodra hij wordt blootgesteld aan de lucht, kan ons leven bederven als het in aanraking komt met de waarheid.'

'Campanin e Campanin, Campanaz e Campanough.' De ouwe stak zijn hand op toen ik binnenkwam. *'Bingh, bengh, bangh e bongh...'*

'U hebt er zin in!' Ik stroopte mijn handschoenen af en knoopte mijn jas los. 'Goed geslapen dus, monsieur Degas?'

'Geen minuut. Ik heb mijn hersens juist gedwongen bij de les te blijven. Ik zing de hele nacht al om ze wakker te houden.'

'Uw hersens en de hele buurt.'

'De laatste dagen, steeds wanneer ik op het punt sta

in te dommelen, krijg ik herinneringen op bezoek: flarden, beelden, zinnen.'

'Da's onze grote schoonmaak die doorwerkt in de kleine uurtjes.'

'Alsof ergens een raam is opengezet en een stapel schetsen opwaait door de tocht. De onderste dwarrelen boven; achter op een blad dat je dacht te kennen, blijkt nóg een krabbel te staan. Je weet niet waar je hem gemaakt hebt. Of waarom. Wat stelde het in godsnaam voor? Je staart je er blind op: iets wat je ooit belangrijk moet hebben geleken. Had het toch beter uitgewerkt, sukkel! Je beseft, wanneer je er middenin staat, niet hoe het leven zal vervagen. Dus nu zit je met een paar vegen in plaats van een kaaklijn. *Bingh, bengh, bangh e bongh,* geen idee meer waar het allemaal op sloeg. Omdat je zo stom was voor de rest op het geheugen te vertrouwen...'

'U blijft er nogal vrolijk onder.'

'In zulke nachten krijg je soms ook een geschenk. Nooit waar je naar op zoek was, maar iets onvermoeds. Uit dat zooitje ongeregeld komt een kleur bovendrijven. Een toets hier, een accent daar. Er komt weer lijn in wat je had uitgedoezeld. Je weet ineens weer hoe die ene schaduw viel... Donker en licht, daarmee begint het, een schim, de zon laag over breed water.'

Datzelfde water overstroomt mijn eigen nachten. Vanochtend liep ik, vlak voordat ik wakker werd, nog langs de kade van diezelfde rivier. Op Esplanade maakte ik ons tuinhek open en daar zat Estelle, wiegend in haar schommelstoel, zo half achterover, soezend, neuriënd... Ik wist zelfs weer hoe de planken kraakten. Soms kropen wij als kinderen onder de vloedfundering en speelden dat het hout boven onze hoofden zo kreunde omdat er een alligator over de veranda sloop.

'Dus als u het niet erg vindt...' Edgar stond op alsof ons onderhoud was afgelopen. Zijn gewrichten waren stijf. Hij wreef over zijn onderrug. 'Ik ga nu liever naar bed dan aan de slag.'

'Dat begrijp ik, maar...'

'Misschien dat u vanmiddag terug kunt komen? Dan haal ik vanochtend in wat ik vannacht aan slaap tekortgekomen ben.'

'Dat zal helaas niet gaan.'

'Morgenochtend dan. Wij slaan een dagje over.'

'Wij zitten niet meer zo dik in onze dagen dat we er een kunnen verslapen.' Omdat hij de ernst niet van mijn gezicht kan lezen, sprak ik streng. 'Zullen we de jas aantrekken? Ik neem u nu mee naar de boulevard de Clichy voor een bezichtiging.'

'Zwaait u hier tegenwoordig de scepter?'

Ik nam zijn hand en legde de sleutel van zijn nieuwe huis erin. Hij woog hem op zijn handpalm, grommend als een kermisbeer die met een stok wordt gepord.

Hoe ver zal het zijn, een wandeling tussen die twee huizen? Als je een beetje doorstapt vijf minuten, zelfs als je drentelt hooguit tien, en toch verloor de blinde in die korte tijd zijn trotse tred. Het eerste stuk ging hij mij op die eigen, overmoedige manier van hem, kaarsrecht, twee stappen vóór om te laten zien dat hij nog heel goed alles zelf kan. Maar gaandeweg de rue Pigalle vertraagde hij en op de hoek van het plein bood hij mij zijn arm. Niet uit galanterie, zoals hij pretendeerde, maar omdat hij zelf steun kon gebruiken.

Het laatste eindje over de boulevard hoorde ik hem, als een acteur die zijn tekst repeteert, de namen mompelen van etablissementen waar wij langskwamen, alsof hij probeerde zich alvast het landschap van zijn laatste jaren in te prenten.

'Is dit het?' vroeg hij toen wij voor het gebouw stonden.

Zijn handen gleden langs de stenen deurpost. Hij telde de sierranden, voelde de smalle, hoge dubbele deuren en de raampjes daarin, en vond de koperen handvatten en de trekbel.

'Dit is de even zijde,' bedacht hij, 'dus nog... drie huizen tot aan de hoek met de rue des Martyrs? En dan moet aan de overkant het Cirque Fernando zijn.'

'Precies hiertegenover,' beaamde ik terwijl hij de sleutel uit zijn zak haalde. 'Klopt. Daar kijkt u recht op uit.'

'Bij wijze van spreken,' vulde hij aan, maar niet bitter.

Twee, drie keer stak hij naast het sleutelgat. Zijn vingers trilden, maar ik hielp hem niet.

Troosteloos, de ene ruimte na de andere is geplunderd. Wat de vorige bewoners aan wrakhout hebben laten staan, dekt nog niet de huur van een handkar om het mee naar de *puces* van Saint-Ouen te duwen.

De hal ruikt naar etensresten, de keuken ligt erbij alsof zij halverwege een maaltijd is ontvlucht: ongewassen borden, een afgekluven botje op de grond, kasten halfopen, fruitvliegjes rond de wijnkruik. Aan een balk boven het fornuis hangen nog slingers verdroogde knoflook en dorre bossen tijm, salie en laurier, alles dik onder het stof.

'Ik zal een opkoper laten komen,' zei ik, 'maar ik ben bang dat die voor deze klus eerder geld zal vragen dan geven.'

Nóg een pand dat schoon moet, was het eerste wat ik dacht. Het lijkt mijn lot om levens leeg te ruimen.

Ik geleidde Edgar naar het midden van het appartement. Hij dronk de ruimte in, draaide rond en rond, luisterend hoe de geluiden van de straat weergalmden.

'Hoge plafonds,' concludeerde hij terecht.

De stemmen van venters, wat jongens die een paard aanspoorden. Niets wat niet wordt gedempt zodra zijn schilderijen hangen en alle prenten in hun mappen staan.

'Tegen deze muur zou mooi de kuifkast kunnen,' opperde ik, maar hij dwaalde al verder. Soms wendde hij plots zijn gezicht, alsof zijn aandacht werd getrokken. Vogels misschien, de bomen midden op de boulevard zitten er vol mee.

'Op het zuiden,' constateerde hij teleurgesteld. Onderscheidt hij toch nog zon van schaduw of voelde hij het aan de warmte?

'En de achterzijde? Zijn de ramen aan de noordkant groot genoeg?'

'Groot genoeg waarvoor?' vroeg ik, want het is niet alsof hij nog ooit koel licht nodig zal hebben om te werken.

Op de trap liet ik hem de treden tellen, tweeëntwintig naar de eerste verdieping, achttien naar de tweede.

'Oogt het ruim genoeg?' wilde hij weten. 'Past al mijn troep erin?'

'Als wij doorzetten en wegdoen wat u niet meer nodig hebt...'

Om zijn zenuwen te overschreeuwen vond hij in iedere kamer wel iets te mopperen – van afmeting of koolgasgeur tot krakende vloerdelen en verkeerd draaiende deuren – en toen wij op alle verdiepingen waren geweest wilde hij nog eens in zijn eentje door het huis.

Terwijl hij met zijn armen voor zich uit van muur tot muur schuifelde, hield ik hem stiekem in de gaten. Stond er ergens nog een taboeretje, dan trok ik het voor zijn voeten vandaan, soms maar ternauwernood.

'Nou, wat zegt u ervan?' vroeg ik uiteindelijk.

Hij haalde zijn schouders op.

'Het is niet alsof ik keus heb.'

'Of bedenktijd.'

Hij stond bij de schouw, rug naar mij toe, en wreef met vlakke hand over het blanke marmer, heen en weer, de hele tijd maar heen en weer over dezelfde plek, alsof hij een oneffenheid gevonden had.

'Het is goed.' Hij fluisterde, meer tegen zichzelf dan tegen mij. 'Dit moet het zijn.'

De beslissing bracht hem uit balans, vrij letterlijk, dus leidde ik hem naar een wormstekige sofa, waarop hij even bij kon komen terwijl ik iets zocht om een dronk mee uit te brengen op zijn nieuwe huis. Maar de wijn in de kruik was verzuurd en het pompwater vertrouw ik niet. Toch had ik behoefte aan een ritueel, dus ik plukte een bos gedroogde salie van de keukenbalk en stak die aan, zoals wij vroeger deden.

'Wat is dat?'

'Geen brand, hoor,' suste ik, terwijl de geur van de smeulende takken zich verspreidde. 'Blijf lekker zitten. Ik trek een paar minuten uit om uw nieuwe woning in te wijden.'

'Als wat, een palingrokerij?'

'Het is zo gebeurd.'

'Die geur...'

'Enkel om het huis te reinigen van oude energie.'

'Salie! U bent salie aan het branden.'

'Om een nieuw begin te maken.'

Hij snoof diep.

'Een indringende geur,' gaf ik toe, 'maar niet onprettig, vindt u wel? Zo deden wij dit thuis. Ik ga er één keer het hele huis mee door en klaar!'

'Om de geesten tot bedaren te brengen...'

'Net als wierook in de kerk. Mijn gouvernantes herstelden zo de harmonie als een van ons ziek was geweest of wanneer er, god verhoede, iemand was gestorven.'

'Voodoo,' zei hij.

'Volstrekt onschuldig.'

'Goedbedoeld. Ik kan het me herinneren.'

'U zult het wel hocus pocus vinden, maar baat het niet...'

'Mag ik?' Hij nam de smeulende salie van mij over. 'Als u dan op de vonkjes let en dat er geen opgebrand blaadje vanaf dwarrelt.'

In iedere hoek van de kamer zwaaide hij – zoals de Momselles dat deden – het kruid twee, drie keer in de rondte, zodat het een spiraaltje zilverwitte rook achterliet. Ik dacht nog dat hij mij voor de gek hield, maar nee, geen spoor van spot. Van de ene ruimte ging hij naar de volgende, soms op de tast, soms geholpen door mij, en voltrok in iedere kamer dezelfde handeling aandachtig.

'Die boze geesten hebben groot gelijk dat zij zich uit de voeten maken,' sprak de oude man zodra de klus geklaard was, hoestend. 'Ik was vergeten hoe dat op je longen slaat, die troep.'

Ik schoof een raam open en doofde het kruid in de verstopte gootsteen.

'Dus u hebt het eerder meegemaakt?'

'Bij mijn broers op Esplanade. Het hele pand stond blauw en alles rook er net als nu naar nagelgruis en lombok.'

'Wie was er gestorven?'

'Niemand.'

'Goddank.'

'Tenminste... niet in huis. Op het erf van de buren was een ongeluk geweest.'

'Voor iemand met sterk bijgeloof kan dat genoeg zijn.'

'Een jonge moeder was verdronken en mijn nicht had haar kind bij zich in huis genomen.'

'Och,' zei ik. En daarna meelevend: 'Erg sympathiek.'

'Het wilde maar niet slapen, dat kleintje. At ook nauwelijks. Hele dagen deed het niets dan huilen.'

'Geen wonder, arm schepsel.'

'Week in, week uit, er werd gevreesd voor de gezondheid van die baby.'

'Het waren de bedienden, zeker, die om een voodooceremonie vroegen?'

'Een oude kapster, die er alle vrijdagen aan huis kwam. Zij vertelde dat het kind de dode moeder voor zich zag. Voortdurend. En dat het daarom huilde. De geest van de moeder kon de pasgeborene niet loslaten, beweerde zij, en zou aan het kinderbed blijven verschijnen tenzij...'

'Allemaal onzin natuurlijk.'

'Natuurlijk. Maar mijn nicht nam het zekere voor het onzekere. Met een bos salie trok zij alle kamers door, en wij er met zijn allen achteraan. In elke ruimte sprak zij, meen ik, ook een formule uit. U kent haar wel.'

'Ken ik haar?' vroeg ik kalm.

'Mijn nicht, u kwam haar van de week nog tegen.'

'Ik?'

'Getrouwd met die schoft van een broer van me. Weet u dat nou niet meer? Dat portretje van die jonge blinde vrouw, waar wij op stuitten. Dat is zij, Estelle, achter op een rekening!'

'Och ja. Uw nicht Estelle, het begint me nu te dagen.'

'Nou, zij dus. Simpele handeling, zo'n ritueel, maar oprecht.'

'En het meisje, begrijp ik, had er baat bij?'

'Het was een meisje, inderdaad, gekleurd, en ja, zodra wij de kinderkamer binnenkwamen viel zij stil. Met grote ogen staarde zij naar de sliertjes rook boven haar wieg. Ik zeg niet dat zij na die dag nooit meer een kik gegeven heeft – wanneer mijn nichtjes eigen pasgeboren baby, met wie zij haar wiegje deelde, het op een huilen zette, huilde zij van harte mee – maar dat redeloos door merg en been ontroostbare, dat onstuitbaar oeverloos gemis, dat leek waarachtig afgenomen.'

'Dus u gelooft erin?'

'Een kunstenaar hoort alles te geloven,' klonk het hartgrondig, 'ook het minst voor de hand liggende. Of nee, juist dat.'

(NB: Ken jij iemand die tegen redelijke betaling huisraad ruimt, een van je kennissen bij Drouot misschien en anders weet Durand-Ruel vast een mannetje. Zou jij dit kunnen regelen, want ik heb hier mijn handen vol.)

Om twee uur kwam de notaris het huurcontract voorlezen. Je broer tekende 'voor zeven volle jaren, tenzij de dood voortijdig een der partijen tot zich roept' en voor maar liefst 'drie maanden borg plus het huurgeld voor de eerste maand, te voldoen bij sleuteloverdracht'.

Edgar opende zelf de stalen kluis die naast zijn bed staat, maar vroeg mij er het juiste bedrag uit te nemen en ik kan je alvast melden: er is geen tekort: bankboekjes, waardepapieren en meer contant geld dan een verstandig mens in huis bewaart.

De rest van de middag hebben wij nog wat stapels weggewerkt: visitekaartjes, verlopen coupons en vergeelde programma's van de opera, waar wij snel doorheen gingen.

'Ik probeer de hele dag al op die namen te komen,' verzuchtte Edgar op een gegeven moment, schijnbaar uit het niets. 'Dat is zoiets onuitstaanbaars! Mijn eigen petekinderen nota bene en ineens willen die namen me niet meer te binnen schieten, geen van beide.'

'Welke namen?'

'Van die kinderen die samen in de wieg lagen. Kent u dat? Dat je weet dat je het weet en toch weet je het niet. Ik zie ze voor me, mijn nichtje met dat weesje. Ik heb ze goddomme op de arm gehad! Ouderdom, wie bedenkt zoiets? Nergens goed voor behalve om een mens krankzinnig te maken!'

'Het blijft bijzonder,' zei ik neutraal, 'zoals uw broer en zijn vrouw zich over die ongelukkige wees hebben ontfermd.'

'Tha!' Die gedachte wuifde hij minachtend weg.

'Niet veel mensen zouden zoiets doen,' hield ik vol, 'voor het kind van een ander. Zo'n drenkelingetje in huis nemen...'

'Van een ander! Wie garandeert me dat?'

'Hoe bedoelt u?'

'Ik bedoel: wie zegt me dat het niet een kind van hém was?'

'Van hem?' vroeg ik.

'Mijn broer.'

'Van uw broer? Maar zij is donker, zei u.'

'Minder donker dan de meesten. Gekleurd heb ik gezegd. Voor hetzelfde geld was zij een halfbloed.'

'Wat een onzin!' riep ik ter verdediging.

'Ik heb het meermaals horen fluisteren.'

'Dan nog...'

'Als dat zo is, als haar vader blank was, een creool, dan laat zich makkelijk raden wie.'

'Wat een ouwewijvenpraat!'

'Het zou verklaren waarom Estelle zich zo om haar bekommerde.'

'Zij had gewoon een groot hart.'

'Dat had ze. En dat heb je nodig ook als je besluit de bastaard van je man in huis te nemen.'

'Ik had u wijzer ingeschat dan af te gaan op roddels,' wees ik hem terecht.

'René heeft van jongs af elke vrouw genaaid die maar een polsslag had, waarom dat arme slavenmeisje niet?'

'Genoeg!' smeekte ik.

'Of dacht u dat mijn afkeer van hem op niets is gebaseerd? Eerst verleidt hij vrouwen en daarna laat hij ze vallen. Het is pathologisch, zo doet hij dat met iedereen.'

Ik stond op.

Die salie overal! Ik had frisse lucht nodig en gooide nog een raam open.

'U haat uw broer,' zei ik geërgerd. 'U wilt hem zwartmaken en zegt daarom maar wat.'

'De avond dat die ongelukkige zich voor hem verdronk, op datzelfde moment, lag hij al boven op de volgende.'

'Om godswil!'

'Ik heb hem zelf aan zien komen rennen, samen met zijn nieuwe vlam, hij en de buurvrouw, helemaal verhit.'

'Waarom zou hij? Hij was gelukkig met Estelle.'

'Geluk hield hem nooit tegen, zijn eigen geluk net zomin als dat van een ander. En dat van Estelle misschien het allerminst.'

Lieve god, waar heb je me in meegesleept? Heb jij er nooit bij stilgestaan, toen je dit hele plan bedacht, wat ik allemaal te horen kon krijgen? Wat ik te weten zou komen? Ik geloof niet dat dit waar kan zijn, ik denk het niet, maar toch... Mijn beeld van jou, alle dank die ik jou voor mijn leven ben verschuldigd, hoe moet ik dat rijmen met het portret dat hij nu schetst? Ik wil zulke vunzigheid niet horen. Niet over iemand die mij dierbaar is.

Dat jullie hebben gebroken, al die jaren terug, schreef ik altijd op *zijn* conto. Die rare bokkige vent. Dat nors gedrocht dat hij geworden is. Geen mens die hem heeft meegemaakt, kan hem verwarren met een makkelijk en meegaand wezen. De karikatuur waartoe hij is verworden. Hem associeert niemand nog met vriendelijkheid, zelfs zijn standvastigste vrienden niet. Dus ging ik ervan uit dat jullie animositeit was ingegeven door diezelfde dwarsigheid – een trek die ik herken in jou – iets wat geboren werd in jullie jeugd. Geef toe, zelf ben jij ook de makkelijkste niet; ooit je ongelijk eens toegeven is jou nagenoeg onmogelijk.

Jullie breuk leek mij niet meer dan zijn manier om zich af te zetten tegen jou, de jongste, knapper, ondernemend, schijnbaar altijd toegelachen door het leven. Niet meer dan *jalousie de famille*, dacht ik; zijn eigenzinnigheid als artiest, grillig en uitbundig, versus jouw ratio van zakenman. Ook toen ik oud genoeg was om te snappen dat jullie ruzie was begonnen om Estelle, dacht ik nog steeds... Zulke rivaliteit leek mij een twist tussen twee broers zoals de natuur die soms ingeeft. Jullie brouille... jammer, dacht ik, maar de schuld daarvan legde ik als vanzelf bij hem, de brombeer die door heel Parijs gemeden wordt. Bij die koppigheid van hem, de stekelige opmerkingen, de manier waarop hij altijd de verkeerde zijde kiest, opzettelijk, gewoon om dwars te liggen en te epateren.

Toen ik voor het eerst aanbelde was ik op van alles voorbereid; dat hij jou niet mag en allerlei lelijks zou roepen, ik had niet anders verwacht. Tegen vloeken en tieren had ik me schrap gezet, de oude man zijn specialiteit tenslotte, zijn gebruikelijk gemor kan ik wel aan, dacht ik.

Maar vanmiddag was het anders; hij sloeg niet zomaar om zich heen. Zodra de pijn om haar naar boven komt, slaat hij naar binnen. Dit bracht mij het meeste uit balans, de toon waarop hij alles eruit gooide, waarachtig, meer verslagen dan strijdvaardig; niet zomaar galspuwerij van een kortaangebonden oude kneu.

En daarmee vervliegt de opzet van mijn interventie: hem aanhoren en zijn hart laten luchten, uithoren, sturen, zien of er nog iets te redden valt, uit laten razen, omzichtig aankoersen op – wie weet – na al die jaren nog eens een ontmoeting. Aan de toenadering waarop jij kennelijk nog altijd hoopt, durfde ik al nauwelijks te denken, niet in die termen, en na vandaag minder dan ooit.

Negende verslag

Onbeschrijfelijk, de ravage die ik vanochtend aantrof! Inbraak was het eerste waar ik aan dacht. Overal tekenvellen, mappen halfleeg. In de hal lagen schetsen op de vloer. Het leek wel of er met grote moddervoeten overheen gelopen was. Had het ingeregend? Het papier was bruin bobbelig opgedroogd, enkele vellen zijn onherstelbaar beschadigd.

Ik knielde neer om te redden wat er nog te redden viel toen ik een brandlucht rook: boven smeulde iets!

Vodden halverwege de trap, proppen in een hoek gegooid, mappen kierend door de spijlen van de overloop. Ik riep. Geen antwoord. Op de eerste verdieping stond de deur naar zijn verzameling op een kier. Zie, dacht ik, een kunstroof! Iemand is erachter gekomen wat een schatten die Degas hier onbewaakt heeft hangen en vannacht hebben zij hun slag geslagen. Misschien heeft een van de verhuizers contacten in de onderwereld.

'Hallo?' riep ik zonder de illusie dat een overvaller terug zou groeten.

Trillend duwde ik de deur open. Binnen was het pikkedonker, maar op de tast vond ik de luiken. Nergens lege plekken aan de muur goddank, El Greco, Tiepolo, Cézanne en Delacroix, ze hingen! Ook de schilderijen die in metersdikke rotten tegen de muur staan, leken onaangeroerd. Zijn 'museum' staat te vol om er in één oogopslag zeker van te zijn dat niets ontbreekt, maar ook de prentenmappen en de uitpuilende laden van de kabinetjes zagen eruit zoals ik mij herinnerde.

Het enige wat opviel, was dat de paardendeken, die het nisje met cahiers verborg, op de grond lag. Hij leek niet per ongeluk van de roe gegleden, maar losgerukt. Beide planken waren leeggehaald, al zijn cahiers verdwenen.

'Het is míjn huis,' snauwde hij nog voor ik iets kon zeggen. Toen ik bovenkwam zat hij op de grond voor de schouw. 'Het zijn míjn spullen, ik kan ermee doen wat ik wil.'

'En dat hebt u zo te zien gedaan ook, maar om godswil, trek er tenminste iets bij aan.'

Ik wierp hem een laken toe, want hij zat daar poedelnaakt.

'Tha,' klonk het minachtend, alsof hier preutsheid het probleem was. 'Hebt u nooit een blote man gezien?'

'Niet een die eruitziet als iets wat een leerlooier te drogen heeft gehangen.'

De haard puilde uit van het papier. Her en der smeulde nog iets, maar het vuur was uit. Veel was verkoold, al viel er nog best wat te herkennen, niet alleen fragmenten van brieven, stukken van cahiers, maar ook tekeningen. Sommige waren alleen aan de randen aangevreten, andere hadden helemaal geen vlam gevat, omdat hij ze in zijn blinde drift naast het rooster had gegooid. Ik pookte rond in de as om te zien wat ik er nog uit kon vissen.

'Het is *mijn* verleden,' morde hij. Hij sloeg zijn laken om als een Romeinse senator, één schouder bloot, en oreerde in de leegte. 'Allemaal voorbij. Ik heb er geen belangstelling meer voor.'

'Er zat werk tussen.'

Hij zweeg.

'Góéd werk.'

'Iedereen is tegenwoordig criticus!'

Hij oogde zwak en grauw. Je ziet zijn ribben door het vel. Ik verdenk hem er al een paar dagen van dat hij nauwelijks nog eet.

'Wat kan het u schelen wat ik wegdoe?' vroeg hij. 'U lijkt Durand-Ruel wel, die liefst ieder krabbeltje te gelde maakt. Al mieter ik alles bij het vuil, wat hebt u er voor belang bij?'

Ik wist geen antwoord, het liegen kost me steeds meer moeite.

'Of geeft die ouwe lorrenjood u soms commissie?' Zijn blinde pupillen priemden in mijn richting. 'Is dat het? Een paar cent voor elke krabbel die u redt van het oud vuil? Zeg op: waarom toont u zo'n ongezond belang in mij?'

'Vijf francs per uur is mijn belang. Eind van de maand heb ik mijn huur en elk uur dat u van onze samenwerking afsnoept door zelf aan de slag te gaan in plaats van dat wij samen...'

'Dat eindeloos geouwehoer de hele tijd over het geringste kattebelletje! Ik lag toch wakker. Ik dacht, dan kan ik net zo goed alvast een handje helpen.'

'En wie dacht u dat met deze ravage geholpen zou zijn, de slopers?'

'Als ik in mijn bed lig, trilt mijn matras van de hamerslagen. Zij komen dichterbij. De balken kreunen in de nacht, ik zweer je dat de muren bewegen.'

Hij schuifelde en tastte rond, maar zo te zien naar niets in het bijzonder.

'Hebt u wel geslapen?' vroeg ik.

'Niet sinds u mij achtervolgt met uw vragen,' snauwde hij. 'Dingen schieten me te binnen in de nacht.'

'Wat voor dingen?'

'Daar gaan we weer!' Hij trok zijn 'toga' over beide schouders en hield hem met twee knuisten bijeen. 'Die nieuwsgierigheid van u, dat is een ziekte!'

Ik raapte spullen van de grond. Schoenendozen en laden, sommige leeggekieperd. Er lagen kussens waarop hij schijnbaar de nacht had doorgebracht, midden tussen zijn verleden. Ik legde zoveel mogelijk terug, maakte zijn bed op, vond zijn uitgetrapte kleding.

'Zoekt u iets?'

'Ik heb uw kleren hier. Ik hang ze over de stoel bij de wastafel.'

'Verdomde bemoeizucht! Hoe sneller u weer buiten staat, hoe eerder ik mijn lieve leven op kan pakken.'

'Wat voor leven?'

Ik zette ramen tegen elkaar open om de vliegen te verjagen. Zijn avondeten stond naast zijn bed, onaangeroerd, en dat van gistermiddag vond ik in de schillenbak.

Ik trok mijn rokken op en knielde tussen de papieren. Brieven voor het merendeel en briefkaarten, maar rekeningen zaten er ook tussen, oude reisbiljetten.

'En nu?' Hij zuchtte. 'U bent toch niet van plan wéér urenlang van alles met mij door te nemen?'

'Uw kleren liggen op de stoel bij de wastafel,' maande ik. 'Zou fijn zijn als u ze aandeed, want ik zie nog steeds meer dan mij lief is.'

'Wat hebt u toch tegen Gods schepping?' morde hij. 'Alles aan het menselijk lichaam is te zien als een bewijs van Zijn bestaan.'

'Niet van waar ik zit.'

Hij graaide zijn kleren bijeen, maar ik hoorde hem achter het kamerscherm grinniken. Hij wil niets liever dan repliek. Die wisselende humeuren van hem zijn de streken van een kind dat aandacht vraagt.

Nu even praktisch dan: hoe laat komen dinsdag de verhuizers? Ik vroeg het aan de jongens van Durand-Ruel, maar die zeiden dat alles met betrekking tot de meubels via jou loopt omdat jij de hele operatie ook betaalt.

Mijn plan is je broer die dag mee uit huis te nemen vóór ze arriveren. Hij is al nerveus genoeg en zou maar in de weg lopen. Wij flaneren wat, lunchen ergens, wandelen daarna rond en zijn dan – zullen we zeggen na drie uur? – op de boulevard de Clichy.

Als zijn meubels daar tegen die tijd staan (misschien kun je ook vast wat tapijten laten uitrollen, kussens in de bank, dat soort dingen), dan is het niet zo verdrietig kaal wanneer wij binnenkomen.

Wat de dozen en kisten betreft: het meeste staat hier in de hal of op de overloop. Ik heb er papiertjes op geprikt. Daarop staat precies waar ze heen moeten, slaapkamer, woonkamer, atelier, en wat ze bevatten, kleren, papierwerk, serviesgoed et cetera. Wijst zich allemaal vanzelf.

De kunstwerken volgen separaat. Dit lukt Joseph en

Georges waarschijnlijk niet diezelfde dag. Zij willen namelijk op het oude adres pas met de doeken in de weer als de rest het huis uit is. Hoe minder kans om ergens tegenop te lopen, hoe veiliger. Zij kunnen desnoods vast wat prenten overbrengen, maar hun vader, die alles in verzekering heeft, verhuist liever de hele boel in één keer. Schijnt dat hij vier gewapende wachters inhuurt om de karren door de menigte te loodsen uit angst dat ergens onderweg iets 'van de wagen valt'. Ik ben bang dat hij de kunstmin van het gemiddelde straatschoffie overschat.

Belangrijk: in het atelier bevinden zich nog wasbroden en klompen half geboetseerde klei. De ouwe staat erop dat alles meegaat. Ook zijn draaitafel, de ijzeren pinnen en draadstalen armaturen. Volgens hem is hij ermee aan het werk. Op zijn manier. Het ziet er stuk voor stuk uit alsof het weg kan, maar dat moet dus niet. Ik heb het in dozen klaargezet. Ook daar zitten briefjes op. Er is hem veel aan gelegen, zou jij dit de verhuizers nog eens op het hart willen drukken?

Tiende verslag

Zij waren er om half negen. Ik heb ze gevraagd van beneden naar boven te werken, zodat de oude man nog op zijn gemak uit bed kon komen. Voor het laatst in zijn oude huis.

Ik bracht hem ontbijt, maar toen ik het dienblad naast zijn bed had gezet, wilde hij mij niet laten gaan. Ik trok dus een stoel bij en dronk een tisane met hem. Wij zeiden niet veel maar luisterden. Schurende tafelpoten, zwaar stampen op de treden. Het opbreken en inladen van zijn hebben en houden weergalmde door het trapgat. Wij spitsten onze oren wanneer er iets werd geroepen, maar zulke kerels communiceren in korte, bitse commando's die voor een ander niets betekenen. Als er iets viel of iemand botste ergens tegenop, verstijfden wij alsof wij onszelf hadden gestoten. Één keer grepen we elkaar zelfs beet.

Nu pas, met vreemde lui in huis, begreep ik hoe vertrouwd wij zijn geworden, hij en ik; iets wat ons, denk ik, allebei verbaast.

Zodra hij toonbaar was, stelde ik voor om een wandeling te maken en om daarna samen te lunchen bij de Nouvelle Athènes.

'Och,' zei hij verheugd, 'wat ben ik daar lang niet geweest!'

Ik vond hem opmerkelijk goed te spreken. Hij was zo druk en levenslustig dat ik me afvroeg of de betekenis van het moment hem soms ontging, maar in de vestibule hield hij in en aarzelde. Hij snoof een paar maal diep als om te onthouden hoe het ruikt.

'Vooruit, wij laten ons leven niet bepalen door wat ons is afgenomen, maar door wat ons rest!' Kordaat trok hij de deur achter zich dicht. 'Eens zien of wij een tafeltje bij het raam kunnen bemachtigen.'

'Voici, monsieur Degas,' zei de ober die in roomboter gebakken brood met gesmolten kaas voor hem op tafel zette.

'Merci Alphonse,' antwoordde hij.

'Ach,' zei de man geraakt, 'hij weet het nog! Herkende u mijn stem?'

'Je loopje.' Trommelend op de tafelrand bootste hij het na. 'Versleten knie. Moordend voor je botten, zo'n beroep, nietwaar?' En toen de man weg was, zei hij tegen mij: 'Jonge kerel nog in het begin, Alphonse, liep ooit als een hazewindhond.'

'Wanneer gebeurt dat,' vroeg ik, 'dat het gehoor zich scherpt?'

'Naarmate meer uit het zicht verdwijnt, ga je vanzelf beter luisteren. Je moet wel.' Hij aarzelde. 'En dan, na een tijdje, word je je bewust van nog een waarneming daarbuiten.'

'Waarbuiten?'

'Moeilijk te zeggen. Ergens voorbij het auditieve...'

'Zaken die je aanvoelt?'

'Zaken die je wéét. Een combinatie van factoren.'

Hij schoof zijn kopje en zijn bord opzij met het elan van een goochelaar die een kaarttruc gaat vertonen.

'Wees even mijn ogen,' zei hij. 'Kijk rond en zeg me of het klopt: aan de bar zitten drie mensen. Twee vrouwen, aan hun stem te horen jong. Zij giechelen maar klinken moe, vannacht hebben ze doorgehaald, vermoedelijk gewerkt; en de derde persoon...' Hij dacht na en concludeerde: 'Een man, denk ik, een handelsreiziger. Aan zijn voeten staat een koffer; zit waarschijnlijk iets van ijzerwaren in, boeken kan ook, iets zwaars in elk geval want toen hij binnenkwam en hem neerzette, dreunden mijn stoelpoten.'

Hij zweeg om bewondering te oogsten.

'Helemaal waar,' lachte ik. 'Twee straatmeisjes die hun verdienste van de nacht verdrinken en een kerel van een jaar of veertig. Mét een bruine leren koffer, zo te zien een colporteur.'

'Op het terras is slechts een aantal tafeltjes bezet. Vier of vijf, zou ik zeggen. Elke keer als een bestelling naar buiten gaat, is er een vlaag wind en slaat de leren tochtlap toe.'

'Klopt. Vijf tafeltjes. Ik vind het knap, maar zulke trucs vertoont de fakir in het Cirque Medrano ook.'

Hij concentreerde zich.

'Achter mij,' ging hij verder, 'op de bank tegen de

wand, met haar rug naar de spiegel, zit een vrouw alleen.'

Met recht frappant: zij zat daar inderdaad, verzonken in gedachten, zo stil en op zichzelf dat zij mij nog niet was opgevallen.

'Zij zal een jaar of zestig zijn,' ging hij verder. 'Afwezige blik, haar hoofd laat zij hangen. Zij zit op de hoek van het middelste tafeltje. Voor haar staat een glas absint, karaf water ernaast.'

Van verbazing vergat ik hem te zeggen dat dit allemaal zo was.

'Zij zit daar al een tijd, voordat wij binnenkwamen in elk geval, dus de karaf zal op een bodempje na leeg zijn. Zij heeft haar absintje er zo vaak mee aangelengd dat die laatste slokken in haar glas nauwelijks nog kleur hebben. Haar schouders hangen ook. Sowieso wijst alles naar beneden, haar mondhoeken, de roesjes van haar blouse, de struisveer op haar hoed. Behalve... haar tenen.' Hij glimlachte tevreden over dit detail. 'Ja, het enig vrolijke aan haar, het enige wat niet naar de grond wijst zijn de punten van haar schoenen.'

'Bestaat niet!' zei ik, want de vrouw – een droevige figuur – zat er daadwerkelijk bij zoals hij haar beschreef. 'Hoe weet u dat?'

'Een truc, u had gelijk,' gaf hij toe. 'Die vrouw zit daar sinds mensenheugenis. Onverzettelijk dronken op haar vaste stek. Het was een gok, ik dacht: óf zij zit daar óf zij heeft zich inmiddels doodgedronken. Ooit heb ik het arme mens geschilderd... Zij hield haar hakjes altijd in de grond geplant, als iemand die zich schrap zet voor een Cake Walk.'

'Nog steeds.' Ik fluisterde want de vrouw keek op. Haar voeten jubelden tevoorschijn onder de smoezelige zoom van haar rok.

'Het geheugen van een schilder is een triest vermaak,'

besloot hij. 'Indrukken waar alle leven uit is, een warme lichtval, schakeringen in toon en kleur, een onderliggende botstructuur... Het zijn dingen die je weet, maar nergens meer kunt plaatsen.'

Ik stopte hem een servet toe, want het emotioneerde hem. Hij veegde ermee langs zijn wangen, eenmaal links en eenmaal rechts, zoals een garagist motorolie afwist.

Om half vijf stonden we voor de deur, later dan afgesproken zodat de werklui al naar huis waren. Onder het mom dat het zo'n fijne middag was, had Edgar geprobeerd het wandelen te rekken.

Ik wilde weer dat hij zijn nieuwe voordeur zelf zou openen, maar zijn handen trilden dit keer echt te erg. Binnen was het stil en duister. De inboedel stond verdeeld over de kamers, maar alles op een hoop, meubels, dozen en kratten opeen als aangespoeld wrakhout.

'Komen die verhuizers nog terug?' vroeg de oude man verbaasd.

'Gaat u vast zitten.' Ik tilde zijn leunstoel van het bureau en stroopte mijn mouwen op. 'Ik ben bang dat ik nog even werk heb.'

Om kort te gaan: ik ben gebroken, maar na anderhalf uur schuiven en sjouwen oogt het in elk geval bewoonbaar. (Ik heb nog hulp nodig met een aantal kasten, een bank en twee tafels. Kun jij zo spoedig mogelijk een paar man sturen? Als ik jou was, zou ik de verhuizer hierop aanspreken, wat is dit voor manier van doen?)

Inmiddels liep het tegen achten. Ik was warm en bestoft en wilde naar huis om te baden.

'Mankeert er soms iets aan de badkamer hier?' drensde hij. 'Ik heb me er verdomme een poot voor laten uitdraaien en nou wil niemand hem gebruiken.'

Angst om alleen te zijn zo'n eerste avond in een onbekend huis... hoe langer je hem kent, hoe makkelijker zijn streken zijn te lezen.

'Nou, dan gáát u toch!' vervolgde hij verongelijkt. 'Maar als het u allemaal niet verfijnd genoeg is, dan had u mij dit hok niet moeten aansmeren!'

Natuurlijk gaf ik toe, groef wat handdoeken op en toen ik na een half uur met nat haar beneden kwam, had hij een zitje voor de haard gemaakt, helemaal zelfstandig. Op een krat, die dienst moest doen als tafeltje, had hij zelfs de kaas en het fruit voor me neergezet, die ik vanmorgen had ingepakt.

'Het enige wat ik niet vinden kan, zijn glazen.' Hij kwam binnen met één hand langs de muren van deurpost naar deurpost tastend, en in de andere een fles wijn. 'Misschien vindt u de doos met glaswerk ergens en anders drinken we om beurten uit de fles.' Besmuikt als een schooljongen op zijn eerste afspraakje sloeg hij zijn ogen neer. 'Ik dacht... zo'n eerste dag in een nieuw huis, da's ondanks alles toch iets om te vieren.'

Als jongens om een kampvuur zaten we, vanzelfsprekend.

'Ik had me geen mooiere afsluiting kunnen wensen,' zei ik na verloop van tijd. Mijn haren waren droog genoeg. Ik stak ze op. 'De perfecte kroon op ons werk.'

'Afsluiting? Afsluiting waarvan?'

'Mijn werkzaamheden.'

Hij knikte verslagen, alsof hij er niet bij had stilgestaan dat die nu ten einde waren.

'Wij hebben het volbracht,' zei ik. 'Samen. Alles is opgeruimd en uitgezocht en wat u nog bewaren wilt, staat hier nu in huis, allemaal keurig bij elkaar in dozen.'

'Werk!' Hij zonk achterover in zijn stoel alsof ik hem zijn levenslust ontnomen had. 'Dus dat is hoe u mij al die weken hebt gezien, als *werk*?'

Ik moest lachen omdat hij zijn drama zo aandoenlijk speelde.

'Andermans ellende is voor u niet alleen een bron van inkomsten maar kennelijk ook van vermaak. Wat dacht u: ik verplant die boom en verder zoekt hij zelf maar uit hoe hij weer wortel schiet? Nou, het spijt me wel, maar er is erg veel waarbij ik u nog nodig zal hebben. Al die dozen, al die kisten...' Hij tastte met twee handen demonstratief in het duister. 'Of mag ik verder zelf uitzoeken wat waar in zit en waar ik het allemaal laat?'

Ik heb beloofd dat ik er nog een dag of wat aan vastplak, waarna hij mij bedankte en me vroeg hem de weg naar boven te wijzen. Daar maakte ik zijn bed op, maar dat bleek de bedoeling niet.

'Ik loop over van inspiratie,' protesteerde hij en hij stond erop vanavond zijn nieuwe atelier nog in te wijden. 'Ik wil aan de slag!'

'U misschien,' zei ik, 'maar ik heb de hele dag met u rondgesjouwd en ik val bijna om.'

'De nieuwe generatie!' schamperde hij terwijl ik hem bij de arm nam en over de gang naar zijn werkruimte leidde. 'Geen wonder dat ze niets tot stand brengt.'

Zijn ezels stonden ingeklapt tegen de muur. Schilderstokken en verfkisten, rollen linnen en andere materialen die hij nooit meer zou kunnen gebruiken, waren in een hoek bij elkaar gezet. Midden in de kale ruimte bevond zich een schraag. Daar zette ik het beeldje op waar hij de afgelopen week aan had gewerkt. De blinde ging ervoor zitten. Met de toewijding van een priester die de ciborie onthult, lichtte hij de doek op, die het boetseersel beschermde.

Het heeft ogen en een neus, daarmee is het meeste wel gezegd, en het lijkt nauwelijks gevorderd sinds ik hem er voor het eerst mee in de weer zag. Als ik eerlijk ben, is het een wonder dat het meegekomen is met de verhuizing en niet in de puinbak is beland. Maar zelf herkent hij er kennelijk iets in, want hij had het amper beet of hij draaide het een kwartslag en noemde mij een kunstbarbaar omdat ik de kop verkeerd om had neergezet.

Hij streek langs de was. Waar die te ruw voelde, streelde hij hem glad. Zo werd kille modder warme huid. Het was de toewijding waarmee een moeder de schrale plekken van haar kind verzorgt.

'Het is laat, juffrouw,' verzuchtte hij alsof ik te veel was.

Hij liet zijn ellebogen rusten en zat een paar tellen gebogen, ouder dan ik hem ooit heb gezien. Toen rechtte hij zijn rug, vermande zich en werkte verder.

'Ga naar huis, u hebt het verdiend, ga toch slapen en laat ons alleen.'

New Orleans, 1873

I

Katoenvelden in de sneeuw.

'Van ons.' René maakte een weids gebaar. 'Zover je kijken kunt.'

Wit op wit. Het deed pijn aan Edgars ogen. Alleen als hij ze samenkneep kon hij het zeldzame schouwspel zien, waar zij die ochtend doorheen trokken.

In de voorgaande nacht, van de 12e op de 13e januari 1873, was een koudefront vanaf de grote meren afgedaald. Het strekte zich uit van Texas tot aan Alabama en had een groot deel van de staat Louisiana bedekt met een pak sneeuw. Omdat er afgelopen herfst niet was geoogst, stonden de struiken onder hun last gebukt, de opengebarsten vruchten nu nog zwaarder van de ijzig dikke vlokken. *Vrieskristallen glinsterend op doffe wollen dotten*, noteerde Edgar, *wolkig alles. In de verte schaduw, blauwend; voorgrond zonovergoten.*

De twee broers zaten te paard. De dieren wasemden en waren schichtig van de kou. Onderhuids voer soms een rilling van onwennigheid door hun kastanjebruine flanken. Zij briesten breeduit warme asem door de frisse lucht, maar stug trokken zij voort. Achter hen een dubbelspoor; donkere voren dwars door hagelblanke akkers.

'Of wij de katoen komend jaar wél van het veld zullen krijgen...' René schudde zijn hoofd. 'Minstens de helft van deze planten is verloren. Alleen al die te rooien en vervangen kost ons een fortuin. Gesteld dat er genoeg werkvolk voor zo'n klus te vinden is. Wij zijn tenslotte niet de enige bij wie het er zo bij ligt.'

Iets voor zonsopkomst waren zij vertrokken, richting Baton Rouge, en toen het licht werd, vonden zij vanaf Lake Maurepas de akkers links en rechts van de rivier onder een verbazend 'blank-wit en parelwit, gelig wit met wit gedekt'. Dit veroorzaakte een troebele verblinding waaraan Edgar later, toen al zijn dagen zich in soortgelijke helle mist voltrokken, vaak heeft teruggedacht. Overigens vond hij de tijdelijke weersomslag wel prettig, eindelijk eens krakend fris de wind in je gezicht na maandenlange broeiing.

'Ik stoot de helft af,' besloot René. 'Er zit niets anders op. Iedereen doet het. Beter nu dan een jaar later wanneer alles staat te rotten.'

In de verte werd al gerooid. Edgar schetste in zijn cahier een groepje werklui, donkere lijven in vest en broek, op papier hun silhouetten, zeis en riek over de schouder. Daarachter twee vrouwen met manden en een kind.

'God, wat een carnaval zullen wij dit jaar beleven!' verzuchtte René ineens. Bij de gedachte alleen al barstte hij in lachen uit. 'Gewoonlijk is het al uitzinnig, maar gezien de huidige misère... Hoe erger wij er hier aan toe zijn, hoe uitbundiger er wordt gefeest. Man, midden in een crisis zoals deze, dat wordt dagenlang totale anarchie, jij zult niet weten wat je meemaakt!'

'Eind februari. Ik weet niet, dat is nog een week of zes.'

'Eerder laten wij jou sowieso niet gaan.'

'Ik moet. Begin maart wil ik terug zijn in Parijs.'

'Jij viert Mardi Gras met ons, ik sta erop. Over een dag of twee arriveren de kostuums die ik heb laten maken in Parijs. Krijg jij de eerste keuze: libellen, kevers, vlinders, lieveheersbeestjes...'

'Niks dan insecten?'

'*Charles Darwin* is dit jaar het thema. Er moet, als het goed is, ook een sprinkhaan tussen zitten en een motje.'

'Charmant,' zei Edgar droog.

'Ga toch als oorwurm, jij,' opperde René, 'dan heb je geen vermomming nodig!'

De broers haalden naar elkaar uit, speels zoals vroeger, eerst tevergeefs met de vuist, daarna met hun rijzweep. Zij spoorden er elkaars paarden mee aan en draafden zij aan zij verder over de velden.

Tegen half tien won de warmte alweer terrein. De zon brak door de wolken en viooltjes gluurden door het sneeuwdek. Rozenstruiken – geel, purper, rozerood – schudden de vlokken af en het blad van de magnolia glom donkergroen van het smeltwater.

'Uit deze kleuren is mijn wereld opgebouwd,' prentte Edgar zich in. 'En toch kan een mens ze uiteindelijk niet onthouden, niet echt, nooit ten volle. Het lijkt onvoorstelbaar nu, maar op een dag zal ik zulke schakeringen nergens meer kunnen vinden. Vergeten zal ik ze, vrij snel zelfs en onherroepelijk, zoals je de stem vergeet van een overleden geliefde.'

De gedachte overmande hem. Niet om zijn eigen lot had hij willen schreeuwen, maar om dat van Estelle; omdat hij ineens begreep waarom zij, ook al moest dat op de tast, per se boeketten wilde blijven schikken.

'Er vertrekt binnenkort een schip naar Brest via Havana,' zei Edgar. 'Ik móét aan de slag. Al was het maar voor het geld. Serieus aan de slag, en dat kan alleen in mijn eigen atelier. Het is het licht hier... het belemmert me.'

Zij wendden hun paarden en volgden de hoge rivierdijk vanaf de bocht bij Bonnet Carré. Het ritme van de hoeven op de klei, net niet synchroon. Over de Mississippi woei de roep van de ene bootsman naar een andere.

'Er is een andere reden waarom ik jou nog even hier wil houden...' René klonk ernstig. 'Ik wil jou vragen om ons vast te leggen. Zoals wij nu zijn. Of jij een schilderij van ons zou willen maken.'

'Van jou en je gezin?'

'Nee, óns. Op kantoor. De firma. Oom Michel, Achille en mij. Met Bill Bell, de partners, gewoon de alledaagse rompslomp, misschien wat loopjongens erbij; het leven zoals wij dat kennen.'

'Wat is dat nou voor onderwerp?'

'Paar weken terug stond jij Baby Joe te schilderen terwijl ze op de bank hing voor de pedicure. Is dat voor de Parijse kunsthandel zoveel spannender dan een blik op onze katoenbeurs?'

'Stel saaie kerels op kantoor.'

'Ik geef je een sleutel. Kun je in en uit lopen, ons bestuderen, schetsen, neem alle tijd die je wilt.'

'Papierklerken, zakenlui die pluizenbollen staan te keuren?'

'Niet opgeprikt.' René klonk licht verongelijkt. 'Gewoon in onze hemdsmouwen. Zoals het eraan toegaat alle dagen. Bezig met ons werk.'

'Wat zou je ervan zeggen om een fotograaf te laten komen?'

'Het gaat niet om de werkelijkheid. Die is mij te treurig. Niet hoe wij te zien zijn, wil ik weten, maar hoe jíj ons ziet. Jouw kijk op ons werk. Zodat daarvan een impressie overblijft.'

Twee pelikanen vlogen geschrokken op uit de mangrove. Laag scheerden ze over het midden van de rivier alsof zij elkaar achternazaten, maar toen doken zij onder water, de een na de ander.

'Dus de zaken worden niet beter,' concludeerde Edgar, 'is dat wat je zegt?'

De vogels doken alweer op, nu tegelijk en ieder met een vis. Zij wierpen hun lange halzen achterover en werkten hun vangst naar binnen. Het gespartel in de snavels en de volle krop verschafte de broers een excuus om elkaar niet aan te hoeven kijken.

'Nog een maand of wat hooguit dan is de boel failliet,' beaamde René. 'Zwijg erover, alsjeblieft. Geen mens weet er nog van, alleen Achille.'

'Ik zeg niks, maar jongen toch...'

'Op dit moment doen wij zoveel mogelijk van de hand voor de best mogelijke prijs. Voorraad, bouwgrond, karren, schepen, roerend goed. Hopelijk genoeg om bijtijds alle schuld aan onszelf terug te betalen, geld dat wij al aan de zaak hadden geleend om gaten te dichten. Als dat lukt gaan wij persoonlijk tenminste niet mee ten onder. Dan verliezen wij de zaak, maar houden wij privé het hoofd boven water. Zolang mogelijk stilhouden, is dus de leus, want zodra naar buiten komt hoe wij ervoor staan, keldert alles en wacht ieder zinnig zakenman de liquidatieverkoop af.'

'En oom Michel?'

'Hoe wij het hém gaan vertellen, geen idee. Kijk, Achille vindt wel ergens een baan, ik richt me op de wijnimport. Onze generatie heeft tijd van leven, wij maken wel een nieuw begin, maar hij... en na het verlies van tante Odile... Soms ben ik gewoon bang dat dit zijn dood zal worden.'

De pelikanen, hun prooi verorberd, wilden zich weer bij hun zwerm voegen. Zij spreidden hun brede vleugels en richtten zich op uit de golven. Om vaart te maken waggelden zij een eind over het water. Zij flapten met hun vliesvoeten als de harlekijnen op de kermis van Saint-Germain, waar de broers Degas als kinderen zo'n pret om hadden.

'Het is een schrale troost misschien, dat zijn zaak tenminste nog zou voortbestaan op doek, wij met zijn allen op een schilderij van jou, maar wie weet, een dergelijk gebaar, het zou de oude Michel kunnen helpen,' zei René. 'Of mij.'

'Maar dat zou weken oponthoud betekenen, een compositie met zoveel mensen... Ik zou ieder eerst afzonderlijk moeten schetsen en uitwerken, studies maken in olie. En nogmaals, zoals jullie erbij zitten achter je bureau... het heeft niet bepaald de dynamiek van races op Longchamps.'

'De kinderen zouden jou ook graag nog een tijd bij zich houden. Om over Estelle maar te zwijgen.'

Zij wendden hun paarden richting Metairie. Je zag de torens van de Saint-Louis al liggen.

'Wat ik echt zou willen is jóú schilderen,' zei Edgar. 'Jij met je gezin. Voluit. Met Estelle en de kinderen. Thuis op een zondag, een familieportret. Laten we reëel zijn: na mijn vertrek zal ik ze niet weerzien.'

Zij gingen in draf. Waar op de heenweg sneeuw gelegen had, was nu modder, zodat klonten aarde in de rondte spatten.

'Hoeveel aandenkens heb je nodig?' René sloeg klonten aarde van zijn jaspand. 'Elke keer als ik een hoek omsla, staat er wel een portret van haar te drogen waarop die eeuwig blinde ogen mij aanstaren.'

'Drie portretten heb ik van Estelle gemaakt. Nee, vier. En wat schetsen. Op ieder daarvan staat zij zónder jou. En ik zou jullie zo graag samen zien.'

'Zou niet weten waar dat goed voor is,' sprak zijn broer kortaf. 'Om jezelf pijn te doen?'

Een tijdlang reden zij weer zwijgend naast elkaar.

'Vind je het erg?' vroeg Edgar ten slotte.

'Dat jij mijn vrouw schildert?'

'Dat ik tijd met haar doorbreng.'

René keek hem aan en glimlachte.

'Welnee, joh, grijp je kans!' zei hij grootmoedig. 'Wat tijd met haar ben ik jou toch minstens wel verschuldigd.' Dit klonk begripvol, maar ook nonchalant als vroeger wanneer René hem toestond zijn croquetset te gebruiken. 'En bovendien, zoals je zegt, het is nog hooguit voor een aantal weken.'

Zij reden de stad binnen, waar het straatleven hun aandacht opeiste, en zij steggelden nog wat, maar ook nadat Edgar had toegezegd het katoenkantoor te zullen schilderen weigerde René nog steeds zich te laten vereeuwigen met zijn gezin.

Zij dronken koffie bij Café Rapide en sloegen bij de nieuwe, vijfde bazaar van de Franse Markt op Decatur zoveel in dat hun zadeltassen uitpuilden en zij het laatste stuk te voet moesten gaan met de dieren aan hun leidsel.

Edgar liep in gedachten en op een gegeven moment bleef hij staan.

'Als jij Estelle verdriet doet,' sprak hij ernstig, 'zal ik jou dat niet vergeven.'

'Verdriet waarmee, omdat ik niet met haar op één portret wil?'

De mannen waren al bijna bij het grote, witte huis.

'Ik meen het,' benadrukte Edgar. 'Je mag haar geen pijn meer doen.'

'Man, waar bemoei jij je mee?' René liet de leidsels los. 'Estelle is mijn vrouw. Als iemand haar moet beschermen dan ben ik dat en niet jij.'

'De vraag is waarom jij wel met je kantoorpersoneel wilt worden afgebeeld maar niet met je familie.'

'Ik zeg je toch: ik wil een aandenken, een in memoriam. Is dat zo gek? De firma is een doodlopende zaak.'

'En je huwelijk niet?'

Verbijsterd keek René zijn broer aan. Hij balde een vuist

en raakte Edgar in zijn maag, zo hard dat hij ineenkromp.

'Jij moet eens leren...' zei René op korte ademstoten, 'je verlies te nemen.'

Ineens stormde Edgar vooruit, wierp de ander tegen de grond en dook erbovenop. Hun paarden stampvoetten geschrokken. Briesend weken zij uiteen, voorzichtig om de vechtjassen niet te vertrappen. Op een paar meter afstand bleven de dieren staan, ieder aan een kant, als om een worstelperk af te bakenen, waarna zij tussen de wortels van de esdoorns en magnolia's iets te grazen vonden. Daar bleven ze staan kauwen met één oog op de broers.

Die leek het menens. Zij rolden door de modder, nu eens de één boven, dan de ander weer. René had het voordeel van zijn oefening en jeugd, Edgar van zijn gewicht en brede bouw. Ieder deelde klappen uit en liep ze op.

En toch, ondanks hun ergernis – of misschien juist daarom – sloop er een vertrouwdheid in hun strijd. Zij voelden dit allebei. Alsof hun lijven zich herinnerden hoe zij, opgroeiende jongens, vaak hadden gevochten, meestentijds om niets. In die zin bracht deze kloppartij meer intimiteit dan zij in lange tijd hadden ervaren.

Er werd nog een aantal rake klappen uitgedeeld, maar de schermutseling verwerd tot een dans, een ritueel waarvan ieder zich het verloop en de uitkomst herinnerde. En zo eindigden ze ook: het vuur doofde en hun spieren verslapten. Op hun rug bleven ze liggen, zij aan zij, happend naar lucht.

'Godsamme, Eddy, krijg de tering!' vloekte René, maar hij hoorde zelf dat hieruit meer affectie klonk dan woede.

'Verdomde klootzak!' De ander deelde zijwaarts nog een por uit die even gebroederlijk beantwoord werd.

Zij krabbelden op, besmeurd, en hielpen elkaar overeind, sloegen het ergste vuil uit hun haren en spraken af dat zij, als iemand ernaar vroeg, zouden beweren dat hun paarden in de modder waren uitgegleden. Hierop namen zij de dieren weer bij de leidsels en wandelden naar huis.

'Ik zal van mijn levensdagen niet begrijpen,' verzuchtte Edgar, 'hoe iemand een vrouw als Estelle ontrouw kan zijn.'

'Dit is nu het grote verschil tussen jou en mij,' zei René. Hij bond zijn paard aan een van de stalen straatbeugels, opende het hek en liep zijn tuinpad op. 'Jij hebt nooit helemaal begrepen wat het is om man te zijn.'

2

'Dus wij mogen jou nog een aantal weken bij ons houden!' Zodra Achille zijn oudste broer met ezel en verfkist het kantoor op Carondelet zag binnenstappen, kuste hij hem, zoals hij sinds de lagere school niet meer gewaagd had, nadrukkelijk op beide wangen. 'God, man, wat doet me dat een deugd!'

'Je ziet,' zei Edgar, 'een mens mist hier net zo makkelijk zijn aansluiting als op het Gare de Passy.'

Hij zette zijn schoudertas op tafel en trok zijn schildersjak aan alsof hij haast had te beginnen.

'*Issy Miché!*' De jongste bediende stommelde de trap op met armen vol opgespannen linnen. De doeken leken te breed voor de deurpost, nu bleven ze achter de deurklink haken. '*Espère! Espère!*'

'Edgar kennende zal hij ons de komende tijd ongelooflijk voor de voeten lopen,' begon René lollig zodra hij de hele afdeling bijeengeroepen had, maar toen brak zijn stem. 'En toch... ik wil jullie vragen die sta-in-de-weg alle medewerking te verlenen, want ondanks alles... het blijft onze broer en Achille en ik...' Hij keek Edgar aan. 'Wij houden van hem!'

Met zijn lage plafond en slechts een paar smalle ramen op het noorden was het katoenkantoor ideaal voor Edgars ogen.

Zijn eerste dag ging heen met zoeken en schetsen van een bruikbaar perspectief. Als standpunt koos hij de verste hoek met zijn rug zowat tegen de muur. De ruimte was beperkt en hij moest er zo'n veertien, vijftien man in kwijt, die zich straks allemaal zouden willen herkennen. Zelfs als hij de belangrijkste figuren – zijn twee broers, zwager Bill en oom Michel – op de voorgrond plaatste, moest hij hun employees daarachter nog zo zien te verdelen dat het er natuurlijk uitzag, ieder geloofwaardig aan het werk op een eigen plek zonder dat iemand een ander afdekte.

Een ramenwand deelde het gebouw in tweeën. Zo'n spel van latwerk en kozijnen vergde veel meetwerk, iets waarin Edgar weinig interesse had, maar bood het voordeel dat hij minder belangrijke figuren daarachter kon wegmoffelen. Door een snel verlopend perspectief te trekken en het verdwijnpunt buiten de ruimte te leggen, achter het hoge, smalle raam in de verte, waar de aandacht van de kijker naar de bomen buiten zou worden getrokken, werd het mogelijk de hele firma binnen de afbeelding te plaatsen zonder dat dit vragen opriep over hun exacte interactie.

In zijn carnet noteerde hij, tussen enkele snelle, ruwe schetsen: 'Tafel vol katoenpluis centraal; twee, drie mensen nemen monsters. Voorgrond: Michel test kwaliteit, Bill Bell net achter hem, *trois-quarts*; John Livaudais (hemdsmouwen) rechts, staand, werkt aan kasregisters. James Prestige op een hoge kruk, zodat hij niet wordt afgedekt door R. Achille overziet van links, tegen ramen geleund, René leest beursberichten.' Hierbij een simpele kadrering, met die cruciale beursnoteringen op het snijpunt van de gulden snede.

'Maar is dat doek niet veel te klein?' vroeg René de volgende ochtend toen Edgar het grondde in een wonderlijk zeegroen.

'Jij denkt aan *Het vlot van de Medusa*,' zei Achille. 'Maar niet ieder zinkend schip heeft zoveel meter nodig.'

Hoe druk er aan alle kanten moest worden gehoosd om de firma Degas-Musson drijvende te houden, las Edgar op de gezichten waarvan hij voorstudies maakte in gouache met inkt en krijt. Op de schetsjes in Edgars cahier ogen ze gelaten, alsof de vechtlust er al uit is en de nederlaag geïncasseerd. De mannen lijken zich in zichzelf te hebben teruggetrokken en zo plaatste de schilder ze ook, een voor een, in zijn compositie: geen groep, maar veertien man apart, zwijgend in die kleine ruimte, veertien stillevens, eilandjes met elk eigen coloriet, een eigen vorm en textuur.

'Ze verdommen het gewoon om stil te zitten!' jammerde Edgar.

Op zondagen, wanneer het kantoor gesloten was, werkte hij aan dat andere drukbevolkte doek, zijn impressie van het kroost van de Degas-Mussons, spelend in de achtertuin.

'Op die leeftijd, wat wil je?' zei Estelle. Zij spreidde een krant over de keukentafel en kwam boontjes bij hem zitten doppen. 'Wees blij met de afwisseling na een week alleen maar dooie dienders!'

De nabijheid van zijn nicht stemde Edgar vrolijk, evenals dat huiselijke ritme van het ge-*dop-dop-plons*. Ergens die middag maakte hij in zijn cahier een snelle schets van haar: ellebogen op tafel, polsen steunend op de pannenrand, mesje in de ene, toef boontjes in de andere hand. Zij draagt daarop haar ogen dicht, geconcentreerd, maar de mondhoeken opgekruld van goede zin.

Zo realistisch en pasteus als het doek van de firma aan Carondelet aan het worden was, zo los had Edgar de spelende kinderen opgezet. Veel werk had het misschien niet eens meer nodig, maar de figuren dienden op zijn minst nog hier en daar gehoogd.

'Hoe zien ze eruit?'

'Schetsmatig, maar raak,' antwoordde de schilder. 'Hooguit wat vlak, ik breng er nog contrast in.'

'Niet op jouw schilderij,' zei Estelle. 'In het écht.'

'Hoe bedoel je?'

'Baby Joe herinner ik me. Zoals zij was. Haar stel ik me wel voor, steviger nu natuurlijk, groter. Van haar heb ik een beeld. Maar de anderen, dat is soms lastig. Ik hoor nu Odile... wie hebben we daar nog meer? Ik hoor Pierre, ik hoor Carrie. Nu jij ze zo aan het bestuderen bent... Ik werd ineens benieuwd: hoe zouden zij eruitzien?'

'Wat een gemis,' zei Edgar.

'Soms. Wanneer ik iedereen hoor juichen omdat mijn kinderen iets bijzonders doen bijvoorbeeld. Heel erg is het niet. Ik kan er ook van genieten dat zij door anderen worden bewonderd. Odile kan al knap tollen, hoor ik. Joe is heel goed met de hoepel.'

'Zij zijn... zacht,' beschreef Edgar hen uiteindelijk, 'schuldeloos,' waarna hij probeerde ieders haarkleur te benoemen, vrij nauwkeurig, een oogopslag, de donzen indruk van hun huid en waar die door de opwinding en warmte rood aanliep. Maar hoewel hun moeder glimlachte en knikte van herkenning, begreep hij wel dat iedere beschrijving hopeloos tekortschoot.

'Ach,' zuchtte zij vergoelijkend, 'liefde is ook een manier van zien.'

3

'Nom d'un nom d'un nom!!!'

Oom Michel verloor zelden zijn decorum, maar de verwensingen die op de ochtend van de eerste februari uit zijn kamer kwamen, logen er niet om.

Didi was er als eerste bij, snel gevolgd door zijn andere kinderen, maar hoe zij ook aanklopten, hij deed niet open, schreeuwend dat zij zich geen zorgen hoefden te maken en dat hij alles later wel zou uitleggen. Maar zijn gestampvoet bleef door het hele huis te horen en er werd met aardewerk gegooid.

'Ik snap het niet,' zei Momselle Palmyre, 'vijf minuten geleden, toen ik hem zijn krantje bracht, lag hij nog ontspannen in de kussens.'

'*The Picayune*!' riep René.

Hij rende naar de Oliviers en keerde terug met de ochtendeditie, opengevouwen op de pagina waarop hun faillissement stond aangekondigd.

'Verdomde aasgieren!' Achille griste hem de editie uit handen. 'Zoiets plaatsen voordat wij iedereen fatsoenlijk op de hoogte hebben kunnen brengen.'

Op dat moment verscheen Michel aan de ontbijttafel. Hij had zich herpakt en schoof aan alsof dit een gewone dag was, sloeg zijn servet uit en vroeg de Momselles of zij de kinderen hun pap vandaag in de keuken wilden serveren, aangezien hij een volwassen zaak had te bespreken.

'Ik weet niet hoe ik dit het beste kan vertellen...' begon hij zodra zij onder elkaar waren.

'Zonder omhaal graag,' zei Estelle. 'Ik heb in mijn leven te veel onheilstijdingen moeten aanhoren om iedere keer de hele aanloop uit te kunnen zitten.'

'Het is zover...' Hij schraapte zijn keel en keek naar René, Achille en Bill, maar geen van drieën schoot te hulp. 'De firma stopt. Op 1 maart draag ik de zaak over aan James Prestige, schulden en al.'

Commotie volgde. Iedereen had vragen.

'Als familie moeten wij misschien een aantal stappen terug doen,' zei Michel, 'maar wij zullen overleven.'

'Mijnheer Prestige kon kennelijk niet wachten,' schamperde Mathilde, terwijl zij in de krant las dat de nieuwe eigenaar de ontbinding van de oude firma aankondigde alsof Michel vanwege pensionering terugtrad.

'Liquidatie,' verduidelijkte Achille. 'Wat er nog aan klanten en orders rest, neemt Prestige over en dan zet hij de zaak onder zijn naam voort.'

'*De Gas-Musson*,' verzuchtte oom Michel toen Didi zijn hand pakte, 'wat zijn wij al die jaren een begrip geweest. Niet meer. Niet meer.'

Edgar wierp ondertussen een oog op het krantenbericht. Het stond tussen de dagelijkse, hartverscheurende oproepen van voormalige slaven die hoopten, nu zij vrij waren, nog ergens op het Amerikaanse continent kinderen of ouders terug te vinden, broers of zussen van wie zij met geweld waren gescheiden op de dag dat zij in de haven waren gelost en per opbod verkocht.

'En nu?' vroeg Estelle zo kalm mogelijk. 'Praktisch gesproken. Waar gaan wij van leven? De kinderen...'

'Zij zullen nooit iets tekortkomen,' sprak Edgar geëmotioneerd. Een tel eerder schoot het nog door hem heen dat hij misschien beter met de kleintjes mee de kamer uit had kunnen gaan. Hij had tenslotte met de zaken niets te maken, maar ineens ontviel hem dit. Hij legde zijn hand geruststellend op haar onderarm. 'Het zal de kinderen aan niets ontbreken, dat beloof ik je.'

Dit had Renés tekst moeten zijn. Dat voelde iedereen.

'Geen dag van armoede,' benadrukte Edgar nog fluisterend. 'Daar zal ik hoogstpersoonlijk voor zorgen.'

Een zwager in de rol van echtgenoot.

Sommigen keken hem aan.

'Dat is erg attent van je, Edgar,' zei Didi om de gêne te doorbreken. 'En genereus. Maar zover is het niet en zal het hopelijk nooit komen.'

'Komt tijd, komt raad,' zei Estelles man geërgerd. 'Ik heb mijn wijnhandel nog. Die kan ik uitbouwen. Zoals Michel zegt: wij kunnen ons misschien niet direct weer zomaar alles veroorloven, maar de kinderen hoeven geen gebrek te merken. Dit zeg ik je, één ding: zij komen niets tekort.'

Maar hij klonk als een acteur die vanuit het souffleurshokje had moeten worden voorgezegd.

4

Omwille van de kinderen, maar ook om de stad hun opgeheven hoofd te tonen, togen de Degas-Mussons zoals elk jaar aan de vooravond van Mardi Gras naar Canal Street om de optocht te zien.

René was die ochtend met een vliegenmasker en twee blauw gazen vleugels in een rugtas al vroeg van huis gegaan naar zijn geheime Pickwick-club om met de *Mystick Krewe of Comus* mee te lopen in de optocht.

De rest van de familie vertrok aan het eind van de middag in vijf rijtuigen van Esplanade, maar bij Jackson Square liepen zij vast in de menigte en moesten zij te voet verder.

Edgar tilde Estelle uit de koets. Hij hield haar, heel even maar, omhoog in zijn gestrekte armen. Toen hij opkeek, zag hij achter haar de hemel. Alsof zij vloog. Zij bleef in evenwicht, maar slaakte toch een gilletje en greep zijn polsen, zocht houvast, en toen hij haar op de stoep zette, boog zij als een equilibriste sierlijk door de knieën en riep: 'Hoppa!'

Het feest werd voor het eerst met calciumlampen verlicht. Zoals René voorspeld had, was het dit jaar uitbundiger dan ooit. Alles zinderde van een opgewonden vrolijkheid, die de oudste inwoners deed denken aan het allereerste carnaval van New Orleans.

Mardi Gras was er in 1837 ingesteld als remedie tegen de depressie. Aanvankelijk waren het vooral bals en tuinfeesten, georganiseerd door de gegoede burgerij, maar binnen enkele jaren verspreidde de vrolijkheid zich door alle wijken, waar zij werd verrijkt met Afrikaanse ritmes en rituelen uit West-Indië. Ook oorspronkelijke bewoners van de streek begonnen het feest mee te vieren, de Houma en Biloxi, Choctaw, Chapitoula, Opelousa en Tanghipahoa. Zij waren verdreven naar drassige dorpen langs de Atchafalaya, maar hun mannen werkten als seizoenarbeiders in de haven en lieten met Vastenavond hun families overkomen om te dansen rond Congo Square, de plek waar hun voorouders hadden gedanst om de maïsoogst te vieren.

Tijdens de bezetting verboden Butler en zijn Unionisten het feest, maar het woekerde binnenskamers door, zodat het na de burgeroorlog als vanzelf weer oplaaide.

Nu de staten waren verenigd en voormalige slaven vrij de straat op mochten, namen zij het met hun eigen instrumenten en drums op tegen de strakke marsritmes en Engelse harmonieën van de *marching bands* en de Franse wijsjes van Creoolse muziekkapellen, resulterend in een opzwepende uitbundigheid die haar gelijke ter wereld niet kent.

Het was de kleinste Degas-Mussons onmogelijk in hun rijtuig stil te blijven zitten. Handlezers en steltlopers zagen zij, verkopers van vliegers, suikerpinda's en haargroeimiddelen, en een acrobaat die over een draad boven Bourbon Street liep, spelend op een accordeon. Amper waren de kinderen uitgestegen, de gazen vleugeltjes op hun kostuums trillend van verwachting, of zij vlogen alle kanten op waar zij maar bomba's of trompetten hoorden, concha's, tamboerijnen, cymbalen en gezang.

'Hoe zien zij eruit?' vroeg Estelle.

'Alsof de ramen van het keverkabinet in de Jardin des Plantes open zijn gezet,' lachte Edgar, 'en nu zijn de coleoptera ontsnapt!'

Zij werden achternagezeten door de Momselles wier ondankbare taak het was ze in het oog te houden. Hierbij kregen Palmyre en Marceline hulp van Baby Joe, die zich als oudste voor de anderen verantwoordelijk voelde. Maar ook zelf hielden de kinderjuffen hun heupen niet stil en al snel zwierden zij met hun pupillen over straat, handen in de lucht en hun bloemenkettingen wiegend op de maten van de *la la* en *juré*.

'Toch houd ik maar steeds het ongemakkelijke gevoel,' noteerde Edgar, 'dat deze stad een Januskop draagt, levenslustig aan de ene kant, anderzijds vol wrok.'

Die dubbelheid werd gevoed door de optocht. Zodra de politieke facties hun carnavalsmasker voorbonden, lieten zij hun wrevel de vrije loop. Twee jaar geleden was een clown vermoord omdat hij een paars hoedje droeg, de kleur van de oppositie, en vorig jaar waren de gemoederen opgestookt door een cavalerie in Ku-Klux-Klan-kostuum.

Dit jaar was daarom een onschuldig thema gekozen, *Darwins missende schakels*. Er waren dan ook weinig provocaties. 'Het Beest' Butler werd weliswaar als haai verbeeld, als alligator en hyena, en president Ulysses S. Grant, een berucht kettingroker, als rups op een tabaksblad, omhuld door de sigarenrook die hem zijn keelkanker zou bezorgen, maar verder was de sfeer gemoedelijk.

Edgar liet Estelle geen moment van zijn arm, want de straten waren overvol en hier en daar was men al aangeschoten. Hij behoedde haar voor stoepranden en kuilen in de weg en beschreef haar de parade.

De eerste van zes divisies, *Rex*, werd voorafgegaan door een wijnrode banier met het opschrift: *Maak Plaats voor de Koning!* Zijne Majesteit was een commandant van de Federale troepen in dramatische make-up en een gouden Egyptisch gewaad, overdekt met juwelen die in de zon zo sprankelden dat Edgar zijn blik moest afwenden. Zijn manschappen hadden zich uitgedost als Arabische artillerie, gevolgd door een volledig regiment verkleed als *spahis*, Franse Nijl-cavalerie, gehuld in grijze mantels met lichtblauwe kepies.

Zij werden gevolgd door de *Boeuf Gras*, een vetgemeste stier, versierd met bloemen en appels, en zeven carnavalswagens waarop Shakespeares *Leeftijden van de Mens* waren uitgebeeld. Hierna verscheen een vloot van vijfenzeventig wagens, alle afgeladen met de leden van een Mardi Gras-vereniging, die een vol jaar aan hun vermomming hadden gewerkt.

Het volgende onderdeel werd ingeluid door de Lord High Sheriff van de Gildes en kwam Edgar voor als 'typisch iets voor Amerikanen, die zelfs een feest nog aangrijpen voor zakelijk gewin': een processie van zo'n zesduizend gemaskerde producenten en winkeliers met reclameborden voor de meest uiteenlopende producten van *Gypsy Queen slijmoplossing* tot *Pelikaanmest* en van *Dr. Wickhams Waterzuchtdruppels* tot *Betsy's Opperbeste Beignets*.

'Heb jij René al ergens gezien?' vroeg Estelle na een tijdje. 'Hij zou met zijn kornuiten een brigade vormen van insecten.'

De Krewe of Comus hield zich echter nog schuil. Zij

waren op een schandaal uit en doken halverwege de route pas op, toen de parade langs het Variététheater trok waar de Pickwick-club zijn optreden had voorbereid als een militaire operatie.

Hun bijdrage besloeg maar twee wagens, eerder saai dan controversieel, en hun vliegenmaskers, met facetogen van papier-maché, zouden geen stof hebben doen opwaaien als niet aan het hoofd een ezel had gelopen, die een groot, door toortsen verlicht smaadschrift omhooghield.

De tekst was op rijm en satirisch bedoeld, quasiheroisch in de stijl van Alexander Pope, en bespotte de Noorderlingen met hun nieuwe orde. De Republikeinen werden voorgesteld als een sprinkhanenplaag die alle oogsten deed mislukken. En hun stadsbestuur werd te kijk gezet als een orgie van de laagste dierenorde, een neergang van de soort. In scabreuze kwatrijnen werd beweerd dat ieder van hen het tegen betaling met allen doet, ten koste van de nobeler inheemse, Zuidelijke dieren.

Nog voor het einde van Canal Street werd hun de weg versperd door een groep woedende mannen. Er vielen harde woorden en rake klappen, maar de Metropolitan Police, in die dagen meer een federale militie dan een stedelijk korps, trad pas op toen ook een knokploeg van de Crescent City White League zich met het opstootje bemoeide. Die lui, verkleed als makaken en zeepaardjes, zagen er komiek uit, maar zij waren uit op rassenrellen en droegen hun revolvers en geweren in de aanslag. Gewonden vielen er niet, maar er werd toch besloten de parade te beëindigen voordat de wagens het Vieux Carré zouden binnentrekken, waar de orde in de volle, smalle straten nauwelijks viel te handhaven.

5

'Wat een geluk dat jij die sleutel hebt,' verzuchtte Estelle toen zij zich een half uur later haar vaders kantoor op Carondelet binnen haastten. 'Denk je dat René veilig weg heeft kunnen komen?'

'Da's zo'n vechtersbaas,' stelde Edgar haar gerust, 'die slaat wel van zich af.'

Buiten was de carnavalssfeer omgeslagen. Na het afgelasten van de optocht was de massa plots doelloos alle kanten uit gegaan. Mensen waren prikkelbaar en ongedurig door het onverwachte eind aan hun plezier. Zij werden in stromen meegesleurd en botsten tegen elkaar op. Hierdoor ontstonden op meerdere plekken verhitte opstootjes, waarvoor anderen weer op de vlucht sloegen zodat kinderen onder de voet dreigden te worden gelopen. Het viel niet mee een blinde veilig door een dergelijke chaos te manoeuvreren, zodat Edgar een zijstraat in dook waar ze in het gebouw van de voormalige firma konden schuilen totdat het op straat wat kalmer zou worden.

'Ach ja!' Estelle herkende direct de geur die er nog hing. 'Zaadolie en droge aarde! Zo rook het als er nieuwe dotten werden uitgeplozen!'

'Kwam jij hier vaak?'

'Soms. Na school. Ik mocht op papa's knie zitten en dan leerde hij mij hoe je een goede baal kunt onderscheiden van een slechte. Ruikt hij dor, beetje muf, dan deugt hij, maar soms kruipt de rot erin. "Nooit een partij goedkeuren, waar je niet met je neus in hebt gezeten!" Arme papa, failliet zo kort na mama's dood.'

Alle lades waren leeggehaald en de kasboeken waren al van de planken. Het archief zat in dozen, klaar om naar de opslag te verhuizen, maar het meubilair stond waar het altijd had gestaan, zodat Estelle haar vaders bureau zonder hulp vond. Haar vingers volgden de nerven van het hout en een breuk in het lederen schrijfblad.

'Het is gek, wanneer een oorlog eindigt ga je ervan uit dat alles beter wordt.'

'Nooit ergens van uitgaan,' zei Edgar. 'Dat heb ik wel geleerd.'

Zijn schilderij van de firma stond nog op de ezel, maar de verf was droog. Hij bracht haar vingers naar de randen van het doek, dat zij voorzichtig aftastte.

'Je vader zit op de voorgrond,' beschreef hij, 'keurig in zijn hoge hoed. Naast hem staat een lege stoel.'

'Voor Mama.'

'Hij pluist een dot katoen en keurt.'

'En de anderen?'

'Achter hem. Aan hun werk. Rond de tafel, staand. René is de enige die ook zit, iets ter zijde van jouw vader, en hij leest.'

'In de krant, ja, hij vertelde het, de editie waarin ons faillissement wordt aangekondigd.'

'De voorpagina van die dag heb ik op de valreep toegevoegd.'

'Wrang detail.'

'En ik maar beweren dat zo'n kantoortafereel geen drama kon bevatten.'

Zij luisterden een tijd naar de geluiden buiten. Daar leek het ergste rumoer voorbij. In de verte werd alweer gezongen. Er trok een groepje langs in polonaise.

'Een katoenplant moet sterven voor zijn bloei,' zei Estelle, die in de hoek van oom Michels bureau nog een paar dotten had gevonden. Zij rook eraan. 'Wist jij dat? Ik vond dat zo erg, als kind. Ik weet nog dat ik het hoorde. Eerst wordt de stengel gelig wit, dan rood. Pas als hij dood is, drogen de bollen uit, springen ze open en komt dat prachtige katoen eruit.'

Plots klonk er geluid in het gebouw.
Iemand kwam binnen vanaf de straat.
Gelal van stemmen beneden, kort, maar het verstomde weer direct.
'We hebben toch de deur niet open laten staan?' vroeg Estelle. 'Soms ben ik zo bezig met wat er vóór mij is, dat ik vergeet...'
'Nee, nee, ik heb hem zelf in het slot getrokken.'
Zij luisterden opnieuw.
'Het zal toch niet... Er wordt op feestdagen vaak ingebroken.'
Was dat gestommel op de trap? Een aantal treden maar en toen was het ineens weer stil. En daarna opnieuw een stem, een lachje. Wat ze ook kwamen doen, zij waren minstens met zijn tweeën.
'Het is zeker niks,' zei Edgar stellig.
'Misschien Prestige, die alvast wil pronken met zijn nieuwverworven eigendom.'
'Wie het ook is, goed volk in elk geval, zij kwamen binnen met een sleutel.'
Maar hij fluisterde, want die aarzeling beneden was wel vreemd, alsof de onbekenden niet goed verder durfden op de trap. Nu eens een paar treden, dan weer niet. En telkens opnieuw dat lachen dat onmiddellijk werd onderdrukt.
'Blijf jij hier.' Edgar nam een wandelstok uit de bak. 'Ik ga wel kijken.'
Juist toen hij de deur naar de hal opende, klonk er een kreet.
'Wat nou?' Estelle schrok op en stootte zich. 'Toch insluipers?'
'Welnee, welnee!'
Hij droeg haar op in oom Michels kantoor te blijven, stapte zelf de gang op en sloot de deur achter zich. Hij liep naar beneden, maar hoefde niet ver om te weten dat, zoals hij al vermoedde, die kreet daarnet niet was geslaakt van pijn.

Op de overloop stond een stelletje te neuken. De man had zijn broek op zijn enkels, de vrouw, die verkleed ging als Madame de Pompadour, had haar rokken opgeschort en hield ze met twee handen omhoog zodat de kerel bij haar binnen kon.

Zij waren die avond vast niet de enigen die even ergens een donker hoekje zochten.

De man stond met zijn rug naar Edgar toe en zij, tegen de muur gedrukt, hield van genot haar ogen dicht, zodat de schilder even tijd had het tafereel in zich op te nemen. Hun spel, nogal gevorderd voor die korte tijd, leek al te versnellen naar het einde en dit bezorgde hun zo'n plezier dat Edgar zelfs nog gêne voelde om het paar hierbij te storen.

Maar toen, plotseling, zág hij en hij begreep hoe die twee aan een voordeursleutel kwamen.

Later, wanneer hij het verhaal wel eens vertelde aan zijn vrienden in Parijs, beweerde hij dat hij de pompende billen aan hun haargroei had herkend, maar in werkelijkheid herkende hij het vliegenmasker en de blauw gazen vleugeltjes die naast René op de grond lagen. En het volgende ogenblik herkende hij zijn medespeelster ook: de pianolerares, America, wier poederpruik door alle geweld over haar ogen zakte. Toen zij ze opende om de haartooi recht te zetten, zag zij dat zij waren betrapt en zij verstarde.

In twee sprongen was Edgar bij ze. Hij greep zijn broer bij de schouders, maar die verkeerde nog te zeer in extase om volledig te bevatten wat hem overkwam.

'Godverdomme!' vloekte René. 'Kunnen wij dan nooit eens ergens alleen zijn!'

'Stil! Wees in godsnaam stil!'

'Heb jij enig idee wat dat met een man doet? Eddy, godverdomme! Als je van iemand houdt en je hebt nooit eens vijf minuten samen!'

'Bek houden nu en wegwezen!' riep de oudste terwijl hij de afgestroopte broek van zijn broer omhoog probeerde te sjorren. Dat viel nog niet mee. En ondertussen wist de pianojuf niet wat zij het eerst moest fatsoeneren, haar rokken of haar pompadoer.

'Zeg, ben jij krankzinnig?' René sloeg zijn broer van zich af. 'En trouwens, wat moet jij hier?'

'Wegwezen,' siste Edgar. 'Allebei. Eruit. Nu!' Hij wierp het masker alvast naar beneden en trok America Olivier, die alles sprakeloos liet gebeuren, mee aan de arm.

'Laat haar los, Eddy!' René hield hem tegen. 'Eddy, wat bezielt jou?'

'Je begrijpt het niet: zij is híér.'

'Wie is hier?'

'Zij!' Madame Olivier begreep het direct. 'Zij, René, zij!'

Op dat moment staakte de schermutseling en zij wendden alle drie hun blik naar boven, want daar werd de deur van het kantoor geopend. Estelle stapte naar buiten. Voorzichtig zette zij twee, drie stappen naar het trapgat, tastte met uitgestrekte handen voor zich, vond houvast aan de trapleuning en boog over de balustrade.

In de eeuwigheid die volgde, hield daar beneden iedereen zijn adem in. Het was onmogelijk te zeggen hoeveel de blinde van hun gesprek had opgevangen. Wist zij überhaupt dat zij daar stonden? Ieder schatte zijn kansen in.

'Wat doen ze?' klonk het naar beneden.

'Niets meer,' antwoordde Edgar. 'Niets.'

Hij had nog een tel nodig om zijn houding te bepalen, maar toen draaide hij zich van de anderen af alsof die niet bestonden en liep gedecideerd naar boven.

'Wat het ook was,' zei hij, 'het is in elk geval voorbij.'

Maar zij bleef in het trapgat staren, alsof zij hen daar kon zien staan, betrapt en wel. Hij nam haar arm, leidde haar terug naar binnen en sloot de deur, zodat de overspeligen zich uit de voeten konden maken en hun toevlucht zoeken op het feest.

Estelle was hierna stil – stiller, dacht hij, dan voorheen. Maar zij refereerde niet meer aan het voorval.

6

Drie dagen later liep Edgar in zijn eentje over het perron van Lake End Station. Precies zoals maanden geleden deed de zonneschittering hem pijn. Misschien nu zelfs iets meer. Hij moest zijn ogen samenknijpen om de nummers te kunnen lezen op de wagons van de trein die hem terug zou brengen naar New York.

Na het incident op het katoenkantoor had hij zijn spullen gepakt. Op één blad na nam hij al zijn werk met zich mee, elke schets en ieder doek, álles, ook wat in opdracht was gemaakt en al aan iemand beloofd. Alsof hij de sporen van zijn bezoek probeerde uit te wissen.

Door het raam van zijn coupé zag hij de torens van de Saint-Louis in de verte en aan het einde van de levee het goederendepot, waar zijn familie had staan wachten toen hij aankwam. Zij wilden hem vandaag ook komen uitzwaaien, maar dat had hij afgehouden. Dat het afscheid hem dan te emotioneel zou maken, had hij beweerd. Toen hij op Esplanade het rijtuig nam, hadden ze van jong tot oud opnieuw aangedrongen, maar uiteindelijk reed hij alleen weg. Hij had zijn hand nog een keer opgestoken maar zonder om te kijken.

De locomotief kwam op stoom. Het ijzeren spoor deinde op de heipalen die het boven het moeras hielden. Voorbij Saint-Tammany verdwenen de wagons in een donkere tunnel van overhangende gomboomtakken, een woeste woekerwereld waar de machinist af en toe de zware koperen hoorn liet klinken om alligators te verjagen die zich lagen te warmen op de rails.

Edgar concentreerde zich op een plan dat de laatste dagen in hem was gerijpt. Het zou een manier kunnen zijn om werkelijk iets voor Estelle te betekenen, maar ook het keerpunt in zijn werk, de omslag waarop hij hoopte toen hij de reis naar Louisiana ondernam.

Háár en haar kinderen mocht het nooit aan iets ontbreken, dit was het uitgangspunt. Als René zijn echtgenote niet kon onderhouden, dan zou *hij* dat doen. Deze belofte laaide maar de hele tijd door zijn lichaam. Telkens wanneer hij hier bewust aan dacht, haar kostwinner te worden, voer er een warmte door zijn aderen van onder uit zijn maag tot in zijn vingers en zijn tenen, alsof hij een glas whisky achterover had geslagen; een uitgelaten tinteling was het, zoals hij die alleen lang geleden in Parijs wel had gevoeld in de tijd dat hij op haar verliefd werd.

Hij droomde weg op de cadans van de wielen. En hoewel die hem bij haar vandaan voerden, scheen zij hem nader dan vanochtend, alsof zij nu *in* hem was in plaats van daarginds.

Vorig jaar had Paul Durand-Ruel eens op hem ingepraat tijdens een lange strandwandeling in Deauville. Haarfijn had hij uitgelegd welke onderwerpen verkoopbaar waren en waarom – de herkenbare, naturalistische scènes uit de Opéra en de café-concerts – en welke hij aan de straatstenen niet kwijt kon. Paul had een lijst gemaakt van de Degas' die de afgelopen tijd het meeste hadden opgebracht: zijn jockeys op hun paarden, zijn danseresjes, de vrouwen in de hoedenzaak; eigenlijk alles wat hij had gemaakt vanwege een herinnering aan háár. Edgar wilde er toen niet aan. Hij maalde op dat moment niet om geld en had de goede raad wrokkig afgewimpeld: een kunstenaar laat zich niet sturen!

Maar vandaag, nog voordat hij de staatsgrens over was, stond zijn besluit vast: niet langer gelummeld! Wie wist hoe lang hem het licht in de ogen nog gegund zou zijn? Wilde hij genoeg verdienen om zijn familie te kunnen ondersteunen dan had zijn carrière een agressievere aanpak nodig. In die meest populaire werken had hij nauwelijks olieverf gebruikt, bedacht hij, kennelijk was er op dit moment vraag naar andere materialen. In zijn cahier maakte hij alvast een lijstje: 'Opaak: *peinture à la colle*, pastel, gouache.'

Tijdens een tussenstop in Jackson, Mississippi, begon hij een brief waarin hij Tissot vroeg mee te werken aan een tentoonstelling, 'dit jaar nog', waarin zij zich als groep zouden presenteren, 'een salon nadrukkelijk voor Realisten'. Het was een gepassioneerde oproep waarin hij voor het eerst niet sprak over zijn doeken of schilderijen, maar over 'mijn artikelen'.

Die avond in de wagon-lits was hij te vol van alle plannen om te slapen. Als hij zijn ogen sloot, zag hij de tekening voor zich die hij die ochtend had gemaakt, nog even snel in haast, een schetsje van Estelle met de twee baby's.

Toen hij aanklopte om gedag te zeggen, had zij Joie in de ene, Jeanne op de andere arm. Op de canapé zat zij, een kussen in haar rug, haar ellebogen door twee andere kussens ondersteund. Haar blouse was dichtgeslagen, maar na het zogen niet volledig toegeknoopt. (Dat zij beide kinderen de borst gaf, ook het vondelingetje, lag voor de hand, maar er werd in huis over gezwegen. Kwam er bezoek dan brachten Marceline en Palmyre het donkere kindje snel naar achteren, want de politieke situatie bleef explosief en het laatste wat een noodlijdende familie nodig had, waren lastige vragen over segregatie.)

'Ik moet gaan,' was het enige wat hij kon zeggen.

Maar in plaats van te vertrekken, had hij zijn cahier gepakt en haar geschetst zoals zij zat. Zij luisterde naar het schrapen van zijn grafietstift over het papier. Het arceren van de schaduwen zei meer dan een gesprek.

'Onze sessies,' had zij verzucht toen hij klaar was, 'wat zal ik die missen.'

Hij had de schets uitgescheurd en in haar schoot gelegd. Geen van beiden vond dat een vreemd aandenken. Ongezien of ongezegd, zij wísten wel. Ten slotte boog hij zich over haar heen en drukte een kus op haar voorhoofd. Zij had even geknikt ten teken dat het zo goed was en geluisterd hoe hij wegliep.

Een van de baby's begon te huilen, de andere daarop ook en zij kon ze maar met moeite sussen. Na een tijdje had zij de schets opgepakt. Zij vouwde die tweemaal dubbel, borg hem weg onder het schouderbandje van haar hemd en knoopte haar blouse dicht.

Parijs, 1912

Elfde verslag

'Snijbloemen,' bromde de beer, 'wat een zinloze verwoesting!'

'Om uw nieuwe woning op te fleuren.' Onverstoorbaar zette ik ze naast zijn ontbijtbordje. Inmiddels ben ik zo aan zijn tirades gewend dat ik ze nog zal gaan missen. 'Ruik toch eens!'

'God heeft de bloeiende natuur zijn plaats gewezen en die is niet binnen.'

'Ik ben speciaal vroeg opgestaan om langs Les Halles te gaan. Ik dacht: een bos bloemen brengt alvast wat leven in dit huis.'

'Nooit begrepen hoe iemand kan genieten van schoonheid die langzaam staat te sterven op een theetafeltje. Iedere vaas is een uitgesteld graf.'

'Ik heb ze schuin afgesneden en zal ze met regelmaat vers water geven.'

'Waarom zoveel zorg voor iets wat toch ten dode is opgeschreven?'

'Goede vraag,' zei ik fijntjes, terwijl ik met de hoek van een theedoek een kloddertje pap van zijn kin veegde. 'Waarom zou een mens nog moeite doen voor iets wat duidelijk zijn langste tijd gehad heeft...'

Hij moest lachen, maar hield zijn eindje vast.

'Bloemisterij is decadentie,' beweerde hij. 'Het is een oogst die niemand voedt.'

'Soms maakt het mensen vrolijk.'

'Kleinburgers die hun eigen dorheid hopen te verbloemen.' Op zulke momenten is hij het meest aandoenlijk, wanneer hij weet dat hij onmogelijk is en je aandacht hoopt af te leiden met wat ondeugd: 'U weet wat ze zeggen over de heertjes die in de foyer van de Opéra ballerina's hopen te verrukken met hun ruiker: "Hoe groter de bos, hoe korter de stengel."'

'Deze bos is in elk geval mooi vol,' zei ik. 'Viel nog niet mee de juiste kleuren te vinden.'

'Zie ik het verschil?'

'Het zijn voornamelijk roze camelia's met oranje gladiolen.'

'Voor mijn part plukt u paardenbloemen.'

'Maar ik wilde per se deze combinatie...'

'Weggegooid geld.'

'...in de hoop u een plezier te doen.'

'Dat zeg ik.'

'En om u een beetje op te vrolijken.'

'Kansloze operatie. Ik ben zelf een oude plant en ze hebben me verpot.'

'Toch houd ik vol.'

'Ja,' gromde hij, 'daar ben ik de afgelopen weken achter gekomen.'

'Mijn fout,' sprak ik deemoedig. 'Ik verkeerde in de veronderstelling dat zij nog iets voor u betekende.'

'Wie?'

'Ik had niet begrepen dat u die vrouw zo kleinburgerlijk vond.'

'Welke vrouw?'

'Die Estelle van u.'

'Estelle kleinburgerlijk?'

'Altijd maar in de weer met d'r snijbloemen.'

'Wat is dat nu voor insinuatie?'

'De helft van de keren dat u haar afbeeldt, is zij bezig aan een vaasboeket.'

'Roze camelia's...' Het drong langzaam tot hem door. 'Roze camelia's en oranje gladiolen!'

'Het ene uitgestelde graf na het andere.'

'U hebt speciaal...' Hij stak zijn handen uit en voelde aan de bos. 'Omdat ik háár daarmee heb afgebeeld, hebt u naar roze camelia's en oranje gladiolen gezocht?'

'Zonde van het geld,' wreef ik hem in. 'Ik had ook paardenbloemen kunnen plukken.'

Vanaf nu doe ik gewoon maar wat mij invalt. Haast is geboden, want over een dag of twee is alle huisraad uitgepakt. Ik zeg je: ik heb onderhand geen idee meer wat ik hier aan het doen ben.

Hem helpen, ja, de praktische kant, dat gaat van harte, maar de rest... Soms moet ik op mijn tong bijten om hem niet ronduit te vertellen wie ik ben en dat ik uit ben op verzoening, zowel tussen jou en hem als tussen hem en zijn verleden. Maar god, dan zie ik die oude man in de weer met zijn boeket...

Hij betastte de stengels een voor een aandachtig, de blaadjes, de bloem. Af en toe trok hij er een uit en herschikte de tuil. Ik durf te zweren dat de compositie van toen hem weer voor ogen stond. Vervreemdend een blinde met bloemen in de weer te zien. Zo, dacht ik, moet het voor hem geweest zijn toen hij Estelle dit zag doen.

'Is het soms een idee,' opperde ik, 'dat wij ergens een hoekje ter ere van haar inrichten? Schetsen, schilderijen, alles waar zij op staat afgebeeld bijeen. Gewoon voor het idee; de foto die wij van haar met haar moeder vonden, het schetsje achter op de rekening van het restaurant, van allerlei uit New Orleans dat met haar te maken heeft...' Maar hier kwam geen reactie op.

Hoe dan ook, die bloemen ruik je door het hele huis. Alleen daardoor al zal zij vandaag, bewust of onbewust, af en toe in zijn gedachten opduiken. Ja, als zijn geest ooit openstaat voor wat ik te vertellen heb...

Wij hebben in elk geval een goed begin gemaakt met uitpakken.

Kasten waren snel ingeruimd. Veel kleding is er niet, want wat te smerig of versleten was, had ik al weggesmeten. De rest lag keurig in de dozen, zodat de stapels zonder gedoe op de plank konden. Bureauladen ingeruimd, alles in de badkamer een plek gegeven en serviesgoed zo overzichtelijk mogelijk neergezet. Toen dit klaar was, wilde ik hem leren waar alles stond, maar daar had hij geen oren naar.

'Houd toch eens op met die betutteling!' snauwde hij, want juist op dat moment kwamen Georges en Joseph binnen met de eerste schilderijen en het laatste wat hij wil, is dat anderen zijn afhankelijkheid zien.

De rest van de dag zijn zij met de kunstcollectie in de weer geweest. Ze vorderden heel wat langzamer dan wij, want aan het eind van de middag hing er welgeteld één doek. Wel was het meeste uit de kisten gehaald en zij hadden alle verpakking meegenomen, zodat je voor het eerst in tijden niet meer het idee hebt dat je rondloopt door een havenloods.

De prentencollectie is nu ondergebracht in indrukwekkende wandkasten. Dit zijn weliswaar afdankertjes van Durand-Ruel, die zijn galerie onlangs verbouwde, maar zij geven de tweede verdieping het cachet van de Bibliothèque Nationale, monumentaal bewerkt mahoniehout met diepe schuifladen, waarin alle werken languit kunnen liggen.

'Da's tenminste één voordeel van deze onderneming,' verzuchtte de oude man. 'Liggen is zoveel beter voor het papier.'

Hij vroeg mij hier en daar een lade open te trekken en te beschrijven wat ik aantrof. Ongelooflijk wat er binnen een klein half uur aan schatten door mijn handen is gegaan.

'Ik wil het wel,' onderbrak hij mij op een gegeven moment.

'Pardon?'

'Maar dan heb ik het liever beneden.'

Dit kwam zo uit de lucht vallen dat ik niet meteen begreep waarop hij doelde.

'Dat idee van u!' verduidelijkte hij. 'Van vanochtend. Portretten, dingen, weet ik veel? U kwam er zelf mee. Zoals u zei, alles bijeen.'

'Een hoekje voor Estelle...'

'Maar niet waar ik bezoek ontvang,' bedacht hij. 'Beter in mijn werkkamer.' Hij overdacht het nog eens allemaal en knikte toen. 'Is goed. Ik wil het wel. Haar om mij heen te weten.'

Twaalfde verslag

Vanochtend meteen aan Georges en Joseph gevraagd alles apart te houden waar *zij* op staat. Verder heb ik beneden het werk van gister afgemaakt, veelal zonder Edgar, want wat er boven met zijn kunst gebeurt, boeit hem vanzelfsprekend meer dan waar zijn wollen onderbroeken blijven.

Vruchtbare dag al met al. Eind van de middag had ik alle woonraad uitgepakt en op de tweede hangt de kunst nu rijen hoog als in het Luxembourg, kamerbreed langs alle wanden. Voor de rest is een systeem getimmerd, waarin de resterende doeken rechtop kunnen staan, los van elkaar. Dit had jaren eerder moeten gebeuren, veel is beschadigd, een aantal hebben zij zelfs meegenomen om opnieuw te laten opspannen.

Vijf uur. Amper waren wij alleen, Edgar en ik, of hij begon erover. Alsof het al die tijd vooraan in zijn gedachten was geweest. Hij had inmiddels uitgedokterd waar hij de in te richten plek wilde hebben: direct naast de schraag waar hij aan zijn beelden werkt.

Maar hoe de lichtinval daar was, moest hij weten, en of dat dan voor de dragers en het materiaal niet schadelijk kon zijn. Om hoeveel werk het eigenlijk ging en of daar wel voor alles plaats zou zijn... Honderd vragen. Hij stelde ze nerveus als een puber voor zijn eerste afspraakje.

Wij kozen als volgt: ik beschreef een voorstelling zo nauwkeurig mogelijk. Soms kwam die de oude man meteen weer voor de geest, soms duurde het ook even, maar meestal trok er wel een glimlach om zijn mond of sprankelde in zijn verdorde blik iets op. Dan knikte hij ter goedkeuring en hing ik het portretje op. Een enkele keer zei mijn beschrijving hem ook niets en zette ik zo'n lijst terzijde. Dit was aardig, eigenaardig troostend werk omdat het de ouwe brombeer zo overduidelijk goeddeed.

Ik verrichtte dit, dacht ik, allemaal zakelijk en professioneel. Hoe vaak ik die lieve kop ook langs zag komen, haar ogen en die mond, dat zachte gezicht waar ik zo van heb gehouden... dit was arbeid die gedaan moest worden, dus zo stelde ik mij op. Maar zodra de klus geklaard was en Estelle daar in veelvoud hing en ons van alle kanten aanstaarde...

'Is er iets mis?' vroeg Edgar ongerust, want hij had

eerder dan ikzelf door hoe het mij aangreep. Zoals Vasco da Gama onze kindertranen kon ruiken – weet je nog? – en dan voordat ze vielen al op die hoge lobbespoten aan kwam rennen om te troosten.

'Integendeel,' antwoordde ik. 'Zij hangt hier prachtig.'

Hij dacht na en glimlachte.

'Ik zie het voor me.' Hij knikte instemmend. 'Dat was een goed idee van u.'

'Dank u.'

'Nee,' sprak hij ernstig. 'Nee, ík moet ú bedanken.'

'Och...'

'Voor uw werk. Uw aanwezigheid.'

'Voorzichtig,' plaagde ik, 'zo meteen verliest De Beer zijn onbehouwen reputatie.'

'Uw hulp...' Hij aarzelde en wendde zich af. Wij zochten beiden naar een houding. 'Ik had het zonder niet gekund.'

'Ja, hoor, het is officieel: u bent een doetje,' lachte ik om niet te huilen. 'Terwijl ik net begon te wennen aan de weerstand die u opwekt.'

'Zo doet De Beer dat. Hij trekt aan en hij stoot af.'

'En waarom eigenlijk?'

Hij dacht na en haalde zijn schouders op.

'Kent u die twee enorme magneten in het Musée des Arts et Métiers? De kracht waarmee ze je wegduwen, blijft gelijk aan de kracht die je erop uitoefent. Zo verhoud ik me tot de mensen; hoe meer ik ernaartoe wil, hoe harder ik ze afstoot. En vice versa. Wat je ook probeert, je krijgt de polen niet aaneen.'

'Slim bedacht,' onderbrak ik, 'maar ik geloof er niks van. Kijk ons. *Wij* zitten samen.'

'Er blijft een veld tussen mij en de rest. Onzichtbaar maar onontkoombaar.'

'Hebt u dat altijd al zo gevoeld?'

'Niet altijd.' Hij gebaarde naar de portretten aan de muur. 'Niet met haar.'

'Wat ging er mis tussen u en de rest?'

'Lang ben ik de zachtheid zelve geweest, geloof het of niet. Ik was te druk met mijn kunst om de werkelijkheid te zien. Toen leerde ik de wereld kennen. Ik zag hoe mensen met vriendelijkheid omspringen. Beestachtigheid leek mij dan menselijker. Sindsdien mijden ze mij omdat ik zo hard ben. Kan kloppen. En zonder aanzien des persoons. Ach, in een jongeling is dwarsigheid nog wel te harden, ik ben er gewoon te laat mee begonnen.'

'Me dunkt dat u de achterstand hebt ingehaald.'

'Als je niet altijd maar lollig en vrolijk tegen iedereen doet, kunnen mensen zich niet in je verplaatsen. Zij denken alleen aan zichzelf, daarom gaan zij ervan uit dat mijn norsheid tegen hen is gericht. Het is een onvermogen dat ik heb omarmd. Gecultiveerd. Mijn overwegingen met betrekking tot de kunst zijn altijd raak geweest en waar, maar voor de menselijke omgang ben ik ongeschikt.'

'Toch is uw werk niet triest of boos.'

'Al die dansers... Ze hebben mijn hart in zo'n zakje van roze satijn genaaid waarin ze hun pointes bewaren. De stof is verschoten, net als die van hun schoenen, het bloed van hun kapot gedanste tenen sijpelt erdoorheen.'

'Al uw vrouwen zijn zo liefdevol en kleurig zacht.'

'Mijn tegenpolen, onbereikbaar. En dat is ook een kracht. Zeker voor een kunstenaar. Het onhaalbare is niet onaantrekkelijk. Zelfs niet onbevredigend. Een zindering. Die twee enorme brokken ijzer. Ieder op zich.'

Hij stond op. Hij wilde nog wat aan zijn beeldjes werken, zei hij, en stak een arm naar mij uit opdat ik hem zou begeleiden naar de schraag.

'Het is maar een paar stappen,' zei ik uit pedagogisch oogpunt. 'U vindt het wel.'

Hij schuifelde een eindje in de goeie richting maar

halverwege hield hij stil alsof hij iets vergeten was.

'Dus ál mijn afbeeldingen van Estelle zijn nu hier...' sprak hij in gedachten. Maar vervolgens draaide hij zich naar mij toe en vroeg recht op de man af: 'Weet u het zeker?'

Ik las ooit dat een misdadiger, eenmaal op heterdaad betrapt, ook blijdschap ervaart, zelfs dankbaarheid dat hij zijn geheim niet langer hoeft te torsen.

'Alles hangt hier,' antwoordde ik, 'jawel, op één ding na...'

Ik trok – alles of niets – het papiertje uit de zak van mijn rok, dat daar al geruime tijd brandde.

'Ik heb hier alleen nog iets wat niet is ingelijst,' zei ik zo kalm mogelijk. 'Veel is het niet. Een kunstwerk zou ik het niet noemen, een krabbeltje hooguit.'

Ik legde het in de hand die hij ophield.

'Dubbelgevouwen!' gromde hij afkeurend.

'Zo trof ik het aan.'

'Slordig, onvergeeflijk.' Met tedere vingers vouwde hij het open. 'Wat stelt het voor?'

'Het heeft nogal te lijden gehad. Veel vochtvlekken helaas. Het papier is bruin uitgeslagen.'

'Welke idioot behandelt mijn tekeningen zo onachtzaam?'

'Het grafiet heeft afgegeven. Sommige lijnen zijn vervaagd. Scheurtjes op de vouwen, aan de randen.'

'Volledig liefdeloos!'

'Niet per se,' zei ik. 'Je kunt ook zeggen: het werd schijnbaar intensief gebruikt.'

'Als wat, een onderzettertje?'

Zijn humeur leek onherroepelijk bedorven. Hij zwabberde de tekening tussen twee vingers als een ouwe lap.

'Ís het wel van mij, zo'n vod?'

'Uw signatuur. Rechtsonder. Net nog leesbaar.'

Hij slofte verder naar de schraag, legde het velletje

daarop neer, streek het glad en wenkte mij om uitleg.

'Eén zijde is gerafeld.' Ik kwam naast hem staan en legde uit: 'Het is op schetspapier, uit een cahier gescheurd.'

'En waarom denkt u dat het haar voorstelt?' Hij leunde met twee vuisten op het hout en boog zich over het werk, precies zoals hij zou hebben gestaan als hij het had kunnen bestuderen. 'Is zij te herkennen?'

'Nauwelijks.'

'Maar u vindt haar lijken op de vrouw in de andere portretten?'

'Zelfs dat kan ik niet zeggen,' gaf ik toe. 'Het is te ernstig gehavend.'

Hij verloor zijn geduld en wilde het vel van tafel vegen, maar ik wist hem te kalmeren door nader te beschrijven wat ik zag.

'Het is een vrouwenfiguur.'

'Ongelooflijk,' spotte hij, 'terwijl ik er daar toch hooguit een paar duizend van heb getekend.'

'Op een bank. Een sofa. Zittend.'

'Nog altijd één uit honderden.'

'Zij is moeder.'

'Ik heb tientallen moeders gedaan.'

'In de kussens zit zij. Achterover. Haar blouse hangt halfopen. Zij heeft twee jonge kinderen op de arm...'

Ik pauzeerde want het begon hem te dagen.

'Twee zuigelingen...?'

'Baby's. Even oud, beide op de arm.'

'Ieder aan een kant?'

'Alsof zij ze zojuist de borst gegeven heeft. Zo zit zij ook, ja, beide armen ondersteund. Bovenste knoopjes los.'

'Twee kinderen aan de borst...' Hij dacht na, schudde toen zijn hoofd en klonk beslist: 'Niet mogelijk.'

Wij hadden hiermee het gezond verstand verlaten. Ik

durfde nauwelijks verder, maar in drijfzand als dit is terugkrabbelen minstens zo riskant als doorzetten.

'Het opmerkelijke is...' ging ik verder, 'het ene kleintje is een kleurling.'

'Bestaat niet!' Hij sloeg met een vuist tegen zijn borst. En nog eens, zo hard dat hij zich pijn deed. 'Het is niet mogelijk, niet mogelijk zeg ik u.'

'Quand même: zij is diepdonker gearceerd, het andere meisje niet.'

Hij wankelde.

'Klinkt dat niet als die kleintjes uit die anekdote die u mij vertelde?' drong ik aan.

Ik greep een stoel en dwong hem te gaan zitten. Hij zakte achterover en wreef met zijn handpalmen in zijn ogen alsof die pijn deden. Zelf stond ik ook te trillen op mijn benen. Het was vreselijk de oude man zo in de war te moeten brengen.

'Meisjes, zegt u.' Hij veerde overeind. 'U heeft het over meisjes!'

'Op iedere arm één,' herhaalde ik. 'Zo goed als even oud, een maand of drie...'

'Maar waar leest u aan af dat het meisjes zijn?'

En nog durfde ik het antwoord niet ronduit te geven.

'Zo was het toch, nietwaar?' sprak ik zacht. 'De één een slavenkind, de ander blank... met Estelle die hen allebei bemoederde.' Ik knielde bij hem neer en nam zijn handen in de mijne. 'De meisjes die u zelf ten doop gehouden heeft.'

'Allebei de meisjes...' Zijn stem begon te trillen. 'Ja, ja, op mijn armen.'

'In een klein, leeg kerkje.'

'Leeg en onbetekenend was het, da's waar: een kerkje van hout niet ver van Esplanade!'

'Tussen Bayou en Colombus Street, de Santa Rosa de Lima.'

'Hoe is dit mogelijk?' Hij boog naar mij toe. 'Hoe weet u dat?'

'Dat is mij zo verteld.' Ik maakte één hand vrij en legde die tegen zijn hart alsof dat het kon kalmeren. 'Nu niet schrikken, lieve man, lieve oom Edgar... Het hele verhaal is mij verteld, jaren nadien, toen ik oud genoeg was om het te begrijpen. U moet weten, één van die twee kinderen was ik.'

Hij reageerde niet. Op geen enkele manier, geen woede, geen beweging, geen verbijstering of ontroering. Niets. Hij sloot alleen zijn ogen. Hij kneep ze dicht, nadrukkelijk, en bleef zo zitten, achterover in zijn stoel.

Ik heb me de afgelopen weken zoveel voorstellingen van dit moment gemaakt dat ik meende op alles voorbereid te zijn, het enige wat ik nooit voor mogelijk had gehouden was dat hij bij het horen van de waarheid in slaap zou vallen.

Zijn spieren verslapten. Goddank had ik mijn hand nog op zijn hart, anders was ik bang geweest dat hij de geest ging geven. Misschien wás het een flauwte, maar ik geloof het niet. Ik schudde hem tweemaal bij de schouders. Dit had geen effect. Als hij niet echt sliep, deed hij in elk geval zeer bekwaam alsof. Later dacht ik: misschien heeft een oud mens die tijd gewoon nodig om de feiten op een rij te krijgen en alles te bevatten. Hoe dan ook, ik liep ondertussen naar de keuken om water te halen, een glas voor mij, alvast ook eentje voor hem, en verder zat er niets op dan te wachten.

'U bent niet Jeanne...' begon hij aarzelend, ik schat na een minuut of vijf, en kwam rechtop zitten. 'In geen geval. Zij was het kleintje van Estelle en is jong al overleden.'

'Tijdens een gelekoortsepidemie,' beaamde ik. 'Wij

waren vijf jaar oud, Jeanne en ik, en werden tegelijk ziek. Ik ben degene die het heeft gered.'

'Dan moet u die ander zijn, dan bent u...' Hij zocht mijn naam, maar zodra ik wilde helpen, stak hij zijn hand op. 'Nee, niet zeggen nu, het schiet me dadelijk te binnen!'

'Jeanne staat mij nog voor de geest, maar niet voor ogen. Met vijf jaar ben je te jong om je iemand werkelijk te herinneren. Wat ik meen te weten – dat wij samen in de wieg hebben gelegen, samen hebben leren spreken, spelen – als ik eerlijk ben, weet ik dat enkel uit verhalen. Ik heb een indruk van haar, maar geen beeld. Ik zie haar vooral zoals u haar weergaf op uw tekening van ons. Zo zal zij altijd voor mij zijn, in haar moeders armen, voorgoed drie maanden oud.'

'Ik heb die schets in mijn reiscahier gemaakt. In haast. Op notitiepapier, geen wonder dat het zich niet goed heeft gehouden... Ik scheurde de pagina uit. Wij namen die dag afscheid van elkaar. Voorgoed. Ik liet die tekening achter bij Estelle.'

'Toen ik zestien werd, riep zij mij bij zich. Ik woonde in het bijgebouw met de bedienden. Daar ben ik verder opgevoed door de Momselles, en toen Palmyre overleed, nam ik als vanzelf in huis haar taken over. Nou ja, behalve in de keuken; voor koken ben ik veel te ongeduldig. Ik had al die jaren bij Mrs. Degas wel diepe genegenheid gevoeld, een bijzondere band. Het feit alleen al dat zij een goede school voor mij betaalde en nauwgezet mijn vorderingen bijhield. Kwam ik thuis met een slecht cijfer, dan gaf zij mij bijles en extra huiswerk, precies zoals zij met haar eigen kinderen deed. Ik wist dus dat zij erg op mij gesteld was, maar ik woonde op het achtererf en had verder geen idee... Tot die dag. Zij toonde mij uw tekening en hoe ik als zuigeling bij haar had gelegen. En hoe dit zo gekomen was, vertelde zij.

Kennelijk vond zij mij met zestien sterk genoeg om het drama van mijn eigen moeder aan te horen.'

'En was u dat?'

Ik haalde mijn schouders op.

'Is iemand ooit sterk genoeg om van zo'n wanhoopsdaad te weten?'

'Ik wás daar,' verklaarde de oude man zacht. 'Ik was erbij, de avond dat u werd gevonden.'

'Dat is mij verteld. En zij zei ook dat ik het, zonder u, misschien wel niet...'

Hij greep mij bij mijn polsen.

'Maar waarom, in hemelsnaam, waarom hebt u dit niet meteén verteld?' vroeg hij dringend. 'Waarom pas nu? Ik snap het niet.'

Om eerlijk te zijn, wist ik het op dat moment ook niet meer. Wat zou er gebeurd zijn als ik het meteen te berde had gebracht?

'Toen ik naar Parijs kwam,' antwoordde ik, 'en het lot u op mijn pad bracht...'

'Middels die advertentie van Durand-Ruel?'

Dit liet ik zo.

Het leek mij nog steeds een afdoende verklaring.

'Ik had zoveel over u gehoord,' zei ik alleen. 'Ik was zo dankbaar voor de kans om u te leren kennen... Ik was bang dat het u zou afschrikken als ik me meteen bekend maakte.'

'Afschrikken, waarom?'

'Ik dacht dat u misschien niet aan die tijd herinnerd wilde worden. Vanwege de vete met uw broer.'

'René? Wat heeft die ermee te maken? Met hem heb ik gebroken maar toch niet met haar, nooit met de rest van de familie. Bovendien, mijn broer was toen Estelle u het hele verhaal vertelde al bij haar weg. Nietwaar? De schoft! Met de noorderzon vertrokken. In datzelfde rampjaar, wat was het, '78?'

'Het jaar van de epidemie.'

'Het jaar dat Jeanne stierf.'

'Haar dood heeft hun beider levens op de kop gezet.'

'Hij heeft Estelle met haar verdriet alleen gelaten. Onvergeeflijk.'

'Hij hield van iemand anders.'

'De buurvrouw, ja, Europa of hoe heette ze?'

'America.'

'Dat speelde al jaren, die twee. Zelfs tijdens... het ongeval, de avond van uw moeders dood, was hij niet bij óns, waar hij had kunnen helpen, maar met dat mens. René hield van iemand anders, ja, van meet af aan, maar ik, ik hield van háár, begrijpt u? Ik gaf haar op voor hem. Ik hield van de echtgenote die hij in de steek liet toen zij hem het hardste nodig had. Een moeder die haar kind verloor.'

'Het verlies van een kind,' voerde ik aan ter verdediging, 'niet iedere liefde is sterk genoeg om dat te overleven.'

Hij stond op het punt hier tegenin te gaan, toen het hem ineens te binnen schoot: 'Joie!' Hij riep het uit. '*Jeanne* en *Joie*, zo was het, jullie lagen ieder op een arm. Nou ja!' Er welden tranen in die ogen. 'Wees welkom, Joie.'

Wij zaten even stil en in gedachten.

Hij tastte rond op zoek naar de schets.

'U zei dat u hem in deze toestand aangetroffen hebt, gevouwen en wel.' Opnieuw liet hij het papier door zijn handen gaan. 'Waar trof u hem aan?'

'Zij droeg hem bij zich. Voor zover ik weet altijd. Wees gerust, die tekening heeft niet te lijden gehad onder een gebrek, maar onder een teveel aan zorg. Kort voor haar dood, drie jaar geleden, begon zij over haar nalatenschap. Twee dingen wilde Mrs. Degas mij per se schenken: een geldbedrag omdat ik al die jaren in dienst was gebleven, en uw tekening van ons... Toen het voorbij was, heb ik Momselle Marceline geholpen mevrouw de laatste wassing te geven. Wij ontdeden haar van haar kleding en troffen de tekening aan. Haar trots. In al die jaren is die nooit ver van haar hart geweest.'

Pas nu ik thuis zit en het opschrijf, krijg ik zicht op hoeveel ik heb prijsgegeven en wat niet. Zoals je ziet, kwam jij ter sprake, maar ik wist niet hoe ik daarop in kon gaan; wat kan ik over jou vertellen zonder zijn vertrouwen te verspelen? Ronduit zeggen dat ik hoop op zijn hereniging met jou...? Ik twijfel.

Hierover morgen meer.

Voordat ik naar huis ging, heb ik nog wat brood en kaas gesneden, want door alle commotie was het avondeten erbij ingeschoten.

Toen ik hem het bord kwam brengen, zat hij nog steeds met de tekening in handen. Hij vouwde hem nu dubbel, bedachtzaam, precies zoals zij dat kon doen, en borg hem in zijn binnenzak.

Laatste verslag

Ik heb er niet van kunnen slapen. Die oude man, die in zijn nieuwe woning nauwelijks de weg weet, zweefde mij de hele nacht voor ogen. Wie weet of hij zijn bed wel heeft kunnen vinden, dacht ik, wie zegt me dat mijn onthulling hem niet zo van zijn stuk heeft gebracht dat hij een ongeluk begaat? Als ik, die het hele verhaal ken, al wakker lig, dan zeker hij. Zodra ik mijn ogen dichtdeed zag ik hem liggen, onder aan de trap. Dat soort onzin.

Als de dood dat wij ons plan te ver hadden doorgedreven, haastte ik mij zodra het licht werd naar de boulevard de Clichy.

Daar vond ik het huis goddank in alle rust. Toen ik koffie had gezet en met een volle pot en warme brioches zijn kamer binnenkwam, trof ik hem echter niet in bed. Het was wel beslapen geweest, maar de lakens waren koud, het oudje was gevlogen.

'Monsieur Degas!' riep ik door het trappenhuis, weer ongerust. Maar hij bleek ondanks het vroege uur gewoon met zijn wassen beelden aan de slag en in een opperbest humeur.

'Nou ja!' Hij keek niet op of om, maar kneedde driftig verder in de vormeloze homp die voor hem stond. 'U had ik niet verwacht.'

'Dat is te zien,' zei ik, want zijn kamerjas hing weer eens open, 'net als het uithangbord van de leerlooierij.'

'Die preutsigheid van u!' schamperde hij, terwijl hij zich bedekte. 'Wilt u wel geloven dat ik die burgermoraal nog zal gaan missen nu uw werk hier is voltooid.'

Hij scheurde een homp was, die hem kennelijk niet zinde, los van het boetseersel en pulkte hem uiteen in kleine brokjes, die hij vervolgens weer aanbracht op de sculptuur, *pâte-sur-pâte,* voortdurend tastend, zoekend naar een juiste plek voordat hij ze vastplakte en met zijn duimen aandrukte en gladstreek.

'Ik ging ervan uit dat gisteren uw laatste dag was.'

Hij had gelijk. Formeel gezien. Mijn werk zit erop.

'Klopt,' stamelde ik. 'Maar ik had de sleutel nog. Ik dacht, die geef ik even af.'

Dat hij, ondanks alles, nog steeds niet beter weet dan dat dit voor mij een klus tegen betaling was, neemt niet weg dat zijn zakelijke toon mij, na alle genegenheid van gisteren, rauw op mijn dak viel.

'Laat maar op het haltafeltje,' commandeerde hij kortaf en bleef boetseren.

'En ik wil nog wat meubels afnemen met een vochtige doek. Nu ik hier toch ben. Er is door al dat sjouwen veel stof neergedwarreld.'

'Vanmiddag komt een werkster.'

'O ja?'

'Heeft Paul Durand-Ruel geregeld. Hij was onder de indruk van de hoeveelheid werk die wij hier hadden verzet, maar merkte ook op dat het nogal stoffig was.'

'Is hij geweest?' vroeg ik zo luchtig mogelijk, want mij bekroop een ongemakkelijk gevoel.

'Gisteravond nog. Hij was benieuwd of zijn zoons behoorlijk werk hadden geleverd.'

'Nou, dat hebben ze.'

'Dat zei hij ook. Hij vond het hele huis er picobello uitzien, zowel boven als beneden. Dus heb ik ook u een compliment gemaakt.'

'Dank u.'

'Dat ik het met al die dozen in mijn eentje nooit gered had, heb ik hem gezegd, en hoe u en ik de afgelopen weken met elkaar vertrouwd geworden zijn.'

'Een bijzondere ervaring, ja. Daar ben ik zelf ook dankbaar voor.'

'Da's mooi,' sprak hij ijzig. 'Da's héél, héél mooi.'

Hij stopte eindelijk met werken en veegde eerst omstandig zijn handen schoon.

'Alleen...' Hij draaide zich langzaam naar mij toe. 'Uw naam zei hem niets.'

'Hoe kan dat nou?'

'Van uw hele bestaan had hij geen idee,' sprak hij verwijtend.

'Zo'n drukbezet persoon, het zal hem zijn ontschoten.'

'Zoals hem ook die advertentie was ontschoten waar u zogenaamd op hebt geschreven.'

'Ga weg!' blufte ik. 'Over drie kolommen, dikgedrukt, dat moet hem toch een lieve duit hebben gekost.'

'En tel daar dan uw uurloon ook nog eens bij op,' zei hij vilein. 'Al met al een heel bedrag waar hij gisteravond voor het eerst van hoorde.'

'Nou,' bleef ik vrolijk, 'een mens moet wel vermogend zijn om zoiets te vergeten!'

'Een seconde later schoot het hem gelukkig ook alweer te binnen.'

'Gelukkig.'

'Uw naam, de afspraak, ineens wist hij alles weer. Maar in die ene seconde was mijn twijfel gezaaid en Paul deed iets te veel zijn best om hem nog weg te nemen.'

'Twijfel?'

'In het donker vang je van een intonatie nu eenmaal iedere nuance.'

Ik hield me nog steeds van de domme, maar zette me al schrap om, als hij op de man af naar jou zou vragen, toch maar op te biechten dat het allemaal jouw idee is geweest.

Maar zover kwam het niet, want het kruisverhoor eindigde tot mijn verbazing abrupt. Van het ene op het andere moment liet hij zijn masker van grootinquisiteur vallen en toonde nog enkel interesse in de pot met koffie.

'God, ja, daar ben ik wel aan toe!' Hij snoof verlekkerd. 'En een warme brioche!'

Hij was er eerder bij dan ik en heel voorzichtig schonk hij ons beiden in, brak een stuk van het brood en sopte het in zijn kopje.

'En u?' vroeg hij op een toon alsof we op een terrasje gezellig zaten te ontbijten. 'Hoe hebt u geslapen?'

'Matig.'

'Ons gesprek van gisteren zeker?'

'Het was erg veel.'

'Erg veel,' beaamde hij. 'En dan kreeg ik dus daarna

Durand-Ruel nog op bezoek. Ja, ik heb ook best liggen malen.'

Een brok viel van zijn brioche en plonsde in zijn kopje. Proestend over zijn eigen onhandigheid veegde hij de koffiespetters van zijn kin. Ik zweer je dat die plotselinge luim van hem mij verder van mijn stuk bracht dan zijn achterdocht daarnet.

'Weet u wat het was?' zei hij. 'Eenmaal in bed ging ik het eens allemaal goed na en ik begon bij mezelf te denken dat het toch wel érg toevallig is, de manier waarop u hier in huis gekomen bent... Kent u dat, dat je niet slapen kunt en je dan de gekste scenario's in je hoofd haalt?'

'Nou en of.' Ik had het zelfs op dat moment.

'Dat u en ik elkaar terugvinden, na al die jaren uitgerekend nu!'

'Als ik vroeger niet kon slapen, zeiden de Momselles dat ik te lang op mijn rug gelegen had. Dat daardoor mijn bloed tot stilstand was gekomen in mijn milt en dat daar nachtgedachten uit tevoorschijn kropen zoals kikkers uit een poel stilstaand water.'

'Op zulke nachten, als u niet kon slapen, miste u uw moeder?'

'Soms. Dan haalden de Momselles mij uit bed en dansten met mij rond.'

'Opstaan en ronddansen,' herhaalde hij, 'dat had ik vannacht moeten weten!'

'U werd geplaagd door twijfels, zei u. Twijfelt u aan mij?'

Hij dacht na.

'Ik verbaas me over u,' antwoordde hij, 'geloof me. En meer dan eens heb ik me flink aan u geërgerd. Met regelmaat heb ik me afgevraagd wat u toch bezielde steeds opnieuw te hameren op háár, waarom u ieder lor uit Louisiana per se boven tafel wilde halen, alsof u mij verdriet wou doen door telkens over Estelle te beginnen...'

'Verdriet is echt het allerlaatste...'

'Dus toen u gisteren beweerde dat u Joie zou zijn...'

'Mijn grootste stommiteit is dat ik u dat niet direct verteld heb, ik kan me voorstellen dat u mij nu niet meer gelooft.'

'Integendeel.' Hij legde een hand op mijn arm. 'Vandaar uw obsessie met Estelle. U bént Joie, dat is de enige afdoende verklaring. Alleen... Als Durand-Ruel u niet op mijn dak heeft gestuurd, lag ik te denken, wie dan wel? En ik kan maar één iemand bedenken die tot zoiets in staat zou zijn: mijn broer.'

'Uw broer?' De neutrale toon die ik zocht, verwoei tot een schuldbewust lachje en mondde uit in iets tussen verbazing en ontkenning. 'Uw broer René? Waarom zou uw broer...'

De oude man legde zijn vingertoppen tegen mijn lippen.

'Ik heb in al die weken vaak getwijfeld, maar nooit aan de oprechtheid in uw stem,' sprak hij zacht. 'Zullen we dat zo houden?'

Het bloed schoot naar mijn wangen.

Ik zweeg.

Hij knikte ten teken dat wij elkaar hadden begrepen.

'Tegen de ochtend ben ik opgestaan,' vertelde hij, 'en ik ben aan het werk gegaan. Zo heb ik dat altijd gedaan. Zolang je iets probeert te maken, is er geen ruimte om te denken. Ik móést werken. Zonder werk is ouderdom onleefbaar. Werken is het enige wat mij altijd overal doorheen geholpen heeft. Nog steeds. Ook al stelt wat ik maak al jaren niets meer voor.'

Hij schoof zijn ontbijt terzijde en wendde zich weer tot zijn plastiek.

Hij zit dan eerst een tijd en kijkt ernaar alsof hij ermee in gesprek zou kunnen gaan. Ten slotte vindt het geheugen van zijn handen de plek waar hij gebleven was en zijn duim wrijft er een oneffenheidje glad.

'Ik heb hulp van u ontvangen en vriendschap...' zei hij terwijl ik afruimde. 'U bent onuitstaanbaar geweest maar ook begripvol. Ik weet niet of u het voor de vijf franc per uur deed, omwille van vroeger of om God mag weten wat.' Hij rolde aandachtig een bolletje was warm tussen zijn handpalmen. 'U hebt het beste met mij voorgehad. Dat is uiteindelijk wat telt.'

Hiermee is alles gedaan wat ik kon doen.

Je hoeft dus niet uit Bourg-en-Bresse te komen. Een hereniging tussen jou en hem, zoals de bedoeling was, zit er niet in. Niet op dit moment. Dat het daar ooit nog van gaat komen, sluit ik niet uit, maar het heeft tijd nodig. Je broer begrijpt stilzwijgend best dat jij hierachter zit. Gun hem tijd dit te laten bezinken.

Jij nam hem Estelle af, zoals je een keer tegen mij zei, wel, wij hebben haar nu aan hem teruggegeven.

Zo zal hij dit zelf niet zien. Dat is na decennia van wrok te veel gevraagd. Maar hij begrijpt wel degelijk dat jij door middel van mij een handreiking hebt willen doen.

Graag had ik hem meer verteld; hoe jij het mij mogelijk gemaakt hebt om na Estelles overlijden naar Frankrijk te komen, dat je mijn overtocht hebt betaald en mij huisvesting biedt, hoeveel ik America en jou verschuldigd ben voor de manier waarop jullie mij hebben opgevangen. Maar hij gaf vandaag duidelijk zijn grens aan. Die wil ik respecteren en hierna, wie weet? Jouw naam hangt in de lucht. Vrij. Net als zijn herinnering aan haar.

Tot zover.

Over twee weken kom ik naar de Jura. Dan zal ik nader verslag doen, maar vooral hoop ik in alle openheid van je te horen. Dat heb ik wel verdiend. Ik zeg je eerlijk, het verleden is niet meer wat het was en ik heb tijd nodig om te bepalen hoe ik daarmee omga.

Geen moment heb ik geloofd dat jij mijn vader bent, zoiets zou mijn ziel hebben geweten, en toch, sinds die roddel in mij rondzingt... Een en ander moet worden benoemd, dit zul je met me eens zijn, maar wacht daarmee tot wij elkaar in de ogen kunnen kijken. Wees ondertussen alsjeblieft niet ongerust, ik vraag je enkel alvast na te denken of er iets is wat jij mij wilt zeggen. Woorden kunnen wat wij hebben meegemaakt niet zwaarder maken of verlichten, hooguit verrijken zij de toekomst. Hoe dan ook blijf ik daarna aan jou verplicht, René, zoals jouw broer en Estelle mij voorgoed aan hen hebben verplicht door het redden van mijn leven. Dit is wat jullie drie met mij verbindt en uiteindelijk is dat voor mij genoeg.

Dit nog: kort voor de middag had ik in huis alles op orde en geen reden om ons afscheid langer uit te stellen. Toen ik zijn kamer binnenkwam hield Edgar zijn aandacht onverminderd bij zijn werk.

Ik vond geen woorden waarmee wij afscheid konden nemen. Ik kwam alleen naast hem staan, legde mijn hand op zijn schouder en keek naar zijn beeld.

'Herkent u iets?' vroeg hij.

Ik zocht en zocht.

'De oogkassen misschien,' antwoordde ik uiteindelijk. 'Zo ingevallen diep.'

De oude man glimlachte.

De waarheid is niet lelijk als je erin aantreft wat je nodig hebt.

Hij legde zijn hand even op de mijne en gaf er twee korte kneepjes in ten teken dat hij verder wilde werken. Zo liet ik hem achter, oog in oog met zijn vormeloze klomp.

Nawoord

Edgar Degas woonde nog vijf jaar op zijn nieuwe adres, 6, boulevard de Clichy, en bleef wandelen zonder begeleiding. Hij stierf in 1917, 83 jaar oud.

Van alle Franse Impressionisten is Edgar de enige die de Verenigde Staten heeft bezocht.

Ook na zijn dood bleef hij binnen zijn geliefde buurt, waar hij rust in de familietombe op het Cimetière de Montmartre samen met zijn ouders en zijn broers. Degas' tombe bevindt zich op een steenworp afstand van het graf van Vaslav Nijinski.

In hetzelfde jaar waarin Estelle door René Degas werd verlaten, 1878, verloor zij hun dochtertje Jeanne, Edgars petekind, vijf jaar oud, aan een nieuwe gelekoortsepidemie. Drie jaar later stierf ook hun zoon Michel, elf jaar oud, én het kind dat zij met haar eerste man kreeg, haar dochter Josephine (Baby Joe) Balfour, net achttien.

Hierna keerde Estelle terug in het huis dat zich nog altijd op New Orleans' Esplanade bevindt, en zij leefde daar, alleen en blind, tot aan haar dood in 1909. Volgens de kinderen die haar overleefden, Gaston en Odile, bleef zij tot op het eind opmerkelijk krachtig en vastberaden.

Toen René er met America Olivier vandoor ging, schaften zij in Chicago zogenaamde *Utah divorces* aan, valse scheidingsaktes, waarna zij huwden in Cleveland, Ohio. Deze dubbele bigamie was de reden dat Estelle een jaar later een officiële scheiding aanvroeg en kreeg. Hierna trouwden René en America elkaar nog eens, nu legaal, in New York City.

Vijf jaar na het failliet van de Amerikaanse tak van de familie, werd ook het bankroet van de Europese familiebank uitgesproken. Degas betaalde alle schulden af uit de opbrengst van zijn werk en bleef, zoals beloofd, ook zijn familie in New Orleans financieel steunen.

Edgar verzoende zich na vele jaren uiteindelijk met zijn broer René, die samen met zijn nieuwe vrouw, America, naar Frankrijk was teruggekeerd. De schilder liet een groot deel van zijn fortuin aan hem na.

Die erfenis was aanzienlijk. Bij Edgars dood stond zijn woning nog altijd overvol met zijn kunstverzameling. Die bevatte duizenden lithografieën en meer dan vijfduizend schilderijen, waaronder talloze meesterwerken van onder meer Van Gogh, El Greco, Hokusai, Sisley en Pissarro, Corot, Daumier, Ingres, Delacroix en Manet.

Joseph Durand-Ruel vond, toen hij in 1917 in het sterfhuis de definitieve inventaris kwam opmaken, ook 'zo'n honderdvijftig was- en kleisculpturen, verdeeld over drie verdiepingen. De meeste lagen in stukken, sommige gereduceerd tot stof.' Daartussen stond ook het nu zo beroemde *Danseresje, veertien jaar.*

Vrienden die Edgar op het einde van zijn leven bezochten, zeiden dat hij in zijn laatste jaren altijd met die beeldjes van hem in de weer was. Desondanks lijken de laatste portretten nauwelijks meer te zijn dan hompen, schijnbaar vormeloos.

Hoewel hij uitdrukkelijk had laten weten dat die beelden geen van alle mochten worden afgegoten en niet voor verkoop of vreemde ogen waren bestemd, liet de familie er toch vele in brons gieten en in talloze exemplaren op de markt brengen.

Bij Renés dood, vier jaar na die van Edgar, werd de nalatenschap – na een lange juridische strijd – verdeeld over Renés twee Franse kinderen (die tot op dat moment niet wisten van het bestaan van hun Amerikaanse broer en zus) en zijn twee kinderen in New Orleans, zodat een fors deel van de opbrengst van Edgar Degas' werk belandde bij Gaston en Odile in Louisiana.

Zij ontvingen ook een aantal van de beelden. In hun huis op Second Street in New Orleans zadelden Edgars achter-achterneefjes zijn bronzen paarden met plastic zadels en speelden dat zij races reden.

Het schilderij waarop de blinde Estelle, hoogzwanger, roze camelia's en oranje gladiolen aan het schikken is, hangt tegenwoordig in het New Orleans Museum of Art. Edgars andere portretten van haar uit die periode zijn onder andere te vinden in de National Gallery of Art in Washington DC (waar ook *De Zangrepetitie* hangt) en in het Musée d'Orsay in Parijs, waar onder meer ook *Le Pédicure* is te zien met daarop Baby Joe Balfour en enkele schilderwerkjes die zij met Edgars hulp maakte.

Zijn *Zelfportret, groetend,* gemaakt na Estelles vertrek uit Parijs, hangt in het Calouste Gulbenkian Museum in Lissabon.

Het *Katoenkantoor te New Orleans*, met onder andere René, Achille en oom Michel op de dag dat hun faillissement werd uitgesproken, hangt in het Musée des Beaux-Arts in de Franse stad Pau. Het doek met de *Kinderen op de drempel* met hun hond Vasco da Gama en daarachter, omineus, het huis van America Olivier is nu in de Odrupgaardsamlingen, Kopenhagen.

Zowel het huis van de Oliviers op Tonti Street, als dat van de Degas-Mussons op Esplanade bestaan nog. Dat laatste is open voor bezoek en wordt gerund door de nazaten van oom Michel. Men kan er logeren in kamers die zijn te herkennen van de schilderijen die Edgar maakte van Didi, Mathilde en Estelle.

Niet lang geleden hebben Estelles nakomelingen meegewerkt aan een medisch onderzoek om te achterhalen of Degas' blindheid mogelijk een erfelijke oorsprong had. Hiervoor werd geen bewijs gevonden.

Edgar hield totdat hij blind werd altijd cahiers bij met schetsen en invallen, notities bedoeld om later uit te werken. Pascal Bonafoux heeft ze beschreven. Van alle cahiers zijn alleen die van de reis naar New Orleans verloren gegaan.

Mrs. Degas is nadrukkelijk een roman. De bestaande karakters zijn hier romanfiguren, ingezet ten behoeve van de vertelling. Binnen het boek zijn hun drijfveren en handelingen, ook al hebben zij echt plaatsgevonden, fictief. Zij doen hun uitspraken vanuit het perspectief van hun eigen tijd en gebruiken daarbij soms termen die horen bij hun eigen plaats in de geschiedenis.

FAITS DIVERS

Veel van Edgars bitse meningen in deze roman zijn gebaseerd op zijn eigen tirades, die tegen snijbloemen of flaneren bijvoorbeeld, maar ook zijn weerzin tegen andere arrondissementen dan het 9e en tegen je verstand gebruiken in de kunst, tegen het ouderschap en kunstkritiek, tegen landschapsschilders en artsen, tegen geïdealiseerd naakt, tegen de Nationale Garde et cetera. Een aantal komt uit zijn geschriften of (door anderen opgetekend) uit zijn eigen mond.

Ook zijn onbezorgde houding ten aanzien van zijn adamskostuum berust op waarheid. Hij probeerde soms bezoekers, gelukkig meestal bekenden, te epateren door zich uit te kleden.

De Beer was altijd al tegendraads, onconventioneel en uitgesproken, maar aanvankelijk nog omringd door vrienden en geliefd bij collega's. Naarmate het leven Edgar verbitterde en hij teleurgesteld raakte, niet in de laatste plaats in zijn broer en in de liefde, werd hij vaker onhebbelijk, dwars en ongenietbaar. In de laatste jaren van de negentiende eeuw, toen de affaire rond kapitein Alfred Dreyfus Frankrijk verscheurde, schaarden veel van Degas' vrienden zich in deze zaak achter de Joodse kapitein. Edgar koos, bijna voorspelbaar, de tegenovergestelde zijde, die nationalistisch en antisemitisch was. 'Zijn politiek was als hij zelf,' schreef Paul Valéry, 'woest en onmogelijk. (...) bij het minste tegenargument explodeerde hij, onderbrak: "Adieu monsieur!" en keerde zijn tegenstander voor altijd de rug toe.' Met harde uitspraken verdiende hij zijn reputatie van antisemiet en verloor hij zijn laatste vrienden. Slechts een enkeling, zoals Daniel Halévy, zelf Joods, vergaf hem en bleef hem bezoeken.

Edgars bekendste sculptuur, *Danseresje, veertien jaar*, is het enige beeld dat hij ooit tentoonstelde. Het werd in 1881 niet gezien als kunstwerk, maar als een lelijke, aangeklede waspop. Hij nam het terug en hield het de rest van zijn leven in zijn atelier.

Het beeld is geen eerbetoon aan de dans, zoals vaak gedacht wordt, maar een aanklacht. Marie van Goethem, die model stond, was een van de zogenaamde *petits rats*, meisjes die door hun arme, ongeletterde familie tot dansen werden gedwongen met als doel rijke theaterbezoekers te verleiden.

Degas wijdde zo'n 1500 werken aan het ballet. Daarop zijn tussen de ballerina's soms mannen in donkere pakken te zien. Dit zijn de heren die een jaarabonnement op de Opéra namen omdat dit hun vrije toegang verschafte tot de repetitieruimtes en de artiestenfoyer. Daar verkeerden zij ongehinderd met de tweehonderd meisjes van het corps de ballet en de moeders die hun kinderen tegen betaling aan hen koppelden. Of die jonge ballerina's nu droomden van een danscarrière of enkel van een rijke echtgenoot, vanaf een jaar of twaalf hadden zij nauwelijks een andere keuze dan zich op deze manier te laten gebruiken.

Edgars goede vriend Ludovic Halévy schreef meerdere boeken over de hypocrisie van een familie die zich opwerkt door hun dansende dochters in de Opéra te verkwanselen aan rijke heren. Degas vond de toon echter te komisch en besloot de misstand zelf aan de kaak te stellen. Hij toonde Marie erg mager (in een tijd waarin danseressen mollig hoorden te zijn), voor tijdgenoten duidelijk herkenbaar als een meid van de straat en in een onderdanige houding alsof zij gekeurd wordt. De boodschap ontging mensen niet, maar zij verwierpen het werk als te lelijk en choquerend. Dat aankomende dansers dit beeldje tegenwoordig als de mascotte van hun dromen zien, zou de maker verbazen.

De Gas is de oorspronkelijke schrijfwijze van de familienaam. Edgar maakte de twee woorden tot één. Sindsdien worden beide gebruikt. Om verwarring te voorkomen, koos ik voor Degas, behalve waar het om de handelsfirma gaat.

Kapster en voodoopriesteres Marie Laveau hield zeven slaven en een huisslang, Zombi. Haar occulte praktijken werden na haar dood in 1881 voortgezet door haar dochter. Haar graf is nog altijd het middelpunt van nachtelijke rituelen. Het werd herhaaldelijk geschonden, in 1982 bijvoorbeeld, toen punkgroep *The Misfits* Marie probeerde op te graven.

Edgar maakte een schets van de ijsfabriek in Tchoupitoulas Street, die hij na terugkeer in Parijs als achtergrond gebruikte voor een portret van zijn schoolvriend Henri Rouart, die het proces van ijs maken had uitgevonden.

Paul Durand-Ruel was de eerste kunsthandelaar die schilders exclusief aan zich bond middels solotentoonstellingen, vaste stipendia of een jaarloon en vrije toegang tot zijn galeries en zijn appartement. Hij wist de kunsten te verbinden met zowel de financiële wereld als de journalistiek. Samen met zijn zoons maakte hij het Franse impressionisme internationaal groot via galeries in Parijs, Londen en New York. 'Amerikanen lachen niet,' zei Durand-Ruel, 'ze kopen!' Pas toen zijn schilders in de Verenigde Staten goed verkochten, begon ook Frankrijk het impressionisme serieus te nemen.

Behalve Degas vertegenwoordigde hij o.a. Monet en Renoir (van wie hij respectievelijk meer dan 1000 en 1500 schilderijen kocht en verkocht), Berthe Morisot, Manet, Pissarro, Sisley, Mary Cassatt, Puvis de Chavannes en James McNeill Whistler.

De beschrijving van de Parijse hoedenwinkels is rechtstreeks ontleend aan Emile Zola's *Au Bonheur des Dames*; de beschrijving van de Mardi Gras-optocht van 1873 met Renés Krewe of Comus komt uit Christopher Benfeys studie *Degas in New Orleans*; Paul Valéry maakt de vergelijking tussen het bederf van het leven en de verkleuring van een zwam in 'L'Âme et la Danse' (in *La Revue Musicale*, december 1921) en het is Henry James die stelt dat vrouwen voor een kunstenaar het offer zijn (in *The Lesson of the Master*, 1888).

De zogenaamde *Hollandse methode* waarmee Joie als baby'tje werd gered, is vastgelegd door de Maatschappij tot redding van drenkelingen, in 1767 opgericht door enkele welgestelde Amsterdammers.

In *Geluk, een geheimtaal*, Privédomein nr. 306, vertelt een blinde mevrouw mij in Lissabon waarom zij haar make-up zelf verzorgt. In datzelfde deel staat meer over de indrukwekkende tekst van een doofblinde Utrechtse buurtbewoonster, waarin zij zowel het beeld gebruikt van de smaak van een sinaasappel als dat van het in gedachten volgen van een duif.

Diverse mensen hebben mij met raad en daad bijgestaan tijdens de totstandkoming van deze roman. Mijn bijzondere dank gaat uit naar Peter Nijssen en Michelle da Rocha, Vincent Bijlo en Niels Broszat, Lex Jansen en Benjamin Moser.

Irene Pex Gerretsen gaf mij advies over gebruik en traditie van het boetseren met was. Voor hun boeken dank ik Gary Tinterow, directeur van The Museum of Fine Arts in Houston, en Julien Domercq, curator van het Dallas Museum of Art en van The National Gallery in Londen, bovendien samensteller van o.a. de tentoonstelling *Degas' Pastels*.

Bedankt, Christopher Dunn van Tulane University in New Orleans voor het regelen van toegang tot en gebruik van de Degas-Musson-archieven, en bedankt, inspirerend schrijvers- en kunstenaarsechtpaar Josephine Sacabo en Dalt Wonk, nieuwe vrienden die ons als oude vrienden toelieten tot hun magische rijk op Ursuline in het Vieux Carré.

BRONNEN

Archief: Degas and Musson families papers, Manuscripts Collection 226, Louisiana Research Collection, Howard-Tilton Memorial Library, Tulane University, New Orleans, LA 70118.

Van de man zelf: Edgar Degas, *Lettres*, Editions Grasset & Fascelle, 1945; Edgar Degas, *Huit Sonnets d'Edgar Degas*, La Jeune Parque, 1946.

Over de man: Daniel Halévy, *Degas parle*, Éditions de Fallois, 1995; Paul Valéry, *Degas Dance Dessin*, Éditions Gallimard 1938; Julius Meier-Graefe, *Degas*; Ernest Benn 1923; Alice Michel ('Pauline'), *Degas et son modèle*; Richard Kendall, *Degas by himself*, Macdonald &co. 1987; Roy McMullen, *Degas*, Houghton Mifflin Company, 1984; Jean-Marie Lhôte, *À propos de Degas*, Berg International 2014; Christopher Benfey, *Degas in New Orleans*, Alfred A. Knopf 1997; Werner Hofmann, *Degas*, Hazan 2007; Ian Dunlop, *Degas*, Harper & Row, 1979; Gail Feigenbaum, *Degas and New Orleans*, New Orleans Museum of Art 1999.

Over zijn kunst: Joris-Karl Huysmans, *Écrits sur l'art*, Editions Flammarion 2008; Emile Zola, *Écrits sur l'art*, Editions Gallimard, 1991; Line Clausen Pedersen, *Degas' Method*, NY Carlsberg Glyptotek 2013; Götz Adriani, *Degas, pastels, Oil Sketches, Drawings*, Thames and Hudson 1985; Jean Sutherland Boggs & Anne Maheux, *Degas Pastels*, George Braziller, 1992; Jean Adhemar / Francoise Cachin, *Degas Radierungen, Lithographien, Monotypien*, Hirmer Verlag, 1973; Merrel Holberton & div., *Degas Die Portraits*, 1994; Xavier Rey, *Les Nus de Degas*, hors serie Musée d'Orsay; div., *Degas et le nu*, div., MFA Boston Musée d'Orsay, Hazan 2012; Jean Sutherland Boggs, *Degas*, Ministère de la Culture, Éditions de la Réunion des musées nationaux; Simon Kelly and Esther Bell, *Degas, impressionism and the Paris Millinery trade*, Delmonico books; Erica E. Hirshler, *Sargent's*

Daughters, the biography of a painting, Museum of Fine Arts, Boston 2009; *Peintures du* XIX*e siècle*, Musée des Beaux-Arts de Pau, Le Festin; Silvia Borghesi, *Degas*, Mondadori 2007; Pascal Bonafoux, *Les Carnets de Degas*, Seuil 2013; Vivien Hamilton, *Drawn in Colour, Degas from the Burrell Collection*, Yale University Press 2017; Albert Toft, *Modelling and Sculpture, A Guide to traditional methods*, 1924.

Over zijn tijd: Eunice Lipton, *Looking into Degas, uneasy images of women in modern life*, University of California, 1986; Ross King, *The Judgement of Paris*, Chatto & Windus, 2006; Mary McAuliffe, *Dawn of the Belle Epoque*, Rowman & Littlefield 2011; Jeffrey Meyers, *Impressionist Quartet*, Harcourt Inc. 2005; Sebastian Smee, *The Art of Rivalry*, Random House, 2016; *L'affaire Dreyfus, 1894-1910*, Musée d'histoire contemporaine – BDIC.

Fictie en diversen: Ludovic Halévy, *The Cardinal Family*, The Walpole Press, 1901; Paul Valéry, *Dialogues;* George Washington Cable, *The Grandissimes, a story of Creole Life*, Charles Scribner's Sons, 1880; George Washington Cable, *Strange true stories of Louisiana*, Charles Scribner's Sons, 1889; Kate Chopin, *Complete novels and stories*, the Library of America; Henry James, *The Lesson of the Master*, 1888; Louis Edmond Duranty, *La Simple Vie du Peintre Louis Martin*, 1881; Madame Lola Montez, Countess of Landsfeld, *Arts of Beauty, secrets of a ladies toilet*, Dick & Fitzgerald New York 1858.

STAMBOOM

Auguste Degas
1807–1874
×
Célestine Musson
1815–1847

- Edgar Degas 834–1917
- Achille Degas 1838–1893
- René Degas 1845–1921
  ×
  America Durrive 1855–19..

Michel Musson
1812–1885
×
Odile Longer
1819–1871

- Estelle Musson 1843–1909
  ×
  Joseph Balfour 1842–1862
  - Josephine (Baby Joe) Balfour 1862–1881
- Mathilde Musson 1841–1878
- Desirée (Didi) Musson 1838–1902

René Degas × Estelle Musson

- Michel 1870–1881
- Odile 1871–1936
- Jeanne 1872–1878
- Edgar 1875–1953
- René 1876–1877

BOEKEN VAN ARTHUR JAPIN

BIJ DE ARBEIDERSPERS

Magonische verhalen (1996)
De zwarte met het witte hart (roman, 1997)
De vierde wand (verhalen, 1998)
Magonia (verhalen en filmscenario, 2001)
De droom van de leeuw (roman, 2002)
De vrouwen van Lemnos (choreografisch scenario, 2002)
Een schitterend gebrek (roman, 2003)
Alle verhalen (2005)
De klank van sneeuw (twee novellen, 2006)
De grote wereld (Boekenweekgeschenk, 2006)
De overgave (roman, 2007)
Zoals dat gaat met wonderen. Dagboeken 2000-2007 (2008)
Vaslav (roman, 2010)
Kussenboek (citaten, 2011)
Maar buiten is het feest (roman, 2012)
De man van je leven (roman, 2013)
De gevleugelde (roman, 2015)
Kolja (roman, 2017)
Geluk, een geheimtaal. Dagboeken 2008-2018 (2019)

Bezoek ook www.arthurjapin.nl
www.facebook.com/arthur.japin
Twitter: @arthurjapin